Arena-Taschenbuch
Band 50962

W0248000

Weitere Bücher der Autorin im Arena Verlag:
Septembermädchen
In den Schatten siehst du mich

Höllenküsse (Thriller-Sammelband zusammen mit Tamina Berger, Bettina Brömme und Susanne Mischke)

Herz aus Glas
Herz in Scherben
Herz zu Asche

Kathrin Lange,
geboren 1969, arbeitete als Verlagsbuchhändlerin und Mediendesignerin, bevor sie 2005 das Schreiben zu ihrem Beruf machte. Seither ist sie für ihre historischen Romane und Jugendthriller bekannt. Kathrin Lange lebt mit ihrer Familie in der Nähe von Hildesheim.

Kathrin Lange

Schattenflügel

Arena

Für
Monika und Stefanie.
In Freundschaft.

Und für Tjada.
Vielen Dank. Du weißt, wofür.

MIX
Papier aus verantwortungsvollen Quellen
FSC® C110508
FSC www.fsc.org

»Alles ist gut« von Reinhard Mey (1989 Capitol Music a division of EMI Music Germany GmbH & Co. KG). Alle Rechte vorbehalten.

1. Auflage als Arena-Taschenbuch 2017
© 2012 Arena Verlag GmbH, Würzburg
Alle Rechte vorbehalten
Umschlaggestaltung: g&i Niklas Schütte unter Verwendung von Fotomotiven von istockphoto.com und 123rf.com
(© istockphoto.com/Nr. 182683069, © Lawrence Sawyer;
© 123rf.com/Nr. 55736840, © Serg_v)
Gesamtherstellung: Westermann Druck Zwickau GmbH
ISSN 0518-4002
ISBN 978-3-401-50962-4

Besuche uns unter:
www.arena-verlag.de
www.twitter.com/arenaverlag
www.facebook.com/arenaverlagfans

Kapitel 1

Manchmal waren es nur Kleinigkeiten, die Kim an den Tod von Nina erinnerten. So wie an diesem Montagvormittag.

Sie saß auf einer der Bänke in der Eingangshalle der Schule, hatte ihre Englischmappe auf dem Schoß und versuchte zu lernen. Vor einem der Terrarien des Schulzoos, die an der Wand aufgereiht waren, standen zwei Fünftklässler und starrten mit einer Mischung aus Neugier und Misstrauen durch die Scheibe.

»Kannst sagen, was du willst«, sagte der eine enttäuscht. »Ich glaube nicht, dass in dem Ding da wirklich eine Echse hockt!«

»Dornschwanz« hatte jemand auf das Schild neben dem Terrarium geschrieben und angeblich befand sich in dem Gefäß eine hässliche, dickschwänzige Echse mit warzigem Rücken und krummen Beinen. Allerdings war sie nachtaktiv. Jedenfalls ließ sie sich während des Schulbetriebes so gut wie nie blicken. Und das führte dazu, dass unter den Fünftklässlern jedes Jahr aufs Neue die Diskussion entbrannte, ob diese Echse wirklich existierte oder nicht.

Kim lächelte vor sich hin, als sie daran dachte, wie sie

vor ein paar Jahren selbst vor dem Terrarium gestanden und sich diese Frage gestellt hatte.

Nina hatte sie ausgelacht.

Der Gedanke schoss Kim wie ein Blitz durch den Kopf. Ihr Lächeln zerfiel. Reflexartig presste sie die Fingerspitzen gegen die Schläfe, als könnte sie so die Erinnerungen zurückdrängen, zurück in das schwarze Loch, aus dem sie gekommen waren.

Die Erinnerungen an DAS BÖSE…

»He! Guck mal, Luca!«, hörte sie einen der Fünftklässler sagen. »Wie blöd die glotzt!« Ganz ungeniert starrte der Junge Kim an. Er hatte halblange Haare, die er sich kunstvoll zu einer Justin-Bieber-Frisur gestylt hatte.

Sie wich seinem Blick nicht aus, bemühte sich um eine möglichst neutrale Miene. Aber sie spürte, dass sie ihr Gesicht nicht unter Kontrolle hatte. Ganz sicher sah man ihr das Entsetzen an, das die Erinnerung bei ihr ausgelöst hatte. Es fühlte sich so an, als seien ihre Wangen, der Kiefer, die Lider und auch Stirn und Schläfen zu Eis erstarrt.

Luca schien ihr Blick unangenehm zu sein. »Komm schon!«, drängte er seinen Freund. »Ist doch egal!«

Der Blonde warf mit einer ruckartigen Bewegung seinen etwas zu langen Pony aus dem Gesicht. »Das ist bestimmt diese Irre aus der Neunten, vor der uns Leon gewarnt hat«, sagte er. Er hatte das Kinn vorgeschoben und starrte Kim herausfordernd an.

»Buh!«, machte sie und verspürte Vergnügen dabei, ihn zusammenzucken zu sehen. Schnell wandte er sich ab und rannte mit langen Schritten quer durch die Eingangshalle. Zusammen mit seinem Freund verschwand er durch die Glastür, die in den Trakt der fünften Klassen führte.

Seufzend warf Kim einen Blick in Richtung des Dornschwanzes. »Du hast es gut«, murmelte sie. »Unsichtbarsein ist eine ziemlich clevere Idee!«

Besser jedenfalls, als von den Frischlingen aus der Fünften für eine Irre – einen *Freak* – gehalten zu werden, dachte sie verbittert.

»Redest du oft mit Tieren?«

Die spöttische Stimme erklang direkt neben ihr. Sie wandte den Kopf und ihr Blick fiel auf einen lang aufgeschossenen Typen mit einer schwarzen Jeansjacke. Die blonden Haare hingen ihm wirr in die Stirn und in seinen Augen erkannte sie einen eigenartig ernsthaften Ausdruck.

»Nur mit unsichtbaren«, antwortete sie.

»Oh, Ernie ist nicht unsichtbar. Nur verpennt.«

Kim runzelte die Stirn. »Ernie?«

Da lachte der Junge und deutete auf das Terrarium. »So haben wir ihn getauft, als ich damals in der fünften Klasse war.« Er zuckte mit den Schultern. »Ist schon 'ne Weile her.«

Kim betrachtete ihn genauer. Er wirkte fast schon erwachsen. Sie schätzte, dass er in die zwölfte, vielleicht sogar schon in die dreizehnte Klasse ging. An der Schule hatte sie ihn noch nie zuvor gesehen, aber das musste nicht viel heißen. Die Albert-Einstein-Gesamtschule hatte immerhin über tausendfünfhundert Schüler.

»Klar«, sagte sie und wollte sich wieder ihrem Englischtext zuwenden.

Der Junge trat einen Schritt näher an die blau gestrichene Sitzgruppe heran, die Kim sich zum Lernen ausgesucht hatte. »Bist du arrogant oder einfach nur schüchtern?«

Nichts von beidem. Nur ein Freak mit Albträumen und einem Knall.

Sie unterdrückte ein Seufzen. »Weder – noch, schätze ich. Ich versuche nur, das hier zu kapieren!« Sie fand ihren Tonfall ziemlich abweisend, aber der Typ schien davon völlig unbeindruckt zu sein.

»Englisch? Zeig mal!« Ohne eine Reaktion von Kim abzuwarten, setzte er sich zu ihr auf die Bank und schnappte sich ihre Mappe.

»He!« Kim protestierte lahm.

»The influence of media on public and personal life«, las er die Überschrift von Kims Text. »Daran erinnere ich mich. Schnarchlangweilig, oder?«

Kim pustete sich eine Strähne aus dem Gesicht. Eigentlich hätte sie schon längst mal wieder zum Frisör gehen sollen, dachte sie und wunderte sich über sich selbst. Sonst machte sie sich eigentlich nie viele Gedanken über ihre Frisur. Sie hatte genug mit den Dingen zu tun, die *in* ihrem Kopf vorgingen. Warum sie gerade jetzt ans Haareschneiden dachte, war ihr nicht ganz klar. »Geht so«, sagte sie. Jetzt, als der Typ neben ihr saß, konnte sie ihn unbemerkt ein wenig genauer betrachten. Dieser durchdringende Blick, als könnte er tief in sie hineinsehen. Kam das von einem Kajalstrich am unteren Augenlid? Kim war sich nicht sicher. Wenn der Kerl sich wirklich geschminkt hatte, dann hatte er es zumindest sehr geschickt gemacht, denn er wirkte kein bisschen tuckig. Eher das Gegenteil. Ein eigenartiger, faszinierender Geruch ging von ihm aus, etwas, das Kim nicht einordnen konnte, eine Mischung aus Deo und etwas anderem, etwas sehr Männlichem. In seinem Ohrläppchen trug er einen kleinen silbernen Ohrring, dessen Form Kim seltsam vertraut vorkam. Sie sah genauer hin.

…eine Libelle…

Vor Schreck zuckte sie zusammen.

»Was ist?« Der Junge beugte sich vor. Aus seinen grüngrauen Augen sah er Kim besorgt an. »Du bist plötzlich ganz blass!«

Kim schluckte. *Du dumme Kuh, kannst du dich nicht zusammenreißen,* schimpfte sie gedanklich mit sich selbst. Der Ohrring hatte in Wirklichkeit gar nicht die Form einer Libelle, sondern war ein kleines silbernes Kreuz. Nur im ersten Moment hatte es so ausgesehen, wie...

Kim schüttelte sich. *Nicht an DAS BÖSE denken!,* mahnte sie sich, aber es war natürlich längst zu spät. Der Anblick des Ohrrings – eigentlich eine völlig bedeutungslose Kleinigkeit – hatte es geschafft, sie vollkommen aus dem Konzept zu bringen. Sofort hatten die Gedanken in ihrem Kopf wieder angefangen, Karussell zu fahren. Schnell biss sie sich auf die Lippe. »Nein, schon gut. Ich dachte nur...« Sie brach den Satz ab. Diesem Kerl war sie keinerlei Erklärung schuldig, wieso stotterte sie also hier herum?

Ihr Herz klopfte so stark, dass sie es an der Innenseite ihrer Rippen spüren konnte.

Der Blick des Jungen lag schwer auf ihr. »Bist du sicher, dass alles in Ordnung ist?«

Seine Fürsorglichkeit ging Kim auf die Nerven. Sie schnappte sich die Englischmappe aus seinen Händen und sprang auf. »Ich muss los.«

Auch er erhob sich. »Natürlich.«

»Ich hab jetzt Bio im A-Trakt.« Warum erzählte sie ihm das? Sie konnte den Blick nicht von diesen Augen lassen.

»Okay.«

Ruckartig wandte sie sich um und wollte schon weggehen, als seine Stimme sie noch einmal innehalten ließ.

»Hey!«

Über die Schulter warf sie einen Blick zurück.

»Wie heißt du eigentlich?«

»Kim«, antwortete sie.

Da lächelte er. »Hallo, Kim. Ich bin Lukas.«

Einer seiner unteren Eckzähne stand ein wenig schief.

Als sie den Biosaal erreichte, hatte sie Lukas schon fast wieder vergessen. Aber sie wurde schnell wieder an ihn erinnert, weil Sabrina und Marie, zwei ihrer Klassenkameradinnen, auf sie zugeschossen kamen.

»Was wollte dieser Typ eben von dir?«, fragte Marie neugierig. Offenbar hatte sie Kim mit Lukas zusammen unten in der Halle gesehen.

Kim verdrehte die Augen. »Nichts!«

Zweifelnd sahen die beiden sie an. Früher – *vor DEM BÖSEN* – waren Sabrina und Marie einmal Kims beste Freundinnen gewesen, aber das war lange her. Heute konnte Kim ihr ewiges Gerede, ihre neugierigen Fragen und musternden Blicke manchmal nur schwer ertragen.

»Du kannst uns nichts vormachen, Süße!«, behauptete Sabrina nun. »Du hast was, das sehe ich dir an! Hat es was mit dem Kerl zu tun?«

»Lukas«, sagte Kim automatisch.

Sabrina zog die Augenbrauen zusammen. Sie hatte sehr helle Augenbrauen, die sie mit einem schwarzen Stift nachzog. In ihrem blassen Gesicht und unter den weißblonden Haaren sahen sie aus wie zwei schwarze Balken. »Erzähl!«, verlangte sie und machte Anstalten, sich unterzuhaken.

Doch Kim entzog sich dem Annäherungsversuch. »Was soll ich erzählen?«

Sabrina seufzte. »Es wird wirklich Zeit, dass du mal wieder normal wirst, weißt du das? Da baggert dich ein total süßer Typ aus der Zehnten an und du bleibst kalt wie eine Hundeschnauze!«

»Aus der Zehnten?«, rutschte es Kim heraus. Sie hätte schwören können, dass Lukas mindestens in die Zwölfte ging.

Triumphierend grinste Sabrina sie an. »Wusste ich's doch! Er gefällt dir!«

»Er riecht seltsam«, gab Kim so unberührt wie möglich zurück. Im Stillen dachte sie jedoch an Lukas' Augen. Dann fiel ihr Blick auf Marie. Sie sah ziemlich sauer aus.

Sabrina lachte. »So nah war er dir also schon?«

Marie presste die Lippen aufeinander und strich sich ihre sorgsam frisierten Haare hinter die Ohren. Für gewöhnlich war sie diejenige, die sich die süßesten Jungs angelte, und es war ihr deutlich anzusehen, dass Lukas' offensichtliches Interesse für Kim sie ärgerte.

Demonstrativ wandte Kim sich ab, aber Sabrina ließ sie nicht so einfach aus ihren Klauen entkommen. Sie umrundete Kim und versperrte ihr auf diese Weise den Weg in den Unterrichtsraum, den Herr Schröder, ihr Biolehrer, in diesem Moment aufschloss. »Er ist wirklich erst in der Zehnten«, erklärte sie. »Ich weiß das von ein paar Zehntklässlern. Die haben sich auf dem Schulhof über ihn unterhalten. Er ist erst seit ein paar Tagen wieder an der Schule. Angeblich hat er länger ausgesetzt.«

Kim presste sich ihre Schultasche vor die Brust und musterte Sabrina mit abfälligem Blick von Kopf bis Fuß, um ihr klarzumachen, dass sie an Einzelheiten über Lukas nicht im Geringsten interessiert war. »Und?«, sagte sie betont gelangweilt.

Da endlich begriff Sabrina, dass Kim wieder einmal einen ihrer asozialen Anfälle hatte. »Manchmal bist du echt ätzend, weißt du das?«, stöhnte sie.

Als Kim nur gleichgültig mit den Schultern zuckte, fluchte Sabrina leise und zischte: »Ach, mach doch, was du willst!« Dann drehte sie sich auf dem Absatz um. »Komm, Marie!« Statt bei Kim hakte sie sich nun bei Marie unter und zog die noch immer missmutig aussehende Freundin in den Biosaal.

Sabrina hatte ja recht! Kim verhielt sich manchmal einfach unmöglich. Aber sie konnte nicht anders. Wenn die Erinnerungen an DAS BÖSE in ihrem Kopf kreisten, war sie nicht in der Lage, sich an dem belanglosen Gequatsche ihrer Klassenkameraden zu beteiligen.

Mit einem Seufzen folgte sie den anderen.

Naturwissenschaften mochte Kim nicht besonders, aber das Fach Biologie hasste sie geradezu. Um auf keinen Fall einen Blick auf die Bildtafeln werfen zu müssen, die an der Längsseite des Klassenzimmers aufgehängt waren, durchquerte sie den Raum mit gesenktem Kopf. Immer noch mit gesenktem Kopf legte sie ihre Schultasche auf ihren Platz. Nachdenklich streifte sie sich die Jacke von den Schultern und hängte sie über die Stuhllehne. Lukas trug eine Jeansjacke. Wer hatte heutzutage eigentlich noch so was an?

Sie setzte sich.

Vorn am Lehrerpult begann Schröder, seine mitgebrachten Bücher auszupacken.

Sabrina, die eine Reihe vor Kim saß, lehnte sich zurück. »Sie sagen, er war im Gefängnis«, raunte sie. Marie warf ihr einen bösen Blick zu.

Aber Kim ignorierte die beiden einfach. Sie wusste, dass

Sabrina von Lukas sprach, aber das war ihr im Moment egal. In diesem verdammten Bioraum brauchte sie ihre gesamte Willenskraft, um den Blick die ganze Zeit starr auf ihre Hände gerichtet zu halten. Auf keinen Fall durfte sie zu den bunten Zeichnungen auf den Bildtafeln schauen! Ganz vorn, das wusste sie natürlich, hingen die *Katzenartigen,* daneben die *Wassersäugetiere.* Der Große Tümmler grinste den Betrachter an. Nach den Wassersäugern kamen die *Nagetiere.* Und dann, gerade so weit hinten, dass Kim sie noch aus dem Augenwinkel sehen konnte, hing eine Tafel mit *Insekten.*

Angestrengt starrte sie auf ihre weißen Knöchel, die aus den verkrampften Handrücken hervortraten. Doch wie magnetisch wurde ihr Blick immer wieder von den schillernden, geflügelten Tieren angezogen. Er wanderte zu der großen grünen Libelle in der Mitte des Bildes.

In diesem Moment wurde Kim schlecht.

Kapitel 2

Wie Dr. Schinzel, ihr Psychotherapeut, es ihr beigebracht hatte, bekämpfte sie die Panikattacke durch gleichmäßiges und tiefes Ein- und Ausatmen. Herr Schröder warf ihr kurz einen besorgten Blick zu, doch sie schaffte es, ihm beruhigend zuzulächeln, und so drehte er sich wieder zur Tafel.

Zu ihrer Erleichterung überstand sie die Stunde ohne einen wirklich dramatischen Zwischenfall und war froh, als es endlich klingelte und der Schultag für heute geschafft war. Auf dem Heimweg im Bus setzte sie sich in die erste Reihe. Alle anderen versammelten sich gern ganz hinten, möglichst weit weg vom Busfahrer. Kim war froh, hier vorne ihre Ruhe zu haben. In der Plexiglasscheibe hinter dem Fahrer betrachtete sie ihr Spiegelbild: über dem schwarzen T-Shirt das blasse Gesicht und die hellbraunen Haare, die sie – wie immer – zu einem losen Pferdeschwanz zusammengebunden hatte. Sie versuchte, ihren eigenen Blick einzufangen, aber das Bild war zu unscharf. Es gelang ihr nicht, sich an sich selbst festzuhalten. Nur dass ihr Pony zu lang war, das bemerkte sie erneut.

Als sie zu Hause ankam und die Haustür aufschloss, drang ihr der Geruch von gebratenem Fleisch und Pommes in die Nase.

»Sigurd?«, rief sie, während sie ihre Tasche in die Ecke warf und die Jacke aufhängte. »Ich bin da!«

»Schön!«, kam es aus der Küche.

»Riecht gut«, log sie. In Wahrheit war ihre Kehle so eng, dass sie nicht einen einzigen Bissen herunterbekommen würde.

Als sie die Küche betrat, wandte sich Sigurd vom Herd ab und warf Kim einen langen Blick zu. Er war so was wie ihr Stiefvater. Wie immer, wenn er zu Hause war, trug er Jeans und ein Hemd, das ihm lose über den Bund hing und seinen durchtrainierten Bauch verbarg. Kim erkannte, dass er sich heute Morgen nicht rasiert hatte. Das bedeutete, dass er das Haus nicht verlassen und den ganzen Vormittag über geschrieben hatte. Sigurd war Journalist und nebenbei Extremsportler. Seine blonden Haare hingen ihm bis auf die Schultern herab und seine Haut war gebräunt von seinem letzten Auslandsaufenthalt, von dem er vor Kurzem erst zurückgekehrt war.

»Was ist passiert?«, fragte er. Er hatte eine weiche, sehr tiefe Stimme.

Kim biss die Zähne zusammen. »Kann man dir eigentlich gar nichts vormachen?«, knurrte sie. Widerwillen machte sich in ihr breit. *Fang jetzt bloß nicht an, mich auch noch zu bemuttern,* dachte sie bei sich.

Sigurd grinste breit. Seine Zähne waren makellos und weiß und unwillkürlich musste Kim an den schief stehenden Eckzahn von Lukas denken. »Berufskrankheit«, sagte er. »Ich bin gezwungen, so genau wie möglich zu beobachten!« Er zog einen Stuhl unter dem Küchentisch hervor und nötigte sie, sich darauf zu setzen.

Der Tisch war bereits gedeckt, Teller und Besteck lagen bereit. Zu Kims Erleichterung hatte Sigurd auf Servietten verzichtet. So einen Ausbruch von Häuslichkeit hätte sie im Moment nur schwer ertragen.

Jetzt schaltete er die Platte, auf der die Schnitzel brutzelten, auf die kleinste Stufe und setzte sich Kim gegenüber. »Erzähl! Was ist dir über die Leber getrampelt?«

Normalerweise hätte Kim über diesen Ausdruck gelächelt. Früher hatte Sigurd ihn immer benutzt, wenn er sie vom Weinen ablenken wollte. Heute jedoch fühlte sich alles in Kim so wund an, dass sie nicht einmal so tun konnte, als amüsiere sie sich über Sigurds Wortwahl.

Seine Stirn legte sich in Falten. »So schlimm?« Er zog eines der altmodischen Taschentücher hervor, die er immer bei sich hatte, und wollte es ihr reichen.

Sie schüttelte den Kopf. »Ich musste vorhin nur an Nina denken«, sagte sie. Insgeheim hatte sie gehofft, dass ihn das betroffen machen würde, und so war es auch. Er zuckte zusammen, als sie den Namen ihrer Schwester erwähnte. Mit einem Anflug von Grausamkeit fügte sie hinzu: »Im Biosaal haben wir so eine Tafel mit Insekten. Da sind auch ein paar Libellen darauf!«

Sigurd seufzte tief und steckte das Taschentuch wieder weg. »Du Arme!« Er langte über den Tisch und griff mit beiden Händen nach Kim. Dabei fiel ihr Blick auf den dicken Silberring, den er am Finger trug. Es war ein indianisches Schmuckstück, das er von einer seiner vielen Reisen nach Nordamerika mitgebracht hatte. Ein Adlerkopf zierte den Ring, der Kim schon immer zu protzig und schwer vorgekommen war. Sie schauderte. Etwas in ihr wollte, dass Sigurds Berührung sich unangenehm und aufdringlich anfühlte, aber das tat sie nicht. In Wahrheit war sie tröstlich und angenehm.

Kim schluckte, weil sie spürte, wie ihr Tränen in die Augen schossen. Sie wollte jetzt nicht heulen. Auf keinen Fall! »Es ist nur...« Genervt von sich selbst schüttelte sie den Kopf, doch sie konnte den Gedanken nicht loswerden, der plötzlich in ihrem Kopf zu kreisen begannen. Eine

Weile rang sie um Worte. Sigurd saß nur da und hielt ihre Hände in den seinen. Er streichelte sie nicht, was sie wahrscheinlich auch nicht ertragen hätte. Wartend sah er ihr ins Gesicht.

»Ich habe vorhin zwei Fünftklässler beobachtet«, flüsterte Kim endlich. »Und da musste ich daran denken, wie ich selbst in der fünften Klasse war.« Sie schniefte, aber sie konnte jetzt nicht mehr verhindern, dass ihre Augen überliefen. »Damals hat Nina noch gelebt«, fügte sie sehr leise hinzu.

»Es muss schrecklich sein«, sagte Sigurd.

Kim entzog ihm ihre Hände. Die Schnitzel auf dem Herd brutzelten noch immer vor sich hin und langsam machte sich ein leichter Brandgeruch in der Küche breit. Es kümmerte sie beide nicht.

»Das Schlimmste ist«, flüsterte Kim und wischte sich die Tränen fort, »dass alles immer völlig unerwartet wieder da ist. Diese überfallartigen Erinnerungsschübe, wenn man eigentlich glaubt, endlich darüber weg zu sein…« Sie schluckte schwer. Dann erhob sie sich. »Nimm es mir nicht übel«, murmelte sie, »aber ich glaube, ich habe keinen Hunger.«

Sigurds Blick huschte zu den vor sich hin kokelnden Schnitzeln. »So wie es aussieht«, versuchte er sich an einem unbeholfenen Scherz, »ist das nicht weiter tragisch.«

*

Zwei Jahre war es nun schon her, dass ihre zwanzig Monate ältere Schwester Nina nach einem Kinobesuch nicht nach Hause gekommen war. Immer wieder durchlebte Kim jede einzelne Minute dieses einen, alles entscheidenden Sonntagabend. Sie sah alles vor sich, als sei es gestern gewesen. Zusammen mit ihrer Mutter hatte sie auf dem Sofa gesessen und gewartet. Im Fernsehen lief ein Tatort, den sie eigentlich mit Nina zusammen anschauen wollten. Kim erinnerte sich noch daran, dass sie sich erschrocken hatte, als auf dem Bildschirm Schüsse fielen.

Nina war nicht durch Schüsse gestorben.

Die drei Tage nach Ninas Verschwinden waren die schlimmsten in Kims Leben gewesen. Immer wieder hatten sie und ihre Mutter versucht, Nina auf dem Handy zu erreichen, aber vergeblich. Dort hatte sich nur die automatische Ansage gemeldet, die verkündete, dass der Teilnehmer zurzeit nicht erreichbar war. Die Angst, ihrer Schwester könnte etwas Schlimmes passiert sein, die Ungewissheit darüber, wo sie war – das alles hatte sich angefühlt wie ein Schraubstock, der sich langsam immer fester um Kims Körper schloss.

Am Donnerstag darauf klingelte es dann an der Tür. Kim saß in ihrem Zimmer und machte Hausaufgaben, aber von einer ungewissen Ahnung getrieben, lief sie auf den Flur hinaus. Von dem oberen Treppenabsatz konnte sie die Haustür sehen – und ihre Mutter, wie sie die Tür öffnete. Kim sah, wie sie zurücktaumelte.

Vor der Tür standen zwei Polizisten.

Ruhige, verständnisvolle, mitfühlende Menschen in Zivil. Doris Keller und Jan Weidenschläger hießen sie. Kriminalkommissare. Was sie genau gesagt hatten, wusste Kim nicht mehr. Aber es war von einer Leiche die Rede gewesen und von dem Waldschlösschen, einer Ruine, anderthalb Kilometer außerhalb der Stadt. Während die Polizisten sprachen, ging Kim langsam die Treppe hinunter. Vor der Tür zum Wohnzimmer, in das die Erwachsenen sich zurückgezogen hatten, blieb sie stehen. Aus irgendeinem Grund schaffte sie es nicht, den Raum zu betreten. Die Tür war nur angelehnt und so sah sie, wie die Polizistin ihre Mutter auf das Sofa drückte und ihr den Arm um die Schultern legte. »Ich fühle mit Ihnen«, sagte sie, aber Kims Mutter schrie sie an: »Was erlauben Sie sich? Haben Sie Kinder?« Als Frau Keller beklommen nickte, klappte Kims Mutter den Mund zu und für drei oder vier Minuten sagte sie gar nichts. »Hat man eines von ihnen tot im Wald gefunden?«, flüsterte sie dann.

In diesem Moment erst begriff Kim, weswegen die Polizisten gekommen waren. Sie spürte, wie ihre Knie weich wurden und musste sich am Türrahmen abstützen. Ein Wimmern stieg in ihrer Kehle hoch. Sie stopfte sich die Faust in den Mund, um nicht loszuschreien.

Die darauf folgenden Ermittlungen hatten Monate gedauert. Jeden Stein hatten Keller und Weidenschläger mit ihrer Mordkommission in der Stadt umgedreht, jeder noch so kleinen Spur waren sie nachgegangen. Vergeblich! Auch zwei Jahre nach dem Mord war der Täter immer noch auf freiem Fuß. Seit jener Zeit war Kim die Tatort-Titelmelodie unerträglich. Genauso wie der Anblick von Libellen aller Art.

*

Während Sigurd die verkokelten Schnitzel entsorgte, ging Kim die Treppe hoch und verzog sich in ihr Zimmer. Der Raum bot ihr Zuflucht vor der Vergangenheit und den

Erinnerungen, und das, obwohl sie ihn früher mit Nina geteilt hatte. Ungefähr zehn Monate nach Ninas Tod hatte Kim eine unglaubliche Wut gepackt. In einem Anfall von Raserei hatte sie fast alle ihre Möbel zertrümmert. Ihre Mutter hatte das zum Anlass genommen, den gesamten Raum zu renovieren. Kim hatte sich die Wandfarbe und die Stoffe für Vorhänge und Teppiche aussuchen dürfen. Am liebsten hätte sie Schwarz genommen, aber sie wusste, dass ihre Mutter sich ohnehin schon Sorgen um sie machte, und Schwarz als schlimmes Zeichen interpretieren würde. Aber da Libellen in allen möglichen Farben schimmerten und Kim seit Ninas Tod alles Bunte verhasst war, hatte sie sich für Weiß entschieden. Klinisches, reines, neutrales Weiß. Keine Bilder. Und keinerlei Deko oder Schmuck.

Nichts.

Das schien ihr angemessen für den Zustand, in dem sie sich befand. Trugen nicht auch Buddhisten bei Beerdigungen Weiß als Zeichen der Trauer? Manchmal überlegte Kim, Buddhistin zu werden.

Jetzt warf sie sich der Länge nach auf ihr Bett, verschränkte die Arme hinter dem Kopf und starrte aus dem Fenster, vor dem ein alter Apfelbaum seine Zweige bis fast an die Scheibe reckte. Früher waren Nina und Kim an seinem Stamm heimlich nach unten geklettert, wenn sie für irgendeine gemeinsame Aktion Zimmerarrest bekommen hatten …

Eine ganze Weile blieb Kim völlig erstarrt liegen, bis ihr Körper anfing, wie verrückt zu kribbeln, dann riss sie sich zusammen und richtete sich wieder auf.

Über dem Kopfende des Bettes hing ein Regal mit ihren Lieblingsbüchern. Neben einer Reihe von Vampirromanen stand dort auch ein dünner Band mit Texten von William Blake. Nina hatte Blake geliebt und Kim brachte es nicht übers Herz, das Buch wegzuwerfen, auch wenn sie selbst all die Verse von Göttern und Geistern und die ständige Beschäftigung mit Gut und Böse nicht leiden konnte. Neben dem Buch von Blake stand ein dickes Notizbuch, gebunden in dunkelroten Samt.

Kim zog es heraus und hielt es einen Moment unschlüssig in der Hand.

Es war Ninas Tagebuch.

Nach ihrem Tod hatte die Polizei es beschlagnahmt, weil man gehofft hatte, darin irgendwelche Anhaltspunkte für die Tat zu finden. Doch diese Hoffnung war vergeblich gewesen und so hatten Kim und ihre Mutter das Tagebuch vor ein paar Monaten zurückerhalten, mit der Bitte, es aufzuheben. Man würde vielleicht noch einmal darauf zurückkommen, sollten sich irgendwann neue Spuren ergeben.

Zögernd schlug Kim das Buch auf.

Es enthielt die üblichen Einträge, wie man sie im Tagebuch einer Fünfzehnjährigen erwartet: Irgendwelche ständig wechselnden Schwärmereien für Jungs aus ihrer eigenen oder der Parallelklasse. Geläster über Lehrer und Mitschüler. Hin und wieder hatte Nina auch ihre Sorgen aufgeschrieben – über eine verpatzte Klassenarbeit oder Streit mit einer Freundin. Alles nur harmlose Geschichten, ohne auch nur den kleinsten versteckten Hinweis auf ihren Mörder.

Aber dann war da noch dieses rätselhafte Gedicht, das Nina an einem der letzten Tage vor ihrem Tod geschrieben hatte. Kim hatte es in den vergangenen zwei Jahren mindestens tausendmal gelesen und konnte es längst auswendig. Trotzdem huschte ihr Blick über die zierlichen, eng geschriebenen Zeilen, als sie es vor sich hin murmelte:

»Töte mich zärtlich, Liebster!
Denn bis zum anderen Ufer der Nacht
ist es ein endloser Tunnel,
ein finsterer Schacht.
Seit die wolfsgelben Augen
kholenschwarz wurden
und die lautlosen Pfoten
des Wolfes
mir ihre Krallen ins Herz schlugen.
Der Hirsch,
der meine Geheimnisse kennt,
hat gesehen,
wie der flirrende Schatten des
Todes
auf mich gefallen ist.«

Kims Blick blieb an der ersten Zeile des Gedichtes hängen.

Töte mich zärtlich, Liebster!

Ihre Gedanken wanderten zurück zu jenem Sonntag vor zwei Jahren, zu jenem Augenblick am Nachmittag, als ihr Handy geklingelt hatte…

Kim schloss die Augen, so fest sie konnte.

Nicht dran denken!, befahl sie sich. *Ruhig atmen! Das alles ist schon lange vorbei!*

Seufzend öffnete sie wieder die Augen und schluckte. Sachte strich sie mit der Fingerkuppe über das Papier des Tagebuchs.

»Liebeskummer« hatte Nina das Gedicht genannt, als sie es geschrieben hatte, aber irgendwann später – niemand wusste, wann und warum – hatte sie diesen Titel durchgestrichen und durch einen anderen ersetzt.

Schattenflügel.

In dunkelroter Tinte hatte Nina dieses eine Wort über ihre rätselhaften Zeilen geschrieben.

Schattenflügel.

Was auch immer das bedeuten sollte!

Während Kim weiter über den seltsamen Titel nachgrübelte, kehrte die eben noch verdrängte Erinnerung zurück.

Der besagte Sonntag. Ein langweiliger Nachmittag, den sie damit verbracht hatte, für eine Mathearbeit zu lernen. Und dann hatte plötzlich ihr Handy geklingelt. Genervt von der Störung hatte sie es einfach ausgeschaltet.

Seitdem hatte sie verzweifelt versucht, diese Erinnerung zu verdrängen. Warum nur musste sie gerade heute immer wieder an all das BÖSE denken, das damals geschehen war?

Es klopfte an ihrer Zimmertür und Kim war erleichtert über diese Ablenkung.

»Kim?« Natürlich war es Sigurd. »Darf ich reinkommen?«

»Wenn's sein muss«, gab Kim zurück, klappte das Tagebuch zu und stellte es rasch zurück zwischen die anderen Bände auf dem Regal. Sigurd öffnete die Tür und schob seinen Kopf durch den Spalt ins Zimmer. »Ich habe Johanna am Telefon«, sagte er. »Willst du mit ihr sprechen?«

Johanna war Kims Mutter.

Kim nickte, auch wenn sie sich zwingen musste, dabei nicht die Augen zu verdrehen. Vermutlich hatte Sigurd ihre Mutter angerufen, weil er sich Sorgen um Kim machte. Er kam ins Zimmer, gab ihr den Hörer und zog sich so lautlos zurück wie ein diskreter Butler in einem alten Schwarz-Weiß-Film.

»Hi, Mom!«, sagte Kim. »Wie geht's dir?«

»Hallo, mein Schatz!«, hörte sie die Stimme ihrer Mutter. »Besser. Es geht jeden Tag ein bisschen aufwärts.«

Kims Mutter hatte sich beim Skifahren an Ostern eine so komplizierte Knieverletzung zugezogen, dass sie nach der Operation für ein paar Wochen in eine Reha-Klinik eingewiesen worden war. Das war auch der Grund, warum sie Sigurd gebeten hatte, sich um Kim zu kümmern, obwohl die beiden schon seit…

…DEM BÖSEN…

…zwei Jahren kein Paar mehr waren.

Kim seufzte erneut. Heute war offenbar so ein Tag, an dem alles und jeder sie an Ninas Tod erinnerte. Es war wohl besser, sich damit abzufinden und nicht länger darüber nachzudenken.

»Was ist los, Schätzchen?« Besorgnis lag in der Stimme ihrer Mutter, die das Seufzen natürlich gehört hatte.

»Nichts«, behauptete Kim und fügte schnell hinzu: »Hast *du* angerufen oder Sigurd?«

»Sigurd.« Es knackte in der Leitung, dann knisterte es leise. Kim stellte sich vor, wie Johanna in ihrem kleinen Zimmer in der Klinik auf dem Bett saß, das verletzte Bein hochgelegt und das Handy ans Ohr gepresst. »Ist bei euch alles in Ordnung?«

»Ja.« Kim kniff die Lippen zusammen. »Ich hatte Bio und die blöden Bildtafeln haben mich ein bisschen… durcheinandergebracht.«

Am anderen Ende der Leitung ertönte ein leiser Fluch. »Ich habe deinen Lehrer jetzt mindestens schon drei Mal gebeten, diese verdammte Tafel abzunehmen, aber offenbar muss ich mich direkt an den Schulleiter wenden!«

»Nein, Mom!«

»Doch, Schätzchen! Es kann doch nicht so schwer sein, so eine Schautafel abzuhängen! Immerhin weiß in der Schule jeder, was passiert ist, da kann man doch ein bisschen Rücksicht…«

»Es ist zwei Jahre her, Mom!« Kim spürte, wie sich ihr Unterkiefer vor lauter Anspannung verkrampfte. »Außerdem hat die Polizei die Sache mit der Libelle nie öffentlich gemacht. Warum sollten die in der Schule also verstehen…«

»Ach, Mist! Ich weiß ja…«

Kim unterbrach ihre Mutter. »Warum hat Sigurd dich angerufen?« Zu ihrer Erleichterung ließ Johanna sich auf den Themenwechsel ein.

»Er macht sich ein bisschen Sorgen um dich.«

»Er macht sich schon Sorgen, wenn ich nur mal barfuß über den Flur laufe.«

Kims Mutter lachte. »Stimmt! Er war schon immer überfürsorglich.«

»Warum muss er hier sein? Ich komme ganz gut allein zure…«

Diesmal war es ihre Mutter, die sie unterbrach. »Kommt nicht infrage! Ich bin noch mindestens vier Wochen in dieser blöden Klinik! Du wirst nicht die ganze Zeit allein zu Hause sitzen.«

»Aber Sigurd…«

»…ist ein guter Kerl!«, würgte Kims Mutter alle Proteste ab.

Kim wurde zunehmend genervt und wütend. »Ja, klar«, hörte sie sich selbst sagen. »Darum hast du ihn ja auch in die Pampa geschickt!«

Einen Moment lang war es ganz still am anderen Ende. Alles, was Kim hörte, war das leise Knistern in der Leitung.

Ihre Mutter und Sigurd waren zusammen gewesen, seit Kim denken konnte. Sigurd war zwar nicht ihr leiblicher Vater und auch nicht der von Nina, aber er hatte sich so benommen, als sei er es. Ihren richtigen Vater kannte Kim nicht. Zwar hatte sie ab und an das Bedürfnis gehabt, etwas über ihn zu erfahren, ihn vielleicht auch mal zu treffen, aber Johanna hatte sich stets geweigert, ihr zu sagen, wer er war. Bisher hatte Kim das auch nicht weiter schlimm gefunden. Sigurd war schließlich ein ganz passabler Ersatz gewesen.

Aber dann, ein paar Wochen nach Ninas Tod, hatte Kims Mutter sich völlig überraschend und von einem Tag auf den anderen von Sigurd getrennt.

Als Nina verschwand, war Sigurd gerade in der Wildnis Nordamerikas unterwegs. Mehrere Male war er dort gewesen und hatte für einen großen Artikel über die Navajo-Indianer recherchiert. Man hatte ihn erst ungefähr zwei Wochen nach jenem grauenhaften Sonntag erreichen können. Das hatte Kims Mutter ihm nie so recht verziehen. Sie habe die Tatsache nicht ertragen können, dass er ausgerechnet in ihrer schwersten Stunde nicht bei ihr gewesen sei, hatte sie gesagt.

»Entschuldige«, lenkte Kim ein, weil sie trotz der Entfernung spürte, dass sie ihre Mutter verletzt hatte.

»Schon gut«, kam es zurück. »Du hast ja recht.«

Als sie in die Klinik gemusst hatte, hatte Kims Mutter

keine andere Möglichkeit gesehen, als Sigurd zu fragen, ob er sich um Kim kümmern könnte. Natürlich hatte er mit Freude eingewilligt, und Kim wusste, dass er sich Hoffnungen machte, wieder mit Johanna zusammenzukommen.

Sie spürte schon wieder ein Seufzen in ihrer Brust aufsteigen. Diesmal unterdrückte sie es.

»Muss ich mir Sorgen um dich machen?«, fragte ihre Mutter.

Kim schielte zu dem Bücherregal und dem dunkelroten Tagebuch. »Nein, natürlich nicht!«

Sie sprachen noch eine Weile über belanglose Dinge wie die letzte Mathearbeit, bei der Kim nur mit Mühe eine Vier geschafft hatte, und über den neuen Arzt ihrer Mutter, der anscheinend einen unerträglichen Mundgeruch hatte. Nachdem es Kim gelungen war, glaubwürdig ein- oder zweimal zu lachen, war auch ihre Mutter so beruhigt, dass sie das Gespräch beenden konnte.

»Kim?«, sagte ihre Mutter zum Abschluss.

»Ja?«

»Ich hab dich lieb!«

Kim nickte, obwohl ihre Mutter das nicht sehen konnte. »Ich weiß, Mom!«

Kapitel 3

Kim träumte fast jede Nacht von ihrer Schwester.

Im Traum sah sie sich meist selbst durch einen dunklen Wald laufen und über Ninas Leiche stolpern. Ninas Körper war von ihr abgewandt, und immer in dem Moment wenn Kim sich über sie beugte, um ihr ins Gesicht zu schauen, wachte sie auf, kurz bevor sie etwas erkennen konnte. Oft weinte sie danach.

Manchmal jedoch waren die Träume auch schön und wie Erinnerungen an alte Zeiten, in denen sie und Nina zusammen glücklich gewesen waren. Zum Beispiel damals, als sie im Schwimmbad gemeinsam einen kleinen Jungen vor dem Ertrinken gerettet hatten. Oder immer wenn sie gemeinsam mit dem Rad zum Waldschlösschen gefahren waren, dem stillgelegten Ausflugslokal oben im Wald. Als Kim acht und Nina zehn gewesen war, hatten sie oft dort oben gespielt und sich vorgestellt, sie seien verwunschene Prinzessinnen, die in ihrem Zauberschloss auf den Märchenprinzen warteten.

Auf eigentümliche Weise waren diese schönen Träume fast noch beängstigender für Kim als die schlimmen.

In dieser Nacht jedoch, der Nacht, nachdem sie Lukas kennengelernt hatte, war alles vollkommen anders. Diesmal sah sie sich im Traum auf einem Bahngleis stehen. Ein roter Zug mit einer schnaufenden Dampflok stand auf dem Gleis und außer ihr und Nina war niemand zu sehen. Nina lehnte sich in einem der Zugabteile aus dem Fenster. Um ihre Handgelenke war ein weißer Kabelbinder gebunden, den man so festgezurrt hatte, dass die Haut rechts und links davon blau angelaufen war. »Mach's gut, Schwesterchen!«, sagte Nina mit einem Lächeln.

Kim war nicht nach Lächeln zumute. »Geh nicht fort!«, sagte sie und griff nach Ninas kalten Händen. Sie konnte den Blick nicht von dem Kabelbinder lassen.

»Ich muss, Schätzchen!« Und damit entzog Nina sich ihr. Der Zug setzte sich in Bewegung. Kim lief neben ihm her. Nina rief ihr etwas zu, das sie aber durch den Lärm der Lokomotive nicht verstehen konnte. Der Zug wurde schneller und schneller und schließlich musste Kim am Ende des Bahnsteigs stehen bleiben. Sie schaute zu, wie Nina ihr mit den gefesselten Händen zuwinkte und wie die Gestalt ihrer Schwester am Zugfenster kleiner und kleiner wurde und schließlich in der Ferne verschwand.

In diesem Moment wusste sie plötzlich, was Nina zu ihr gesagt hatte.

Du hättest ans Handy gehen sollen!

Und genau im gleichen Moment, wachte sie auf.

Einige Minuten blieb sie regungslos liegen und sah zu, wie das Mondlicht durch das Geäst des Baumes vor ihrem Fenster fiel und zuckende Schatten auf ihre Möbel warf. Dann hielt sie die innere Unruhe und Nervosität nicht mehr aus und setzte sich auf.

Das Tagebuch sah im milchigen Mondlicht aus, als wäre es pechschwarz. Der weiche Samt kitzelte Kims Fingerspitzen, als sie es vom Regal zog und an der Stelle mit dem Gedicht aufschlug. Sie konnte den Blick nicht von der einen ersten Zeile lassen. Wieder stach sie ihr sofort ins Auge.

Töte mich zärtlich, Liebster!

Als Kim am nächsten Morgen aufstand, war sie zu ihrer eigenen Verblüffung guter Dinge. Mit dem festen Vorsatz, sich heute nicht von bösen Erinnerungen, rätselhaften Träumen und trübseligen Gedanken herunterziehen zu lassen, machte sie sich auf den Weg zur Schule. Den Vokabeltest, den sie in Englisch schreiben mussten, brachte sie ohne große Anstrengung hinter sich, obwohl sie zuvor nicht einen einzigen Blick in ihr Vokabelheft geworfen hatte. Und als sie dann sogar für ihre Berichtigung der Mathearbeit vom Lehrer einen anerkennenden Blick kassierte, entschied sie, dass dieser Tag tatsächlich um Längen besser war als der vorherige.

In der ersten großen Pause begegnete sie Lukas.

Er stand vor dem Terrarium von Ernie, dem unsichtbaren Dornschwanz, an derselben Stelle, an der er schon gestern gestanden hatte. Wartete er etwa auf sie?

»Lauerst du mir auf?«, fragte sie gut gelaunt.

Er grinste überrascht. »Nö. Wieso?« Seine Augen sahen wieder so aus, als wären sie von einem haarfeinen dunklen Strich umrahmt.

Kim warf ihre Schultasche auf die blaue Sitzbank. »Nur so.« Dann setzte sie sich und kramte nach ihrer Englischmappe. Sie hatte vor, ihre Hausaufgaben gleich jetzt zu erledigen.

Als sie die rote Mappe aus der Tasche zog, zeigte Lukas darauf und meinte: »Noch immer ›The influence of media‹?«

Sie lächelte. »Nein. Heute müssen wir zur Abwechslung mal ein Gedicht interpretieren.« Sie pustete sich gegen den Pony. »Ich hasse so etwas, ob nun in Englisch oder Deutsch.«

Er lachte. *»Was will der Dichter uns damit sagen?*

Furchtbar! Finde ich auch.« Völlig selbstverständlich setzte er sich auf die Nachbarbank.

Kim warf ihm nur einen kurzen Blick zu, damit er nicht dachte, sie würde sich für ihn interessieren. Trotzdem fiel ihr sofort auf, dass Lukas heute seinen Ohrring nicht trug.

Sie tat so, als lese sie konzentriert ihr Gedicht, aber irgendwie ergab es jetzt noch weniger Sinn als vorhin im Unterricht. Seufzend gab sie auf. »Warum hast du deinen Ohrstecker rausgenommen?«, fragte sie.

Unwillkürlich wanderte seine Hand ans Ohrläppchen. »Weil du dich gestern so erschrocken hast, als du ihn gesehen hast.«

Er sagte das, als wäre es völlig selbstverständlich. Kim wusste einen Augenblick lang nicht, was sie darauf antworten sollte. »Oh« sagte sie nur.

Er sah sie an. »Es war nicht zu übersehen, dass du dich deswegen erschrocken hast. Du bist ganz blass geworden.«

Kim spürte, dass er auf eine Erklärung wartete. »Auf den ersten Blick hat er ausgesehen wie eine Libelle«, murmelte sie. Die Tatsache, dass er den Ohrring ihretwegen rausgenommen hatte, berührte sie auf seltsam intensive Weise.

Lukas wirkte ratlos. »Eine Libelle?«

Während Kim noch mit sich rang, ob und wie viel sie ihm von DEM BÖSEN erzählen sollte, posaunte hinter ihr eine Stimme: »Pass besser auf, Blondie! Die Alte ist nicht ganz dicht im Hirn!«

Kim presste die Kiefer aufeinander. Sie musste sich nicht umsehen, um zu wissen, wer hinter ihr stand: die Beine gespreizt wie ein zweitklassiger Boxer, die Hände betont locker in die Gürtelschlaufen gehängt - Jonas! Der Typ ging in ihre Klasse und nervte Kim, seit sie denken konnte.

»Darf ich vorstellen«, sagte Kim zu Lukas. »Der größte Vollpfosten der Schule!« Lukas lachte leise und Kim rieselte ein kleiner wohliger Schauer über den Rücken. »Hast du nichts Besseres zu tun?«, fragte sie Jonas, ohne den Kopf umzuwenden. Tief in ihrem Inneren wusste sie, dass es klüger gewesen wäre, ihn zu ignorieren, aber sie konnte nicht. Sie fühlte sich wie eine Katze, die man gegen den Strich gestreichelt hatte. Heute würde sie sich nichts einfach so gefallen lassen.

Lukas saß so, dass er sich nicht umdrehen musste, um Jonas einmal von oben bis unten zu mustern. Scheinbar vollkommen entspannt legte er den Arm auf die Rückenlehne der Bank und wandte leicht den Kopf in Jonas' Richtung. In seinen seltsamen Augen funkelte es. Kim hätte in diesem Moment nicht sagen können, ob es sich dabei um Zorn oder Belustigung handelte.

»Was könnte ich schon Besseres vorhaben?« Jonas grinste und ließ sich mit einer eleganten Bewegung neben sie auf die Bank gleiten. Dann rückte er so eng an sie heran, dass sich ihre Oberschenkel berührten. Betont lässig legte er Kim den Arm um die Schultern. »Schau mal, was ich hier für dich habe, Freaky!«, sagte er dabei.

Kim wollte sich von ihm losmachen, aber sie konnte nicht verhindern, dass ihr Blick dabei auf Jonas' Faust fiel, die er ihr jetzt präsentierte, als habe er darin einen kostbaren Schatz.

Kim erstarrte. Eine böse Vorahnung verursachte ihr eine Gänsehaut.

»Lass mich in Ruhe!« Ihre Stimme klang rau. Sie hasste sich dafür, denn nun sah sie Triumph in Jonas' Augen aufblitzen.

Er wusste, dass er sie jetzt in der Hand hatte, und er genoss es.

Kim ertappte sich dabei, dass sie einen Blick in Lukas' Richtung warf. Er saß noch immer regungslos, genau wie eben. Sein Arm lag weiterhin locker auf der Rückenlehne der Bank. Nur seine Finger zuckten leicht.

Da öffnete Jonas die Hand.

Und schlagartig wurde Kim schlecht.

Auf Jonas' Handfläche lag eine Libelle.

*

Man hatte versucht, Kim nicht mit allen Einzelheiten des Mordes zu konfrontieren. Aber die Polizei musste jeder Spur nachgehen und so hatte Kriminalkommissarin Keller Johanna darum gebeten, Kim ein Foto zeigen zu dürfen. Zwar hatte Johanna zunächst ihre Zustimmung verweigert. Aber dann war der Wunsch, Ninas Mörder zu finden, doch größer gewesen als der nach Schutz für ihre jüngere Tochter. Also war sie mit Kim aufs Revier gefahren. Frau Keller hatte eine Fotografie aus einem Aktenstapel gezogen, deren Bild heute noch regelmäßig vor Kims innerem Auge auftauchte, sobald sie abends im Bett lag.

Es war ein Foto von Nina gewesen, eine Art Leichenporträt, denn natürlich war sie auf diesem Bild bereits tot. Ihre Haut war wachsweiß, die Augen geschlossen, sodass Ninas Wimpern auf den Wangen lagen wie zarte Fliegenbeine. Eine leblose Puppe, von der man sich nicht vorstellen konnte, dass sie sich jemals bewegt hatte. Dies war nicht

Kims Schwester, wie sie sie gekannt hatte. Weg waren das laute, immer ein wenig heiser klingende Lachen, das fröhliche Funkeln der hellblauen Augen, das leichte Kräuseln der Nase. Kim waren diese Details so vertraut gewesen wie ihr eigenes Gesicht. Doch nichts davon war jetzt auf diesem Foto noch zu sehen.

Auf dem Bild konnte man die Würgemale an Ninas Hals nicht erkennen und auch nicht die Kabelbinder, mit der ihr Mörder sie gefesselt hatte. Ein Tuch bedeckte ihren Körper bis unter das Kinn. Es gab keinen Hinweis darauf, woran Nina gestorben war. Trotzdem wusste Kim das natürlich. Und als wäre diese porzellanweiße Todesmaske nicht schon schrecklich genug gewesen, zeigte das Bild noch etwas anderes:

eine ungefähr fingerlange, grün schillernde Libelle.

Der Mörder hatte ihren schlanken Leib auf Ninas Nasenwurzel drapiert, sodass die filigranen Doppelflügel auf ihrer Stirn ruhten. Das Ganze wirkte wie ein absurdes, makabres Schmuckstück.

»Hast du irgendeine Idee, warum der Täter sie dorthin gelegt hat?«, fragte Frau Keller Kim mit sanfter Stimme.

Kim starrte auf das schillernde Insekt. Dann drehte sich plötzlich ihr Magen um. Sie schaffte es gerade noch bis zu dem Waschbecken in der Ecke des Polizeibüros, bevor sie sich übergeben musste.

»Du Arme!« Ihre Mutter eilte ihr zu Hilfe, strich ihr sanft über den Rücken, während sie würgte, und reichte ihr ein Papierhandtuch, als sie fertig war.

Mit einem bitteren Geschmack im Mund hatte Kim sich aufgerichtet und langsam den Kopf geschüttelt, ohne sich dabei zu Frau Keller umzudrehen. »Ich habe keine Ahnung«, hatte sie dann gesagt.

Kapitel 4

Mit einem Satz war Kim auf den Beinen. Sie wollte etwas sagen, wollte Jonas anschreien, er solle dieses Teil sofort wegnehmen, aber alles, was ihr über die Lippen kam, war ein heiseres Krächzen. Aus dem Augenwinkel erkannte sie, dass Lukas nicht mehr ganz so entspannt dasaß, sondern sich vorgelehnt hatte. Aber er machte keine Anstalten, Kim beizustehen.

»Du... du verdammter Scheißkerl!«, presste Kim hervor. Ihr Blick wanderte zurück zu der Libelle, die Jonas ihr jetzt noch dichter unter die Nase hielt.

Sie konnte nicht anders, sie wich einen Schritt zurück. Ihre Kniekehlen prallten gegen die Bank und nur mit Mühe konnte sie das Gleichgewicht halten.

»Jonas, lass sie doch!« Einer der anderen Jungen, die sich hinter Jonas aufgebaut hatten, hörte sich ziemlich unsicher an.

»Wieso?«, höhnte Jonas. »Ist doch witzig!« Seine Worte schrillten in Kims Ohren.

»Deine Form von Humor war schon immer ziemlich pervers, mein Lieber!«, sagte eine tiefe Stimme hinter Kim.

Jonas ließ die Hand mit der Libelle sinken. »Herr Schröder!« Das Grinsen entglitt ihm.

Kim wandte sich um. Vor ihr stand ihr Biolehrer. In seine Stirn hatte sich eine steile Falte gegraben und seine grauen Augen sprühten vor Zorn, als er jetzt den Blick direkt auf Jonas heftete.

Der legte rasch die Libelle auf den Tisch, wobei einer ihrer Flügel abbrach.

»Mir ist schon länger klar, dass außer Problemen von dir nicht viel zu erwarten ist«, sagte Schröder kühl. »Aber so eine geschmacklose Gemeinheit hätte ich nicht einmal dir zugetraut! Ist mit dir alles in Ordnung, Kim?«

Kim nickte mechanisch, auch wenn ihr eigentlich nur noch nach Heulen zumute war.

Forschend sah Schröder ihr in die Augen, schien aber zufrieden mit dem, was er sah, und konzentrierte sich wieder auf Jonas. »Ich denke, es ist an der Zeit, ernsthaft über einen Schulverweis nachzudenken. Bei dir hat sich in letzter Zeit ganz schön was angehäuft, mein Lieber. Komm mit!« Seine Worte duldeten keinerlei Widerspruch. Er nahm die Libelle an sich, machte auf dem Absatz kehrt und marschierte in Richtung Schulleiterbüro davon, ohne sich zu vergewissern, ob Jonas ihm folgte. Der trottete mit hängendem Kopf hinter ihm her. Kurz bevor er um eine Ecke verschwand, schoss er jedoch einen letzten bösen Blick in Kims Richtung.

»Und Tschüss!«, hörte Kim Lukas sagen.

Sie warf ihm einen Seitenblick zu. Jetzt hatte er sich wieder zurückgelehnt.

»Danke für deine großartige Unterstützung«, ätzte sie. Ihr war immer noch schlecht. Kurz zuckte ihr Blick zu dem Libellenflügel, der auf dem Tisch zurückgeblieben war. Jede einzelne Ader des durchsichtigen Gebildes schien sich wie ein Laserstrahl in ihre Netzhaut brennen zu wollen.

Schwer atmend ließ Kim sich auf die Bank fallen.

Lukas beugte sich vor und nahm schweigend den Flügel an sich. Er musterte ihn kurz, bevor er ihn in seiner Jeansjacke verschwinden ließ. Seine Stimme klang ganz ruhig, als er sagte: »Aus der Situation musstest du allein rauskommen, sonst wären die Albträume noch schlimmer geworden.«

Woher wusste er, dass sie Albträume hatte?

»Wer bist du, Sigmund Freud persönlich oder was?«, fauchte sie.

»Ich beschäftige mich ein bisschen mit Psychologie, ja. Wieso?«

Kim wusste nicht, ob sie Lukas für seine Überlegungen bewundern oder ihn für seine scheinbare Arroganz verachten sollte. Sie entschied sich für Letzteres. »Tja«, sagte sie schnippisch. Ihr war bewusst, dass sich ihre gesamte Angst und Wut jetzt gegen ihn richtete, obwohl er an der Situation völlig unschuldig war. »Irgendwie blöd, dass Schröder deinen klugen Psychoplan durchkreuzt hat.«

Seine Mundwinkel zuckten leicht, als er aufstand. »Bist du in Ordnung?«, fragte er.

Kim verdrehte die Augen. »Klar!«, gab sie gereizt zurück.

*

Die Polizei hatte Ninas Tagebuch einem Psychologen vorgelegt, in der Hoffnung, dass der etwas herauslesen konnte, das ihnen bei der Suche nach Ninas Mörder weiterhelfen würde. Kim hatte den Namen dieses Psychologen vergessen, aber sie erinnerte sich noch gut an das Gespräch mit ihm. Ihre Mutter und Frau Keller waren auch dabei gewesen.

Drei Tage nachdem man Ninas Leiche gefunden hatte, war das gewesen.

»Meiner Erkenntnis nach«, hatte der Psychologe mit wichtiger Stimme verkündet, »deutet alles darauf hin, dass das Opfer kurz vor seinem Tod jemanden kennengelernt und sich in ihn verliebt hat.« Er hatte tatsächlich »das Opfer« gesagt und Kim zuckte bei dieser Bezeichnung heftig zusammen.

»Sie ist... war meine Schwester«, murmelte sie. Ihre Augen brannten. Genauso wie ihr Herz. Das fühlte sich so an, als hätte jemand ein Stück herausgerissen.

Der Psychologe sah sie an. Er hatte Brillengläser, die so dick waren wie Glasbausteine. Und dahinter wirkten seine Augen so winzig wie die einer Maus. Trotzdem war Kim sein stechender Blick unangenehm.

»Natürlich«, sagte er ruhig. »Entschuldige.«

»Also ein unbekannter Freund«, fasste Frau Keller zusammen. »Und das lesen Sie allein aus diesem Gedicht?«

Der Mann nickte. »Aus dem Gedicht, aber auch aus dem Kontext der restlichen Tagebucheinträge.«

Kim schüttelte heftig den Kopf. »Wenn Nina einen neuen Freund gehabt hätte, hätte sie mir davon erzählt!«, behauptete sie. Sie war sich ganz sicher, dass Nina ihr das nicht verschwiegen hätte.

Ihre Mutter schien das genauso zu sehen. Auch sie warf dem Psychologen einen skeptischen Blick zu.

»Ich kann nur sagen, was meine wissenschaftlichen Untersuchungen ergeben haben«, sagte er beleidigt. »Es gibt schlüssige Hinweise für meine Theorie.« Er wies auf das Tagebuch, das zwischen ihnen auf dem runden Konferenztisch lag. Frau Keller hatte sie alle in einem Besprechungsraum des Polizeireviers versammelt. »Sie nennt ihn *Liebster* und sie schreibt von Krallen, die ihr Herz zerfetzt haben.«

Frau Keller runzelte die Stirn. »Also für mich ist das eher pubertäres, pseudoliterarisches Gekritzel.« Sie lächelte Johanna entschuldigend zu und die nickte knapp. Ihre Augen waren rot vom Weinen.

Der Psychologe jedoch ließ sich nicht so einfach von seiner Theorie abbringen. »Ich habe mich lange genug mit der Psyche von jungen Mädchen beschäftigt«, sagte er mit hochnäsigem Tonfall, »um zu wissen, dass sie in ihren Gedichten zu neunzig Prozent eigene Erlebnisse verschlüsseln.«

Eine Weile sagte niemand ein Wort.

»Nina muss doch ein Handy gehabt haben«, meinte der Psychologe schließlich. »Gibt das nicht Aufschluss darüber, ob ich recht habe oder nicht? Fotos oder Videos, meine ich. Irgendeine Telefonnummer des Jungen.«

Frau Keller seufzte. »Ninas Handy wurde nicht gefunden, weder bei der… Leiche, noch bei ihren Sachen. Wir vermuten, dass der Mörder es mitgenommen hat, um seine Spuren zu verwischen.«

Kim hörte nur mit halbem Ohr zu, aber ihre Gedanken standen nicht still. Nina sollte einen Freund gehabt und ihr nichts davon gesagt haben? Das konnte sie einfach nicht glauben. Müde rieb sie sich über Stirn und Schläfen, während sie nachdachte.

»Gut«, sagte Frau Keller schließlich. »Ein unbekannter Freund also. Gehen wir zunächst mal davon aus, dass es so ist.«

Der Psychologe wirkte zufrieden.

»Wir soll…«

Mitten im Satz wurde Frau Keller unterbrochen, weil Kims Handy klingelte. Johanna sah ihre Tochter strafend an und Kim zog schuldbewusst den Kopf zwischen die Schultern.

»Tut mir leid!«, murmelte sie und fischte das Handy aus

ihrer Tasche. Ein Blick auf das Display zeigte ihr, dass es Sabrina war. Wahrscheinlich ging es wieder mal um irgendwelche blöden Hausaufgaben, die sie nicht kapierte. Rasch drückte Kim den Anruf weg.

Frau Keller stellte Johanna und auch dem Psychologen noch ein paar Fragen, bevor sie das Gespräch beendete. Noch während sie alle damit beschäftigt waren, ihre Sachen zusammenzusuchen und sich zu verabschieden, wählte Kim Sabrinas Nummer, um sich zu erkundigen, was los war.

Sie musste es lange klingeln lassen, bis Sabrina endlich abhob.

»Hey!«, meinte Kim.

»Hey!«, erwiderte Sabrina gereizt. Es war eindeutig, dass sie sich geärgert hatte, weil Kim sie einfach weggedrückt hatte.

Kim drehte sich ein bisschen von den anderen weg, um Sabrina besser verstehen zu können. »Tut mir leid, ich konnte eben nicht. Bin bei der Polizei. Was wolltest du?«

Schlagartig wurde Sabrinas Ton freundlicher. »Das wusste ich nicht. Sorry! Ich wollte dich nicht stören. Ich hab dir auf die Mailbox gesprochen!«

»Auf die Mailbox?« Eigentlich war Kim sich sicher, dass sie die Mailbox ausgeschaltet hatte.

»Ja, das ist dieses automatische Ding, das rangeht, wenn man keine Zeit für seine Freunde hat«, sagte Sabrina und klang schon wieder ein bisschen beleidigt. »Aber ist schon okay. Mach dir keinen Stress! Ich hatte eine Frage zu Mathe, aber hat sich erledigt. Tim hat mir geholfen.«

»Tut mir leid«, entschuldigte Kim sich noch einmal. Aber

sie ärgerte sich über Sabrinas unterschwelligen Vorwurf und genervten Tonfall.

»Schon gut! Pass auf dich auf!«

»Du auch!« Kim beendete das Gespräch. Die Mailbox? Erst jetzt fiel ihr ein, dass sie neulich einen neuen Handyvertrag abgeschlossen hatte, bei dem der monatliche Grundpreis ein paar Euro günstiger war. An die automatische Mailbox hatte sie nicht gedacht. Bei ihrem alten Anbieter, hatte sie sie deaktiviert, nachdem sie irgendwann mal keine Lust mehr gehabt hatte, das Ding ständig abzuhören. Wahrscheinlich hatten ihr jetzt schon wer-weiß-wie-viele Leute auf diese neue Mailbox gesprochen, ohne dass sie es gemerkt hatte. Kim seufzte. Sie hasste diese Dinge! Hätte da nicht irgendjemand eine automatische Ansage einbauen können, die einen daran erinnerte, dass man eine Mailbox besaß? Hoffentlich hatte sie außer Sabrinas Nachricht nichts Wichtiges verpasst!

Rasch klickte sie sich durch das Menü ihres Telefons und fand die Nachricht von Sabrina.

Im selben Moment jedoch erstarrte sie.

Ein entsetztes Wimmern entschlüpfte ihr.

»Was ist?«, fragte Johanna alarmiert. Sie hatte gerade einen Arm in ihrem Mantelärmel gesteckt und angelte etwas ungeschickt nach dem zweiten.

Kim konnte den Blick nicht von ihrem Handydisplay abwenden. Unter dem Mailboxeintrag von Sabrina, gab es einen weiteren. Ein unbeantworteter Anruf und ein Anrufer, der eine Nachricht auf der Box hinterlassen hatte.

Nina!

Mit zitternden Fingern zeigte Kim ihrer Mutter und auch Frau Keller das Display.

»Von wann ist dieser Anruf!«, hörte sie die Kommissarin

fragen. »Gib mal her!« Ihre Worte klangen, als kämen sie vom anderen Ende der Welt.

»Die Nachricht stammt vom Sonntagnachmittag«, sagte Frau Keller.

Kim musste sich zurück auf ihren Stuhl fallen lassen. »Ich hatte keine Ahnung!«, jammerte sie.

Niemand achtete auf sie, alle starrten das Handy in Frau Kellers Hand an, als sei es ein tödliches Insekt.

»Stellen Sie es laut!«, verlangte Johanna mit tonloser Stimme. Sie war noch blasser geworden als zuvor.

Frau Keller zögerte, tat dann aber, worum man sie gebeten hatte. Zuerst schaltete sie den Lautsprecher an Kims Handy an, dann startete sie die Ansage, die Nina auf Kims Mailbox hinterlassen hatte.

»Kim!«, war Ninas Stimme zu hören. Schlagartig schossen Kim die Tränen in die Augen. Es tat so weh, Nina sprechen zu hören und gleichzeitig zu wissen, dass sie tot war! »Kim, bist du da? Ich muss unbedingt mit dir reden!« Sie klang, als würde sie weinen. »Er hat Schluss gemacht, Kim! Bevor wir überhaupt richtig zusammen waren. Wir müssen unbedingt reden. Ruf mich an, sobald du das hier abhörst, ja?« Sie machte eine Pause und es hörte sich so an, als würde sie die Nase hochziehen. Dann war noch einmal für einen kurzen Moment ihre Stimme zu hören: »Da kommt jemand! Ich muss auflegen!« Mit diesen Worten wurde die Verbindung unterbrochen.

Kim presste beide Hände auf den Mund, um nicht zu schreien.

Frau Keller starrte auf das Display. »Der Anruf wurde gegen achtzehn Uhr aufgezeichnet. Das muss kurz vor ihrem Tod gewesen sein.«

Kim warf einen Blick zu ihrer Mutter. Johanna war totenblass geworden. Mit weit aufgerissenen Augen starrte sie auf das Telefon.

Kim schluchzte auf. Nina hatte kurz vor ihrem Tod versucht, sie zu erreichen und mit ihr zu reden. Und sie hatte keine Zeit für sie gehabt! Sie hatte den Anruf weggedrückt, weil er sie genervt hatte!

Und damit hatte sie sich um die einzige Gelegenheit gebracht, ein letztes Mal mit ihrer Schwester zu sprechen, bevor sie gestorben war.

In den Tagen nach dieser Entdeckung hatte die Polizei Ninas Anruf bis ins letzte Detail analysiert. Aber es war nicht mehr dabei herausgekommen, als man ohnehin schon wusste.

Nina hatte einen unbekannten Freund gehabt, genau, wie der Psychologe es vermutet hatte!

Und dieser Freund war möglicherweise ihr Mörder.

Kapitel 5

In der nächsten Pause brachte Kim es nicht über sich, zu der blauen Bank vor dem Terrarium zu gehen. Ihre Hände zitterten noch immer von den Nachwirkungen des Schocks, den Jonas mit seiner Aktion bei ihr hervorgerufen hatte. In ihrem Kopf kreisten Gedanken und Erinnerungen umeinander und ließen ihr keine Ruhe. Mal hörte sie Ninas Lachen, dann wieder die verzweifelten Worte, die sie auf Kims Mailbox gesprochen hatte.

Ruf mich an, sobald du das hier abhörst, ja?

Nur mit großer Mühe schaffte es Kim, sich auf andere Dinge zu konzentrieren. Auf der Schultoilette zählte sie die Kacheln an der Wand und danach sagte sie in Gedanken ein altes Gedicht auf, das sie in der Grundschule hatte lernen müssen. Zum Glück ließen die anderen sie heute einfach in Ruhe, aber sie spürte trotzdem ihre bohrenden Blicke im Rücken, als sie auf den Schulhof hinausging, um ein wenig frische Luft zu schnappen.

Unter dem Vordach bei den Fahrradständern entdeckte sie Lukas. Er stand neben einem silberfarbenen Rennrad, das er offenbar gerade losketten wollte, und hörte einer Person zu, die neben ihm stand und auf ihn einredete. Kim konnte nicht erkennen, wer das war, weil eine mannshohe Wand ihr die Sicht versperrte. Aber nachdem sie näher herangegangen war, erkannte sie die Stimme. »Ich finde das ja auch völlig bescheuert, aber die anderen glauben halt, dass sie seit dieser Sache mit ihrer Schwester einen echten Knall hat.«

Es war Marie!

Lukas nickte schweigend. Er stand mit dem Rücken zu Kim und hatte sie noch nicht bemerkt. Kim wich ein wenig zurück. Sie war unsicher, was sie tun sollte. Sollte sie besser wieder reingehen? Es war nicht richtig, dieses Gespräch zu belauschen, aber irgendwie war sie neugierig, wie Lukas auf Maries Getratsche reagieren würde.

Und wenn sie ganz ehrlich war, dann hätte sie auch gern gewusst, was Marie noch so alles über sie erzählen würde.

»Ich meine nur«, fuhr Marie fort. »Wusstest du, dass Kims Schwester brutal ermordet worden ist?«

Lukas' Schultern verkrampften sich.

»Da kann man ja schon auch ein bisschen Verständnis dafür haben, dass sie... äh... nicht mehr ganz richtig tickt, oder?«, plapperte Marie weiter.

Kim musste schlucken. Dass viele andere sie für einen Freak hielten, war ihr klar. Aber dass auch Marie dieser Meinung war, tat weh. Irgendwie hatte sie immer gehofft, ihre Freundin hätte Verständnis für ihr abweisendes Verhalten und könnte ein bisschen nachvollziehen, wie es ihr ging.

Aber offenbar hatte sie sich in Marie getäuscht.

»Wahrscheinlich macht Kim sich furchtbare Selbstvorwürfe«, fuhr Marie mit gesenkter Stimme fort, »weil ihre Schwester noch versucht hat, sie anzurufen, als der Mörder schon hinter ihr her war. Aber Kim hat den Anruf weggedrückt. Wusstest du das? Ich meine, die Arme, oder? Wie muss sich die Vorstellung für sie anfühlen, dass sie Nina vielleicht das Leben hätte retten können? Was denkst du?«

Inzwischen hatte Lukas die Fahrradkette aufgeschlossen. Jetzt schlang er sie sich um den Unterarm, um sie zusammenzulegen. Kim meinte erkennen zu können, wie seine Augen aufblitzten, als er Marie nun direkt ins Gesicht sah.

»Ich denke, dass du lieber den Mund halten solltest«, sagte er sehr ruhig. Dann schlang er die Kette um die Sattelstange, umrundete sein Fahrrad und hob es aus dem Ständer. Ohne Marie weiter zu beachten, schob er sein Rad ein paar Meter vorwärts. Marie lief hinter ihm her, sodass sie jetzt beide aus dem Sichtschatten der Wand hervortraten. »Aber…«, setzte sie an.

Lukas blieb stehen. Über Maries Schulter hinweg entdeckte er Kim, aber sein Gesichtsausdruck verriet nicht, ob er erstaunt oder erschrocken war, sie dort zu sehen. Mit unveränderter, finsterer Miene warf er Marie erneut einen Blick zu und sagte: »Gib dir keine Mühe!«

Dann schob er sein Rad an ihr vorbei aus dem Schultor und auf den Bürgersteig.

In diesem Moment bemerkte auch Marie Kim. Sie zuckte zusammen und wurde erst blass, dann knallrot. »Kim!«, stieß sie hervor.

Kim sagte nichts. Sie hatte genug damit zu tun, die in ihr tobenden Gefühle unter Kontrolle zu halten. Aus dem Augenwinkel nahm sie Lukas' Blick wahr. Sie drehte sich um und sah, wie er den Mundwinkel in der Andeutung eines Lächelns verzog.

Marie stammelte eine kurze Entschuldigung, dann drängte sie sich an Kim vorbei und flüchtete ins Innere des Schulgebäudes.

Lukas lachte leise. »Geschieht ihr recht, oder?«

Kim wusste nicht, was sie darauf antworten sollte. Vieles lag ihr auf der Zunge, aber sie war einfach zu durcheinander. Und enttäuscht von Maries Verhalten. Aber noch viel schlimmer waren die Schuldgefühle, die jetzt wieder anfingen, in ihr zu brennen.

Warum hatte sie Ninas letzten Anruf einfach weggedrückt? Warum?

»Ich hätte Nina nicht retten können«, murmelte sie und wiederholte damit den Satz, den der Therapeut ihr schon so viele Male gesagt hatte. Ihre Knie zitterten so sehr, dass sie sich mit dem Rücken gegen die Schulmauer lehnen musste. Hoffentlich bekam Lukas nicht mit, wie schlecht es ihr gerade ging.

Auch Frau Keller und Johanna hatten Kim wieder und wieder versichert, dass es nicht ihre Schuld war, dass Nina ermordet worden war. Selbst wenn sie ihren letzten Anruf angenommen hätte – an Ninas Lage hätte sie nichts mehr ändern können. Es war sehr wahrscheinlich, dass die Person, die Nina kommen gehört hatte, ihr Mörder gewesen war.

Das Einzige, was du damit hättest erreichen können, hatte Frau Keller einmal zu Kim gesagt, *wäre, dass du ihren Tod hättest mit anhören müssen.*

Kim wusste das. Aber trotzdem fühlte sie sich so unendlich schuldig. Schuldig, weil sie lebte und Nina tot war.

Wenn sie noch ein letztes Mal mit ihrer Schwester gesprochen hätte, würde sie sich dann heute besser fühlen?

Sie schluckte schwer.

»Mach dir keine Gedanken«, sagte Lukas. Er schwang sein rechtes Bein über den Sattel, machte aber keine Anstalten loszufahren.

Kim blinzelte. *Fang jetzt bloß nicht an zu heulen!,* mahnte sie sich selbst.

Lukas' Kinn zuckte in Richtung Schultür, durch die Marie verschwunden war. »Das ist eine blöde Zicke!«, sagte er. Dann trat er in die Pedale und fuhr davon.

Am nächsten Morgen kam Kim beinahe zu spät zur Schule, weil sie in der Nacht kaum geschlafen und sich dementsprechend nur mühsam aus dem Bett gequält hatte. Als sie die Schule durch die große gläserne Flügeltür betrat, fiel ihr Blick sofort auf eine Ansammlung von Schülern aus ihrer Jahrgangsstufe im hinteren Teil der Pausenhalle. Marie war dabei und auch Sabrina. Zusammen mit ein paar anderen bildeten die beiden Mädchen einen kleinen Kreis um Jonas, der in der Mitte stand. Kim konnte hören, dass er eine Menge scherzhafte, aber auch ein paar boshafte Bemerkungen über sich ergehen lassen musste. Dann sah sie, dass er auf der Nase eine riesige Sonnenbrille trug.

Sie ging näher heran, um zu erfahren, worüber die anderen sich lustig machten. Am Rande der Gruppe bemerkte sie Lukas, der, wie es schon seine Gewohnheit zu sein schien, beim Terrarium des Dornschwanzes stand und die Szenerie interessiert beobachtete.

»Gib's doch zu«, sagte Tobias gerade, »du hast gestern Abend die Whiskyflasche von deinem Vater geklaut!« Er griff nach der Sonnenbrille, aber Jonas schlug seine Hand zur Seite und motzte: »Lass das!«

In dem Moment bemerkte er Kim. Schlagartig verfinsterte sich seine Miene noch mehr. »Hallo, Freaky!«, knurrte er. Durch die Gruppe ging ein erschrockenes Flüstern. Aber Kim ließ sich diesmal von der Beleidigung nicht beeindrucken. Abschätzig musterte sie Jonas von Kopf bis Fuß. »Na?«, fragte sie mit kühler Stimme. »Wann ist denn diese Klassenkonferenz, bei der entschieden wird, ob sie dich von der Schule schmeißen?«

Vor Wut wurde Jonas' Gesicht dunkelrot. Aber er sagte keinen Ton. Die Sache mit der Libelle war nicht das erste Mal gewesen, dass er unangenehm aufgefallen war, und seine Schülerakte hatte inzwischen wahrscheinlich die Dicke eines Leitzordners. Jonas Lage sah also nicht besonders gut aus.

Kim hörte Lukas leise lachen, doch dann lenkte Marie die allgemeine Aufmerksamkeit wieder auf das ursprüngliche Thema. »Jetzt sag schon!«, drängte sie. »Was soll diese überdimensionale Sonnenbrille? Meinst du, du kannst damit einen neuen Trend setzen oder was?«

Jonas schüttelte den Kopf und machte ein abwehrendes Gesicht. In dem Moment kam Kim ein Verdacht. Bevor sie allerdings fragen konnte, schuf Tobias schon Tatsachen: Er machte einen schnellen Schritt nach vorne und riss Jonas die Brille vom Gesicht.

»He!«, protestierte Jonas, aber es war zu spät. Jeder konnte das blutunterlaufene, blau geschwollene Auge sehen.

»Du liebe Güte!«, entfuhr es Marie.

Tobias brach in wieherndes Gelächter aus. »Bist du mit dem Schulbus zusammengestoßen oder was?«, höhnte er.

Kims Blick wanderte zu Lukas hinüber. Er hatte sich inzwischen auf die blaue Bank gesetzt und betrachtete die Szene vollkommen ruhig, als hätte er mit der ganzen Sache überhaupt nichts zu tun. Dann bemerkte er, dass Kim ihn musterte und zwinkerte ihr zu.

Jonas starrte ebenfalls in Lukas' Richtung, und wenn seine Blicke Pfeilspitzen gewesen wären, hätte Lukas jetzt mindestens zehn davon in der Brust stecken gehabt. So aber blieb Jonas nichts anderes übrig, als Tobias die Sonnenbrille wieder aus der Hand zu reißen, sich so hoheitsvoll wie möglich umzuwenden und davonzustiefeln, als sei nichts gewesen.

Ein Zucken umspielte Lukas' Mundwinkel, wurde dann zu einem spöttischen Grinsen, und als Kim fragend die Augenbrauen hob, vollführte er eine galante Verbeugung in ihre Richtung.

»Sei ehrlich«, verlangte Kim ein paar Stunden später, als sie mit Lukas am Schulkiosk zusammentraf. »Jonas' blaues Auge stammt von dir, oder?« Wie schon gestern war Kim sich nicht ganz sicher, ob ihr erneutes Zusammentreffen Zufall war oder ob Lukas es darauf angelegt hatte. Seine Blicke brannten auf ihr, sobald er in ihrer Nähe war, und sie ertappte sich dabei, dass sie genau das genoss. Die Vorstellung, dass er Jonas ihretwegen eine reingehauen hatte, verursachte ein merkwürdiges Kitzeln in der Magengegend.

Anstatt einer Antwort schickte Lukas nur ein geheimnisvolles Lächeln in ihre Richtung. Dann musste er sich von ihr abwenden, weil er mit seiner Bestellung dran war. Er bat den Hausmeister um eine Apfelschorle und eine Packung Studentenfutter, und als er beides bezahlt hatte, ging er damit zu der blauen Bank vor dem Terrarium.

Kim kaufte sich ein belegtes Brötchen. Einen Moment lang stand sie unschlüssig mitten in der Eingangshalle herum, bevor sie sich einen Ruck gab und sich in Lukas' Richtung in Bewegung setzte. Ebenso selbstverständlich, wie er es am Vortag getan hatte, nahm sie auf der Bank Platz und biss in ihr Brötchen.

Er lächelte ihr zu, kümmerte sich aber nicht weiter um sie.

Während er sein Studentenfutter aß, knisterte die Tüte in regelmäßigen Abständen, wenn er eine weitere Nuss oder Rosine heraussuchte. Schließlich knüllte er die Tüte zusammen und stopfte sie in die Tasche seiner schwarzen Jeansjacke. Ob sich dort noch immer der Libellenflügel befand?

»Nina Ferber.« Die beiden Worte fielen völlig unerwartet. Kim zuckte zusammen, als sie den Namen ihrer Schwester hörte. »Das Mädchen, das erwürgt wurde«, fügte Lukas hinzu.

»Was ist mit ihr?«, fragte sie. Ihre Stimme klang belegt.

»Sie war deine Schwester, oder?«

Kim nickte. Das wusste er doch ohnehin schon. Wieso musste er das jetzt ansprechen?

»Das tut mir sehr leid«, sagte er leise.

Sie wollte nicht über Nina sprechen. Lukas' Nähe erfüllte sie mit einer kribbeligen Unruhe, die sie trotzdem irgendwie angenehm fand. Wenn er wirklich nur ihretwegen Jonas ein blaues Auge verpasst hatte…

Sie schluckte.

»Was war mit dieser Libelle?«, fragte Lukas.

Kim blinzelte. »Was meinst du?« Sie fragte, um Zeit zu gewinnen, denn in Wahrheit wusste sie genau, was er meinte. Das Kribbeln im Bauch war weg, so als hätte eine riesige, eisige Hand es fortgewischt und dann ihre gesamten Eingeweide gepackt und zu einem kalten Klumpen zusammengepresst.

Lukas bemerkte ihre plötzliche Anspannung. »Wir müssen nicht darüber reden«, lenkte er schnell ein. Aber Kim überkam plötzlich das Bedürfnis, endlich einmal mit jemandem offen über die ganze Sache zu sprechen. Mit jemand Normalem, korrigierte sie sich im Stillen, der nicht ihr Psychotherapeut war, denn das war etwas ganz anderes.

»Schon gut«, beschwichtigte sie. »Es ist nur…« Das Bild von Ninas blassem Gesicht mit dem schillernden Insekt darauf trat vor ihr inneres Auge, machte sie einen Moment lang blind. »Der Mörder hat Ninas Leiche damit verziert«, stieß sie so hastig wie möglich hervor. Ihre Kehle war eng und ihr Herz schlug so hart in ihrer Brust, als sei es plötzlich nicht mehr aus Fleisch und Blut, sondern aus kaltem Metall.

»Mit einer Libelle?«, hakte Lukas nach.

Kim musste tief Luft holen, bevor sie nicken konnte. Dann beschrieb sie ihm, wie man Ninas Leiche gefunden hatte. »Die Polizei hat es damals geheim gehalten. Aus ermittlungstaktischen Gründen, haben sie gesagt.« Sie strich sich unauffällig über die Wangen. Zu ihrer Überraschung waren sie trocken. »Komisch, ich habe bisher noch nie mit einem Fremden darüber gesprochen.«

Bei dem Wort »Fremder« verengten sich Lukas' Augen einen Moment, aber dann nickte er. »Woher weiß dieser Jonas dann davon?«

»Er weiß es nicht, jedenfalls nicht das mit Nina. Was er weiß, ist, dass ich beim Anblick von Libellen Schreikrämpfe bekomme.«

Lukas holte tief Luft. »Wenn du Einzelheiten loswerden willst…«, meinte er vorsichtig.

Kim zerknüllte die Serviette, die sie ihr am Schulkiosk zusammen mit dem Brötchen gegeben hatten. »Es gibt nicht viel zu erzählen. Das Wichtigste stand damals in allen Zeitungen.«

»Ich fürchte, ich habe nichts davon mitbekommen.«

Kim sah Lukas an. »Warum nicht?«, fragte sie. Sie war froh, das Gespräch auf etwas anderes lenken zu können.

»Ich war damals gerade nicht in der Stadt.«

»Warum nicht?«

»Ich… ich konnte aus bestimmten Gründen für einige Zeit nicht in die Schule gehen.« Lukas senkte den Kopf, sodass die strubbeligen Haare seine Augen verbargen. Es war deutlich, dass ihm das Gesprächsthema unangenehm war.

»Weißt du, was die anderen über dich erzählen?«, fragte Kim ihn.

»Über mich?«

»Über deine *Auszeit.«*

»Nein. Was?« Endlich hob Lukas wieder den Kopf. Sein Blick wirkte heute noch brennender, noch intensiver und wieder fragte Kim sich, ob er sich schminkte oder seine Augen von Natur aus so ungewöhnlich wirkten.

»Sie behaupten, du seist im Knast gewesen.« Kims Worte hingen einen Moment lang in der Luft und Lukas legte den Kopf schief, als müsse er erst einmal darüber nachdenken.

»Echt?«

»Das musst du doch mitbekommen haben«, meinte Kim. »Die Leute an dieser Schule sind wirklich alles andere als subtil.«

Lukas lächelte kurz. »Ja, hab ich auch.«

»Und?«

»Es interessiert mich ehrlich gesagt nicht besonders.« Lukas lehnte sich lässig zurück, um zu demonstrieren, wie egal ihm das alles war. Trotzdem, fand Kim, wirkte er auf einmal ziemlich angespannt.

»Nein«, sagte sie. »Ich meine, ob das Gerücht stimmt.«

»Dass ich im Knast war?«

Seine zur Schau gestellte Ruhe fing an, sie zu nerven. Wieso musste er sie so auf die Folter spannen? War er nun ein verurteilter Krimineller oder nicht? Allein die Vorstellung war erschreckend. »Ja!«, sagte sie drängend. »Ich meine, du bist – wie alt?«

»Neunzehn.«

»Neunzehn! Und du gehst immer noch in die Zehnte. Ist doch kein Wunder, dass die Leute sich solche Geschichten ausdenken.«

»Knast!« Er lachte. »Jugendknast höchstens, wenn es denn stimmen würde!«

»Und stimmt es?«

Mit undurchdringlicher Miene sah er Kim an. »Weißt du, was? Es wäre schön, wenn es so gewesen wäre!« Und nach diesen unbegreiflichen Worten erhob er sich. »Ich habe gleich Mathe.« Er umrundete die Bank und wandte sich in Richtung A-Trakt. Im letzten Moment drehte er sich noch einmal zu Kim um. »Weißt du, was ich mich frage?«

»Nein.«

»Ob du Lust hättest, am Samstag mit mir zusammen ins Pascha zu gehen.«

Kapitel 6

Er hat was?« Sabrinas Stimme überschlug sich fast.

Kim stieß ihren Löffel in die unnatürlich gelbliche Masse von dem Spaghettieis, das sie bestellt hatte. Eigentlich hatte sie gar keinen Appetit. »Er hat gefragt, ob ich am Samstag mit ihm ins Pascha gehen will.« Das *Pascha* war die angesagteste Disco der Stadt.

»Und du hast natürlich Ja gesagt«, meinte Sabrina voller Überzeugung.

Kim führte den Löffel zum Mund und leckte die süße Masse ab. Ihr war schon wieder schlecht, aber sie würde den Teufel tun und es jemanden merken lassen. Nach dem Unterricht hatte Sabrina sie zu einem Besuch im Eiscafé eingeladen, und weil sie nicht schon wieder von allen als gähnend langweilig bezeichnet werden wollte, hatte sie eingewilligt.

Jetzt saß sie hier also mit einem Eisbecher, dessen Inhalt sich langsam in eine gelbe Suppe verwandelte, und hatte einen festen Klumpen im Magen, der ganz sicher nicht vom Eis kam. »Ich habe gar nichts gesagt«, erwiderte sie. »Ich weiß noch nicht, ob ich Lust habe hinzugehen.«

»Lust?« Sabrina kreischte beinahe. Zwei Jungs, die am Nachbartisch saßen, schauten verblüfft in ihre Richtung und steckten dann grinsend die Köpfe zusammen. Sabrina bemerkte es nicht einmal, so geschockt war sie von Kims Äußerung. »Wie kann man keine Lust haben, wenn der coolste Junge der ganzen Schule einen fragt, ob man mit ihm ausgehen will?« Sie klang richtig hysterisch.

Kim biss sich auf die Unterlippe, um nicht zu grinsen.

»Er ist nicht der coolste«, behauptete sie, merkte aber, dass das nicht so überzeugend rüberkam. Kurz dachte sie an Jonas' blaues Auge. Lukas hatte es zwar bis jetzt nicht zugegeben, aber Kim war sich sicher, dass er für das Veilchen verantwortlich war.

»Nicht der coolste? Das kannst auch nur du sagen, weil du für alles zu blind und zu taub bist und absolut nichts mehr mitbekommst!«, stieß Sabrina hervor. »Also, wenn er mich fragen würde, ich würde keine Sekunde zögern!«

»Wobei würdest du nicht zögern?«

Marie war an ihren Tisch getreten, ohne dass Kim es bemerkt hatte.

Jetzt schaute sie auf den freien Stuhl neben Sabrina. »Darf ich?«, fragte sie in Kims Richtung. Das schlechte Gewissen über ihr blödes Gerede von gestern war ihr an der Nasenspitze abzulesen.

Kim nickte nur. Sie wusste nicht, ob sie Marie noch böse war oder ob es vielleicht die Enttäuschung war, die ihr wie ein schwerer Klumpen im Magen lag.

»Stell dir vor«, fing Sabrina sofort an, aufgeregt auf Marie einzureden, »Lukas hat Kim gefragt, ob sie mit ihm ins Pascha gehen will!« In ihrer Stimme lagen mindestens sieben Ausrufezeichen.

Maries Miene, die eben noch schuldbewusst ausgesehen hatte, entglitt ihr mit einem Schlag. »Ist doch toll«, sagte sie, aber man merkte sofort, dass sie es nicht so meinte. Doch dann senkte sie den Kopf und murmelte: »Entschuldige. Ich habe mich gestern echt total mies verhalten.«

»Wie, mies?« Sabrina schaute fragend zwischen ihr und Kim hin und her, aber Kim beachtete sie gar nicht.

»Schon gut«, meinte sie. Irgendetwas sagte ihr, dass Marie auch ihre Entschuldigung nicht hundertprozentig ehrlich meinte, aber sie hatte einfach keine Lust auf einen erneuten Streit. Also tat sie so, als habe sie ihr längst verziehen.

Erleichtert lächelte Marie ihr zu. »Und?«, fragte sie, stützte die Ellenbogen auf der Tischplatte ab und legte das Kinn auf die verschränkten Hände.

Kim guckte fragend, weil sie nicht genau wusste, was Marie meinte. Ungeduldig fügte Marie hinzu: »Na, wirst du mit ihm hingehen? Ins Pascha, meine ich.«

»Weiß ich noch nicht«, gab Kim zu.

Da wurde Maries Lächeln breiter. Kim konnte förmlich hören, wie sie in Gedanken Pläne schmiedete, sich Lukas selbst zu angeln. Und ihre Chancen standen wahrscheinlich gar nicht mal so schlecht. Unauffällig verglich Kim sich mit Marie in einem der riesigen Spiegel, die hier im Eiscafé wie Bilder an der Wand hingen. Sie selbst mit ihrem langweiligen Pferdeschwanz und dem blassen Gesicht, während Maries Haut genau den perfekten, ebenmäßigen Elfenbeinton hatte und ihre blonden Haare sich in lässigen Locken um ihre Wangen ringelten.

In diesem Moment stieß Sabrina ein verzücktes Quietschen aus. Dabei riss sie die Augen auf und starrte auf etwas hinter Kims Rücken. Gleichzeitig spürte Kim einen kühlen Luftzug im Genick, der ihr verriet, dass jemand das Eiscafé betreten hatte. Offenbar war dieser Jemand der Grund für Sabrinas Verzückung.

Kim drehte sich um.

In der Tür stand Lukas.

Er ließ seinen Blick durch das Lokal schweifen und suchte sich dann einen Platz am Fenster. Bevor er sich in die mit rotem Kunstleder bezogene Sitzecke fallen ließ, fing er Kims Blick ein und lächelte ihr leicht zu.

Kim wich ihm aus. Maries Miene hatte sich verfinstert, aber Kims Herz klopfte plötzlich so heftig, dass sie es im Hals spüren konnte. Um ihre Nervosität zu verbergen, senkte sie den Kopf über ihr Eis. Die rote Soße hatte inzwischen zusammen mit dem Gelb vom Eis einen unappetitlichen See auf ihrem Teller gebildet, und obwohl sich Kim beinahe der Magen umdrehte bei diesem Anblick, schaffte sie es, einen weiteren Löffel in sich hineinzuzwängen.

Noch während sie damit beschäftigt war, nicht zu würgen, bemerkte sie, wie Sabrina sich von der Sitzbank schlängelte. »Was hast du vor?«, zischte sie ihr zu und ahnte bereits nichts Gutes.

Sabrina beachtete sie nicht, sondern steuerte zielstrebig auf Lukas zu. Der war damit beschäftigt, die Eiskarte zu studieren. Als Sabrina sich vor ihm aufbaute, blickte er überrascht hoch.

»Kim hat mich gebeten, dir zu sagen, dass das mit Samstagabend klargeht«, behauptete sie.

Kim traute ihren Ohren nicht. Aus den Augenwinkeln sah sie, wie Marie ihre Lippen zu einem schmalen Strich zusammenpresste und konnte sich vorstellen, was sie dachte. Mit Sicherheit hätte Marie es vorgezogen, am Samstag allein ins Pascha zu gehen – und dort vielleicht »ganz zufällig« auf Lukas zu treffen.

»Wirklich?« Lukas' Blick huschte an Sabrinas Gestalt vorbei und heftete sich auf Kim.

Sie hielt ihm stand. Ihr Herz setzte einen Schlag aus.

Da sah Lukas wieder Sabrina an. »Dann sag ihr, dass ich mich freue«, meinte er ruhig.

Insgeheim freute Kim sich auf den Besuch im Pascha. Vor dem Samstag kam allerdings erst mal der Donnerstag und an diesem Tag hatte Kim einen Termin bei ihrem Psychotherapeuten. Dr. Schinzel war ein älterer Mann um die sechzig, was man aber aufgrund seiner spiegelblanken Glatze und der durchtrainierten Tennisspielerfigur nicht vermutete. Seine Praxis lag in einem alten Backsteingebäude in der Stadtmitte. Aus dem Behandlungszimmer, hatte man einen schönen Blick auf einen kleinen Park und die gegenüberliegenden Altbauhäuser.

»Nun, Kim«, sagte er und begrüßte sie wie jedes Mal mit einem warmen Händedruck und einem herzlichen Lächeln, bevor er ihr den Platz gegenüber von seinem Schreibtisch anbot. Dann nahm er – auch wie jedes Mal - seine Armbanduhr ab, um sie vor sich auf den Tisch zu legen. »Wie geht es dir heute?«

»Nicht so besonders«, antwortete sie. Dr. Schinzel richtete sich noch ein wenig mehr auf und sah sie fragend an. »Also«, fuhr sie fort und suchte nach den passenden Worten. »Es gab da ein paar Dinge, die...« Und dann erzählte sie von Jonas' Aktion mit der Libelle.

»Das muss dich sehr wütend gemacht haben«, vermutete Dr. Schinzel.

»Hat es.«

Der Arzt schwieg. Kim kannte das. Er wollte, dass sie sich selbst erforschte, dass sie herausfand, was genau sie fühlte. Sie lauschte in sich hinein, wie er es ihr beigebracht hatte. »Ich bin nicht nur wütend, sondern auch... hm, irgendwie verunsichert.«

»Inwiefern verunsichert?«

Kim legte beide Hände auf die ledernen Armlehnen des

Stuhles und wippte sachte hin und her. Sie fühlte sich wie in einem winzigen Kahn, der auf hoher See von den Wellen hin und her geworfen wurde und drohte, jeden Moment zu kentern. Nachdenklich zuckte sie mit den Schultern. »Ich habe lange nicht an Ninas Tod denken müssen«, meinte sie dann. »Jedenfalls nicht auf diese Weise…«

»Auf welche Weise?«, hakte Dr. Schinzel nach.

Kim richtete den Blick auf die große Standuhr seitlich hinter ihm an der Wand. Sie ging schon lange nicht mehr, weil das Zifferblatt einen Riss hatte. Die Zeiger zeigten auf Viertel vor zehn. »Die Erinnerungen kommen…« Sie musste nach dem richtigen Wort suchen. »… plötzlich. Wie ein Blitz. Und dann muss ich wieder daran denken, an dieses… wie haben Sie es genannt?«

»DAS BÖSE?«

Kim nickte. »Ja.«

Dr. Schinzel stand auf und wandte sich dem Fenster zu. »Nun, das war zu erwarten. In jeder Therapie gibt es Fortschritte und Rückschläge. Das ist ganz normal.« Er öffnete das Fenster einen Spaltbreit und die Geräusche der Straße drangen von unten herauf. Kim hörte ein Auto hupen. Im Park gegenüber lachte ein Kind. Erst nach einigen Minuten drehte der Arzt sich wieder zu ihr um. »Oftmals gibt es einen Auslöser für solche Rückschritte«, erklärte er. »Das Unterbewusstsein reagiert auf winzige Kleinigkeiten, einen Geruch, den du vielleicht bewusst gar nicht wahrnimmst, einen Klang, ein paar Töne. Hast du in der letzten Zeit vielleicht jemanden getroffen, oder jemanden Neuen kennengelernt, den du mit Nina in Verbindung bringst?«

Spontan musste Kim an Lukas denken, aber dann schüttelte sie den Kopf. »Nicht dass ich wüsste.«

Lukas und Nina hatten nicht das Geringste miteinander zu tun.

»Aber da ist jemand, an den du denkst, oder?«, hakte Dr. Schinzel nach.

Kim wunderte sich nicht zum ersten Mal, wie gut er sie durchschaute. Dennoch zögerte sie. »Es gibt da einen Jungen…«, begann sie, dann verstummte sie wieder.

»Einen Jungen?«

»Ja. Er geht auf meine Schule.«

Dr. Schinzel schwieg, während Kim mit sich rang, wie viel sie ihm von Lukas erzählen sollte. Sie wusste ja selbst noch nicht genau, was sie von ihm halten sollte. Nur dass sie andauernd an ihn denken musste, das war mehr als klar.

Weil sie nicht weitersprach, stellte der Psychiater eine Frage: »Dann bist du inzwischen wieder so weit, dass du dir vorstellen kannst, einen Freund zu haben?«

In den vergangenen zwei Jahren hatten er und Kim ziemlich mühsam an Kims Ängsten gearbeitet. Eine dieser Ängste war die vor Jungs. Weil Ninas Mörder noch immer frei herumlief, war Kim übervorsichtig geworden. Immer wenn sich ein Typ offensichtlich für sie interessierte, hatte sie ihn durch ihre kühle Art und sehr abweisendes Verhalten sofort wieder verschreckt. Alle hatten sich nach kurzer Zeit wieder von ihr abgewandt.

Wer konnte schon wissen, ob der Junge, mit dem sie gerade ausging, nicht Ninas Mörder war?

Diesen Gedanken hatte sie monatelang einfach nicht aus dem Kopf bekommen.

»Die Wahrheit ist, ich weiß es nicht«, gestand sie.

Dr. Schinzel nickte. »Aber du denkst darüber nach. Das

ist gut. Dieser Junge, von dem wir hier sprechen: Glaubst du, er könnte derjenige sein …«

Wenn überhaupt jemand, dann er, schoss es Kim durch den Kopf. Sie spürte, wie sie rot wurde. In diesem Moment erst wurde ihr bewusst, dass sie bei Lukas keinen einzigen Gedanken daran verschwendet hatte, ob er Ninas Mörder sein könnte. Warum eigentlich nicht?

Dr. Schinzel schmunzelte. Das war ein so ungewöhnlicher Anblick, dass Kims Kopf noch ein wenig heißer wurde. Am besten, sie wechselte jetzt das Thema!

»Ich hatte neulich einen sehr sonderbaren Traum«, sagte sie.

»Erzähl mir davon!«, verlangte der Arzt.

Sie schilderte dem Psychiater den Traum von Nina in dem roten Zug. Aus irgendeinem Grund, der ihr selber nicht klar war, ließ sie den Kabelbinder weg. »Was hat das zu bedeuten?«, fragte sie, nachdem sie zu Ende erzählt hatte.

Der Arzt blickte auf seine Armbanduhr. »Vielleicht will dein Unterbewusstsein dir sagen, dass es an der Zeit ist, deine Schwester loszulassen.«

Kapitel 7

Der Samstag und damit das Treffen im Pascha kamen dann doch schneller, als es Kim lieb gewesen wäre.

Sie kannte Lukas erst ein paar Tage. Sie hatte keine Ahnung, was damals wirklich mit ihm los gewesen war, als er so lange nicht zur Schule gekommen war. Und noch viel weniger Ahnung hatte sie, warum er sich von allen Mädchen in der Schule ausgerechnet sie ausgesucht hatte. Sie war weder so hübsch wie Marie noch so intelligent wie manch andere auf dieser Schule. Sie war eigentlich nur... durchschnittlich.

Und trotzdem schien Lukas sich für sie zu interessieren. Der lässige, ruhige Lukas. Der coolste Typ weit und breit, wie Sabrina es ausgedrückt hatte.

Allein bei dem Gedanken an ihn fing es in Kims Bauch an zu kribbeln. Irgendwann in der Nacht von Freitag auf Samstag entschied sie, dass es jetzt vielleicht wirklich an der Zeit war, die Vergangenheit hinter sich zu lassen und in die Zukunft zu schauen.

Als sie am Samstagmorgen aufstand, war sie fest entschlossen, am Abend ins Pascha zu gehen.

Aber der feste Vorsatz wurde kleiner und kleiner, je mehr der Tag voranschritt. Sie beschäftigte sich einige Stunden damit, ein paar Seiten für eine Hausarbeit zu schreiben, die sie in ein paar Wochen erst abgeben musste. Weil der Text ihr aber überhaupt nicht gefiel, gab sie es schließlich entnervt auf und vertrödelte die restliche Zeit damit, auf dem Bett zu sitzen, Musik zu hören und Löcher in die Luft zu starren. Dabei wuchs die Angst mit jeder Minute, die verstrich, weiter an. Schließlich und nur, um irgendetwas zu tun zu haben, ging sie zum Friseur und ließ sich ihre Haare schneiden.

Gegen sieben Uhr saß sie dann am Abendbrottisch, starrte auf Sigurds protzigen Silberring und überlegte, ob sie Lukas' Einladung erwähnen sollte. Wenn sie ihm erzählen würde, was die anderen über Lukas und seinen Gefängnisaufenthalt tratschten, dann würde er ihr vermutlich verbieten mitzugehen. Dann hätte sie eine gute Ausrede. Inzwischen war sie kurz davor zu kneifen.

Bevor sie sich entschieden hatte, was sie tun wollte, klingelte es an der Haustür.

Sigurd blickte von seinem Teller mit Risotto auf. »Erwartest du jemanden?«

Kim seufzte. »Das wird Marie sein. Ich gehe heute Abend mit ihr und Sabrina ins Pascha.«

Marie wohnte nur ein paar Straßen von Kim entfernt. Die beiden hatten verabredet, gemeinsam mit dem Bus zur Disco zu fahren.

Über Sigurds Gesicht huschte ein Ausdruck von Missbilligung, als er den Namen »Pascha« hörte. »Du weißt schon, dass sie da Drogen…«

Kim winkte ab. »Klar!« Sie legte ihr Besteck zur Seite und stand auf, um die Tür zu öffnen.

Es war tatsächlich Marie. Sie hatte ihre Haare zu einer imposanten Hochsteckfrisur toupiert, die in Kims Augen aussah, als hätte sie mit den Fingern in eine Steckdose gegriffen. Ihre Augenlider zierte ein dicker, schwalbenschwanzartig auslaufender Lidstrich, den Marie sich ganz offensichtlich bei Amy Winehouse abgeguckt hatte. Eine hautenge Jeans, ein kurzes Top, das ihren Bauchnabel frei ließ, und darüber eine Jacke mit Pelzkragen vervollständigten den melodramatischen Auftritt.

Kim unterdrückte ein Grinsen.

»Du bist ja noch gar nicht fertig!«, protestierte Marie, kaum dass die Tür weit genug geöffnet war, dass ihr Blick auf Kims Jeans und T-Shirt fiel. Bevor Kim irgendetwas erwidern konnte, drängte Marie sich schon an ihr vorbei in die Wohnung. »Immerhin die Haare hast du dir schneiden lassen.« Mitten im Flur blieb sie stehen.

Sigurd war inzwischen ebenfalls vom Tisch aufgestanden und in die Küchentür getreten. »Hallo, Marie«, sagte er. Seine Stimme klang kühl und Kim kannte ihn gut genug, um zu wissen, was er dachte. Marie war innerhalb der letzten zwölf Monate dreimal von zu Hause ausgerissen und hatte sich dann mehrere Tage lang in der fünfzig Kilometer weit entfernten Großstadt herumgetrieben. Einmal hatte die Polizei sie irgendwo aufgelesen und nach Hause bringen müssen. In Sigurds Augen war Marie alles andere als eine passende Samstagabendbegleitung für Kim.

»Hallo, Herr Steinhauer«, grüßte Marie höflich. Dann heftete sie den Blick wieder auf Kim. »Was ist jetzt? Du musst dich ein bisschen beeilen, Süße, Sabrina wartet auf uns.«

Sigurds Miene verfinsterte sich noch ein bisschen mehr, als er Maries kommandierenden und etwas überheblichen Tonfall hörte.

Kim schüttelte leicht den Kopf. »Ich glaube, ich komme doch nicht mit.«

Maries Augen wurden groß. Der Lidstrich am äußersten Augenrand wurde dadurch noch ein bisschen breiter gezogen und sah jetzt noch mehr aus wie ein Schwalbenschwanz, fand Kim. »Im Ernst?« Die Gedanken hinter Maries Stirn fingen ganz offensichtlich an zu rasen. Kim war klar, dass Marie jetzt überlegte, wie sie sich am besten an Lukas heranmachen konnte. Ein zufriedenes Grinsen erschien auf Maries Gesicht, wurde aber sofort wieder von einem betroffenen Ausdruck ersetzt. »Och nö, Kim!«, meinte sie lahm. »Das kannst du aber nicht machen!«

Kim zuckte mit den Schultern. »Ich kann mich nicht daran erinnern, zugesagt zu haben.«

Bevor Marie etwas erwidern konnte, trat Sigurd ein Stück weiter vor. »Wenn sie keine Lust hat…«, begann er, Kim zu verteidigen, aber Marie fiel ihm unhöflich ins Wort.

»Keine Lust! Das glaubst du doch selbst nicht, Kim!«

Sigurds Augenbrauen hoben sich fragend. Kim warf ihm einen kurzen Blick zu, der »Frag nicht!« bedeuten sollte. Sein Versuch, ihr beizustehen, war ja nett gemeint, aber gleichzeitig fand sie ihn auch total peinlich. Marie merkte das anscheinend und ihr Mund verzog sich zu einem spöttischen Grinsen.

»Hat er dir verboten mitzukommen?«, fragte sie.

Kim schüttelte den Kopf. »Nein, wieso…?«

Marie zuckte mit den Schultern. »Nur so.« Sie hielt Sigurds finsterem Blick stand und starrte herausfordernd zurück.

»Wenn Kim keine Lust hat«, sagte er ruhig, »dann solltest du das akzeptieren.«

Marie verschränkte die Arme vor der Brust. »Hast du wirklich keine Lust?«, fragte sie Kim. Kim erkannte ein sekundenschnelles Aufblitzen in ihren Augen. Marie hoffte inständig, sie würde jetzt Ja sagen.

Bei der Vorstellung, dass ihre Freundin Lukas anbaggern

würde, stieg eine Mischung aus Wut und Traurigkeit in Kim hoch. »Keine Ahnung!«, meinte sie, und das entsprach tatsächlich der Wahrheit.

»Also…« Nun trat Sigurd vor und machte Anstalten, Marie zur Wohnungstür hinauszuschieben.

»He!«, protestierte die.

»Kim hat keine Lust, mit dir zu kommen«, sagte er kühl.

Da hatte Kim das Gefühl, jetzt schnell eine Entscheidung treffen zu müssen. »Vielleicht komme ich doch mit«, murmelte sie.

Sigurd blieb stehen und wandte sich zu ihr um. »Du wolltest doch…«

An seiner Schulter vorbei konnte sie sehen, dass Marie ein enttäuschtes Gesicht machte. »Ich habe nicht gesagt, dass ich keine Lust habe«, meinte Kim. »Ich war nur nicht sicher…«

»Aber das Pascha ist…«

»… nicht so eine Drogenhölle, wie du immer meinst, Sigurd!«, unterbrach Kim seinen Einwand. Plötzlich nervte sie seine Fürsorglichkeit und machte sie beinahe aggressiv. Sie hatte das Gefühl, in dem engen Flur keine Luft mehr zu bekommen. »Außerdem bin ich alt genug. Ich kann auf mich selbst aufpassen!«

Sigurd schien anderer Meinung zu sein. »Kann ich dich kurz sprechen?« Er warf Marie einen abschätzigen Blick zu. »Allein!«

Marie grinste. »Ich warte draußen.« Dann verschwand sie.

Sigurd richtete den Blick auf Kim. »Ich weiß nicht, Kleines«, sagte er. »Letztens haben sie im Pascha einen Dealer verhaftet.«

»Ich kaufe keine Drogen«, versuchte Kim, seine Sorge abzuwehren. »Und ich lasse meinen Drink niemals unbeaufsichtigt stehen, versprochen!« Ein wenig wunderte sie sich über sich selbst. Schließlich hatte sie bis eben eigentlich gar keine Lust gehabt, mit Marie in diese Disco zu gehen. Warum kämpfte sie jetzt so dafür?

Sie starrte Sigurd an.

Der lächelte. Unsicher drehte er an seinem Silberring. »Ich meine ja nur...« Und dann machte er den einen, alles entscheidenden Fehler. »Wegen Nina...«

Kim erstarrte. Wut und Empörung flackerten in ihr auf. »Das ist jetzt aber nicht dein Ernst, oder?«, zischte sie.

Verblüfft von der Heftigkeit ihrer Reaktion wich Sigurd einen Schritt zurück. »Was meinst du?«

»Du benutzt Ninas Tod, um mir den Discobesuch auszureden?« Kim schrie fast, so wütend war sie auf einmal.

»Das wollte ich... ich meine, ich dachte, du bist froh, wenn ich Marie...« Vor Verblüffung geriet Sigurd ins Stammeln.

Kim atmete einmal tief durch. *Ganz ruhig!*, mahnte sie sich. *Sigurd meint es nur gut!*

Sie nickte steif. »Danke, aber ich brauche deine Fürsorge nicht.«

»Kim«, nahm Sigurd einen neuen Anlauf, doch sie wehrte ab. Da verschloss sich sein Gesicht, wurde plötzlich abweisend und hart. »In diesem Fall«, sagte er sehr ruhig, »werde ich dir den Discobesuch wohl verbieten müssen.«

Kim schnappte nach Luft. »Das ist jetzt nicht wahr!«

Er nickte nur.

»Du bist nicht mein Vat...«

»Spar dir diesen Spruch, meine Liebe!«, fiel er ihr ins

Wort und jetzt klang er nicht mehr nur kühl, sondern geradezu eisig. Kim wusste, dass ihn das, was sie hatte sagen wollen, in seinem Innersten traf, aber es war ihr egal.

Er war nicht ihr Vater! Er hatte kein Recht, ihr die Disco zu verbieten!

»Deine Mutter hat mich gebeten, auf dich aufzupassen, solange sie im Krankenhaus ist«, fuhr er fort. Er presste seine Lippen aufeinander, sodass sie ganz weiß wurden, und Kim wurde klar, dass auch er jetzt wütend war. Trotzdem sprach er immer noch ruhig und beherrscht, und das machte sie rasend.

»Ja«, schrie sie ihn unvermittelt an. »Und warum tust du das alles? Weil du Mom zurückhaben willst, richtig? Aber das hättest du dir früher überlegen sollen – als du in Amerika rumgelaufen bist, anstatt hier bei ihr zu sein, als sie dich am meisten gebraucht hat!« Kim hatte sich jetzt in Rage geredet. »Wenn du nicht diesen bescheuerten Indianer-Artikel geschrieben hättest, als Nina gestorben ist, wären Mom und du heute noch zusammen!«

Sigurd zuckte zusammen, aber der verschlossene Ausdruck in seinem Gesicht veränderte sich nicht. Dann verengten sich seine Augen zu Schlitzen: »Du weißt nicht, was du sagst!«, sagte er. »Und jetzt sieh zu, dass du nach oben kommst!«

Kim begriff, dass es keinen Sinn hatte weiterzustreiten. Sie würde ihn nicht umstimmen können. Sie fuhr auf dem Absatz herum und stapfte wütend die Treppe rauf. Kurz bevor sie ihre Zimmertür hinter sich ins Schloss knallte, hörte sie Sigurd leise sagen: »Navajo! Es waren Navajo, keine *Indianer!*«

Ihr Herz klopfte heftig, als sie sich von innen gegen die Tür lehnte, und ihr Magen hatte sich vor lauter Wut zu einem winzigen Knoten zusammengezogen. Es fühlte sich an, als hätte sie glühende Kohlen verschluckt. Dann hörte sie, wie unten die Haustür aufgemacht wurde, und lief schnell zum Fenster, von wo aus sie auf den Gartenweg sehen konnte. Es dauerte einen Moment, aber dann sah sie Marie über den Weg zum Gartentor marschieren und die Straße hinunter verschwinden. Offenbar hatte Sigurd ihr gesagt, dass Kim nicht mitkommen würde.

Von wegen!

Kim starrte auf den Baum vor ihrem Fenster.

Was fiel Sigurd eigentlich ein, sie so zu bevormunden? Sie war kurz davor, ihre Mutter anzurufen und sich bei ihr zu beschweren, doch dann wurde ihr klar, wie kindisch das wirken würde. Sie war fünfzehn! Da konnte man ja wohl selbst entscheiden, wo und wie man seinen Samstagabend verbringen wollte. Und sie war sich sicher, Mom würde das auch so sehen.

Johanna wäre froh, dass Kim endlich anfing, ihre Angst vor Jungs zu überwinden!

Kim wandte sich vom Fenster ab und trat vor ihren Kleiderschrank. Sie zog beide Türen auf, sodass sie einen guten Überblick über den gesamten Inhalt hatte. Was sollte sie anziehen? Jeans. Klar. Eine von den teuren, die sie im letzten Urlaub mit Johanna zusammen gekauft hatte und die sie so superschlank aussehen ließ. Und ein Top. Aber nichts Bauchfreies, so wie Marie es angehabt hatte. Sie entschied sich für ein enges schwarzes, das an den Nähten mit Strasssteinen besetzt war. Eine gute Mischung aus edel und cool.

Ihre Haare wuschelte sie ordentlich durch und fasste sie im Nacken zu einem losen Pferdeschwanz zusammen, aus dem sie einige Strähnen herauszog und locker um ihre Schläfen kringelte. Jetzt noch die Schuhe mit den höchsten Absätzen, die sie besaß, und sie fand, sie konnte sich durchaus sehen lassen. Schwungvoll warf sie eine der beiden Schranktüren zu, drehte sich vor dem Spiegel und nickte zufrieden. Dann zog sie die Schuhe wieder aus. Sie musste an dem Baumstamm hinunterklettern, da waren Absätze eher hinderlich. Schuhe und Schlüsselbund stopfte sie in ihre Tasche und schlang sich den Riemen um die Schulter. Dann endlich öffnete sie das Fenster und lehnte sich hinaus.

Ganz schön hoch. War das früher auch so gewesen? Sie presste die Lippen zusammen und kletterte auf das Fensterbrett. Das Stück Plastikfolie, mit dem sie früher immer das Fenster am Zufallen gehindert hatte, war noch da und sie klemmte es zwischen Rahmen und Scheibe. Dann griff sie nach einem der Äste.

Oje!, schoss es ihr durch den Kopf, *seit dem letzten Mal bist du mit Sicherheit ein ganzes Stück schwerer geworden.* Ob der Ast ihr Gewicht hielt? Aber bevor sie anfangen konnte, sich ernsthaft Sorgen zu machen, hangelte sie sich schon an dem Ast entlang auf den Stamm zu, kletterte daran hinunter und stand im nächsten Moment unten auf dem Rasen. Im Dunkeln lief sie bis zur Straße und verschwand dann in Richtung Bushaltestelle.

Obwohl das Pascha nicht besonders groß war, war es schwer angesagt, besonders unter den Schülern der Albert-Einstein-Gesamtschule. Allerdings lag das auch daran, dass es in der Stadt keine andere Disco gab, die diese Bezeichnung überhaupt verdiente.

Während Kim sich an der Kasse ihren Stempel auf den Handrücken drücken ließ, schweifte ihr Blick schon über die Tanzfläche, die man von hier aus sehen konnte. Sabrina entdeckte sie sofort, aber von Marie war nichts zu sehen.

Sie stopfte sich das Wechselgeld in die Hosentasche, lächelte dem kaugummikauenden Mädchen an der Kasse noch einmal zu und betrat dann die Disco. Bunte Lichtflecken zuckten über die Tanzfläche, die Beats von einem Jason-Derulo-Song wummerten aus den Lautsprechern.

Als Kim an der Garderobe ihre Jacke abgab, wurde Sabrina auf sie aufmerksam und winkte ihr enthusiastisch zu. Kim überquerte die Tanzfläche und begrüßte ihre Freundin. »Wo ist Marie?«, schrie sie ihr ins Ohr, um die Musik zu übertönen.

Sabrina hatte sich einen ganz ähnlichen Lidstrich gemalt wie Marie. Als sie jetzt erstaunt die Augen aufriss, fiel Kim auf, dass sie dabei offenbar keine ganz ruhige Hand gehabt hatte. Am linken Auge wirkte die pechschwarze Linie ausgefranst und war etwas dicker als rechts. »Ich dachte, die wollte dich zu Hause abholen«, schrie Sabrina zurück. »War sie nicht bei dir?«

»Doch. Aber Sigurd hat sie weggeschickt.« Kim gelang nur ein schiefes Grinsen. »Er wollte nicht, dass ich mitgehe. Ich bin heimlich hier.«

Sabrina kam mit ihrem Mund so dicht wie möglich an Kims Ohr, denn nun begann ein neuer Song, und der war noch ein wenig lauter und durchdringender als der vorherige. »Du ungezogenes Mädchen!«, lachte sie und warf dann den Kopf in den Nacken. Ihre langen Haare glänzten in dem bunten Discolicht und funkelten in allen Schattierungen, von Orange bis Blutrot. Ein Typ, den Kim noch nie zuvor gesehen hatte, griff nach ihrem Arm und wollte sie an sich ziehen. Sabrina machte sich noch einmal los. »Marie kommt bestimmt bald«, sagte sie, dann wandte sie sich dem Jungen zu und lächelte ihn an.

Kim blieb einen Moment lang stehen und sah den beiden bei ihren Verrenkungen zu, dann holte sie tief Luft. Was sollte sie eigentlich hier? Sie hatte überhaupt keine Lust zu tanzen. Nur der Gedanke an Lukas hielt sie davon ab, sofort wieder zu gehen. Wieso fand sie ihn nur so wahnsinnig faszinierend, sodass sie bei ihm sogar ihre Angst vor Jungs vergaß? Ein paar Minuten ließ sie die Musik auf sich wirken, dann zupfte Sabrina sie am Arm.

»Da ist er!«, schrie sie Kim ins Ohr.

Kims Herz machte einen Satz, als sie ihn erkannte.

Lukas stand an der Bar und hielt ein Glas mit irgendeiner dunklen Flüssigkeit in der Hand. Er trug dieselben Klamotten wie in der Schule: Jeans und ein schwarzes T-Shirt, seine Jacke hatte er offenbar auch an der Garderobe abgegeben. Kim wurde bewusst, dass sie ihn zum ersten Mal ohne das speckige Jeansteil sah, und stellte fest, dass er ziemlich breite Schultern hatte.

Sein Blick schweifte suchend über die Menge, aber bisher hatte er Kim noch nicht entdeckt. So hatte sie endlich mal die Gelegenheit, sich ihn unbemerkt genauer anzusehen. Das zuckende Licht der Scheinwerfer warf Reflexe auf seine Wangenknochen und auch auf seine blonden Haare, die ihm heute Abend genauso strubbelig in die Stirn fielen wie sonst. Drei ältere Mädchen, die nur wenige Schritte von ihm entfernt an der Bar standen, hatten die Köpfe zusammengesteckt und tuschelten ganz offensichtlich über ihn.

Falls ihm das bewusst war, so ließ er es sich zumindest nicht anmerken. Er hob das Glas an den Mund, um einen Schluck zu trinken. Über den Rand hinweg, entdeckte er Kim. Als er das Glas wieder sinken ließ, lag ein Lächeln auf seinen Lippen.

Er schien sich tatsächlich zu freuen, sie zu sehen. Unwillkürlich verglich sich Kim mit den drei älteren Mädchen und fragte sich, warum eigentlich. Gegen diese drei war sie absolut unscheinbar.

»Komm!« Mitten im Song gab Sabrina ihrem Tanzpartner einen flüchtigen Kuss auf die Wange, dann packte sie Kim am Arm und zog sie in Richtung Bar. Dafür mussten sie sich durch die Menge drängen, und als sie Lukas erreicht hatten, atmete Sabrina so schwer, als habe sie einen Hundertmeterlauf hinter sich. »Hi!«, rief sie.

»Hi.« Lukas nickte Sabrina zu, richtete den Blick dann aber sofort auf Kim. »Schön, dass du da bist.«

In Kims Ohren summte es. Steif wie ein Stockfisch stand sie da. Auf einmal war ihr schon wieder schlecht, aber diesmal lag es nicht an irgendwelchen düsteren Erinnerungen. Diesmal war es pure Nervosität. Aus den Augenwinkeln beobachtete sie die älteren Mädchen, auf deren Gesichtern sich Skepsis und Abneigung abzeichneten. Lukas hatte sein Glas auf der Theke abgestellt, sich von der Bar gelöst und einen Schritt auf Kim zu gemacht. Fast meinte sie, die Feindseligkeit der drei spüren zu können. Man konnte ihnen ihre Gedanken an der Nasenspitze ablesen.

Was will der Typ mit diesem grauen Mäuschen?

Ein plötzliches Hochgefühl erfasste sie wie eine riesige Welle. Sie war mit dem coolsten Typen der Schule zusammen in einer Disco. Und er interessierte sich nur für sie und sonst niemanden.

Krass!

Und was fast noch krasser war: dass sie es genoss! Da war keine Spur von Angst mehr in ihr.

»Ich hab doch gesagt, dass ich komme«, gab sie zurück. Sie musste sich ein bisschen vorbeugen, damit Lukas sie verstehen konnte.

Auch Lukas näherte seinen Mund ihrem Ohr. »Hast du das wirklich?«, fragte er und deutete mit dem Kinn in Richtung Sabrina. Sie spürte seinen Atem wie einen Hauch an ihrem Hals entlangstreichen.

»Ganz ehrlich?« Kim grinste. Der Duft von Lukas' Rasierwasser stieg ihr in die Nase und ihr wurde schwindelig. Er lehnte sich ein wenig zurück, um sie anschauen zu können. »Ehrlich!«

Da musste sie lachen. »Nein! Sabrina hat dich angelogen im Eiscafé.«

Schmunzelnd griff er nach ihrer Hand. »Umso schöner, dass du trotzdem da bist.« Und mit diesen Worten zog er sie auf die Tanzfläche. Kim folgte ihm wie betäubt.

Die Blicke der drei Mädchen an der Bar brannten in ihrem Rücken.

Kapitel 8

Drei oder vier Songs lang tanzten sie einfach, ohne auch nur den Versuch zu machen, sich dabei zu unterhalten. Die Bässe massierten Kims Zwerchfell und versetzten sie in einen tranceähnlichen Zustand. Die Übelkeit war verschwunden, hinterließ aber ein Gefühl von flatternden Schmetterlingsflügeln in ihrem Bauch, das nicht weniger nervenaufreibend war.

Nach einer Weile lächelte Lukas sie an und fragte: »Durst?«

Kim pustete sich gegen die erhitzte Stirn. »Und wie!«

»Was möchtest du haben?« Lukas betrachtete die Schlange, die sich vor dem Getränkeausschank gebildet hatte, und runzelte die Stirn.

Kim überlegte kurz. Sie hatte Lust auf irgendetwas Süßes, Hochprozentiges wie einen Flying Hirsch. Allerdings war das vielleicht etwas riskant, da sie heute Abend nicht wirklich was gegessen hatte und dementsprechend kaum etwas im Magen. Sie wollte sich auf keinen Fall mit Lukas an ihrer Seite betrinken. »Ein Lemonbier, wenn sie haben.«

Lukas nickte ihr zu. »Warte hier. Ich bin gleich wieder da.« Damit drängelte er sich zum Ende der Schlange durch.

Plötzlich stand Sabrina hinter Kim. »Und?«

Kim drehte sich zu ihr um. »Was und?«

»Bereust du, dass du gekommen bist?« Sabrina grinste und schielte dabei in Lukas' Richtung. Der tauschte gerade ein paar Worte mit dem Typen, der in der Schlange hinter ihm stand.

»Nicht eine Sekunde.« Kim lächelte. Sie meinte es ernst. Und das fühlte sich einfach nur gut an.

Vielleicht würde sie sich jetzt endlich von einem Freak wieder in ein ganz normales Mädchen zurückverwandeln!

»Sag ich doch!« Sabrina griff nach Kims Hand. »Ist Marie eigentlich inzwischen aufgetaucht?«

Kim schüttelte den Kopf. »Nein. Zumindest habe ich sie noch nicht gesehen.« Sie hatte die ganze Zeit über nur Augen für Lukas gehabt und gar nicht mehr an ihre Freundin gedacht. Jetzt sah sie sich in der inzwischen proppevollen Disco um.

Marie war nirgendwo zu entdecken.

»Sie wird stinksauer sein, wenn sie kommt«, sagte Sabrina, klang dabei aber überhaupt nicht bekümmert.

»Sie steht auf Lukas, oder?«, fragte Kim.

Sabrina lachte. »Und wie! Ich glaube, sie kann überhaupt nicht verstehen, warum er sich ausgerechnet für dich interessiert.«

Vielen Dank auch!, dachte Kim bei sich, sprach es aber nicht laut aus. Wahrscheinlich war Sabrina gar nicht klar, was sie da eben gesagt hatte.

»Was glaubst du, wo...« Bevor Kim die Frage beenden konnte, hatte Sabrina zwei andere aus ihrer Klasse entdeckt.

»He!«, meinte sie. »Da sind Andy und Tamara! Die geh ich mal fragen. Vielleicht wissen sie, wo Marie ist!«

»Gut. Ich muss sowieso mal. Da kann ich auch gleich nachgucken, ob sie auf dem Klo ist.« Da die Schlange an der Bar nur langsam vorankam, gab Kim Lukas ein Zeichen, dass sie kurz auf die Toilette gehen würde. Er nickte verstehend.

Die Toiletten befanden sich im Untergeschoss, und um dorthin zu kommen, musste man eine lange Betontreppe nach unten gehen. Blassblaues Neonlicht beleuchtete die grauen Stufen, an den Wänden hingen Plakate von Bands, die auf der kleinen Bühne der Disco gespielt hatten. Schon bei früheren Besuchen hatte Kim sich gefragt, was es zu bedeuten hatte, dass man die Plakate ausgerechnet vor den Klos aufgehängt hatte.

Ihr Blick blieb an dem Bild einer kleinen Metal-Band hängen, deren Mitglieder ihre Tattoos demonstrativ in die Kamera hielten. Eine Menge Totenköpfe und Drachen. Unbewusst scannte Kim das gesamte Plakat.

Keine Libellen.

Gut.

Der Schweiß, der ihr beim Tanzen ausgebrochen war, begann zu trocknen und sie fröstelte.

Natürlich war auch vor der Frauentoilette eine Schlange. Am Ende standen zwei der drei Mädels, die Kim vorher an der Bar gesehen hatte. Sie musste sich direkt hinter ihnen anstellen.

»He!«, sagte die eine von ihnen. Sie hatte pechschwarze streichholzkurze Haare. Die Augen waren so stark geschminkt, dass sie damit aussah wie ein Waschbär. »Du bist doch mit Lukas hier, oder?«

Kim begegnete ihrem herausfordernden, fast feindseligen Blick. »Ja, und?«, fragte sie.

Die Schwarzhaarige grinste. »Nur so.« Einen Moment lang schwieg sie, dann breitete sich ein fieses Grinsen auf ihrem Gesicht aus. »Wie kommt es, dass er sich für einen Loser wie dich interessiert?«

Kim, die Sticheleien mehr als gewöhnt war, lächelte schmal. »Vielleicht, weil er nicht auf solche Zicken wie dich steht.«

Die Schwarzhaarige glotzte verblüfft.

»Du hältst dich wohl für total cool, was?«, mischte sich jetzt das andere Mädchen ein. Sie trug einen modischen Bob, der hinten im Nacken kürzer geschnitten war als vorne. Sie kaute mit solchem Elan an ihrem Kaugummi, dass Kim bei dem Anblick an eine Kuh auf einer Almwiese denken musste. Der Gedanke amüsierte sie. Mit einem herausfordernden Blick antwortete sie: »Kommt drauf an, wen man fragt.« Dabei dachte sie: *Verglichen mit euch, vermutlich schon.* Vergnügt stellte sie fest, dass sich ihre gute Laune durch die blöden Kommentare nicht verändert hatte.

»Wenn ich du wäre«, sagte nun wieder die Schwarzhaarige, »dann würde ich vorsichtig sein.«

»Mit Lukas, meint sie«, half Miss Bob aus und produzierte eine Kaugummiblase, die kurz darauf lautstark zerplatzte.

»Weil?« Kim verschränkte die Arme vor der Brust. Langsam wurde ihr das hier wirklich zu blöd. Wenn sie nicht unbedingt zur Toilette müsste, hätte sie die beiden schon längst einfach stehen lassen. Aber so blieb ihr nichts anderes übrig, als auszuharren.

Wieder grinste die Schwarzhaarige. »Weil er ein echt fieser Typ ist.«

Möglichst gleichgültig zuckte Kim mit den Schultern.

»Hat mal eine Schlägerei gehabt, auf dem Schulhof«, behauptete die Schwarzhaarige. »Da war er erst in der Siebten. Mit zwölf Stichen mussten sie den anderen nähen.«

»Es heißt, seine letzte Freundin hätte er auch verprügelt«, gab jetzt auch Miss Bob ihr Wissen zum Besten.

Kim wandte sich demonstrativ ab. So einen Quatsch würde sie sich überhaupt nicht anhören!

»Du glaubst bestimmt, dass das nur dummes Gerede ist,

aber warum sollte er sonst zwei Jahre im Knast gesessen haben?«

Die Schlange war in der Zwischenzeit ein ganzes Stück vorangerückt und endlich war Miss Bob an der Reihe. Kim starrte auf die Toilettentür, hinter der sie verschwunden war.

In dem engen, gekachelten Raum roch es nach Lavendel und Klostein. Kim schluckte und war froh, als sie selbst endlich an der Reihe war und danach wieder zurück nach oben gehen konnte. Die beiden Lästermäuler waren nirgends mehr zu sehen. Dafür begegnete Kim der Typ auf der Treppe, mit dem Lukas sich eben an der Bar unterhalten hatte.

»Hey!«, sagte er.

Kim nickte ihm zu und wollte sich an ihm vorbeidrängen. Aber er ließ sie nicht. Mit einer betont lässigen Geste stützte er dicht neben ihrem Kopf die Hand gegen die Wand. »Wohin so eilig?«

Kim wusste, dass es in solchen Fällen eine einfache und sehr wirkungsvolle Methode gab, die Anmache zu beenden. »Zu meinem Freund«, sagte sie. »Er wartet oben an der Bar.«

Doch bei diesem Typen schien der Wink nicht zu funktionieren. »Lass ihn doch warten! Ich bin sicher, wir beide könnten viel mehr Spaß zusammen haben.« Sein Gesicht kam immer näher. Er roch unangenehm, nach Schnaps und irgendetwas Bonbonsüßem, einem Energydrink wahrscheinlich. Vielleicht hatte er den Flying Hirsch getrunken, auf den Kim verzichtet hatte. Er beugte sich weiter vor und Kim spürte seinen Atem. Sie wich seinen Lippen aus. »Lass mich in Ruhe!«, verlangte sie. Ihr Herz begann zu klopfen.

Ein paar Mädchen kamen von oben an ihnen vorbei, aber keine von ihnen beachtete Kim oder den Typen. Kim warf ihnen einen finsteren Blick hinterher. Noch war sie nicht so verzweifelt, dass sie auf die Idee gekommen wäre, jemanden um Hilfe zu bitten. »Ich brauche keinen Obermacho wie dich!«, fauchte sie den Typen an und griff nach seinem Handgelenk, um seinen Arm fortzuschieben.

Doch er hielt dagegen. »Nicht?« Wieder versuchte er, Kim zu küssen, und diesmal drückte er sie mit dem Arm gegen die Wand, um sie am Ausweichen zu hindern. Kim wehrte sich, aber sie konnte es nicht verhindern, dass der Mund des Kerls ihre Wange und ihr Ohrläppchen streifte.

»Lass mich in Ruhe!« Jetzt wurde sie doch etwas lauter, in der Hoffnung, dass einer der Ordner sie hören und einschreiten würde.

Aber niemand kam. Zusätzlich presste der Typ Kim nun auch mit der Hüfte gegen die Wand, sodass sie sich wie festgenagelt fühlte. »Hab dich doch nicht so!« Und wieder startete er einen Versuch, sie zu küssen.

Diesmal erreichten seine Lippen ihre Haut nicht. Denn bevor das passieren konnte, wurde er herumgerissen und nun selbst gegen die Wand geschleudert.

»Sie hat gesagt, du sollst sie in Ruhe lassen!« Lukas' Stimme war ganz ruhig, doch Kim konnte eine Kälte darin hören, die ihr einen Schauer über den Rücken laufen ließ.

Der Typ glotzte Lukas verblüfft an. Dann blinzelte er, als würde er doppelt sehen und hätte Mühe, das Gesicht vor seinen Augen scharfzustellen. »Ist das deine Puppe? Oh! Schon klar! Tut mir leid, Mann!« Und er hob eine Hand, um Lukas' Faust abzuwehren, die drohend direkt vor seiner Nase schwebte. »Alles easy! Kein Problem. Bin schon weg.«

Er schlüpfte unter Lukas' Arm hindurch, warf Kim noch einen bösen Blick zu und verschwand dann so schnell nach oben, dass er über die letzte Stufe stolperte.

»Idiot!«, schickte Lukas ihm hinterher. Erst danach schien er sich seiner erhobenen Faust bewusst zu werden. Er starrte darauf, als würde sie nicht zu ihm gehören, und ließ sie dann rasch sinken. Mit besorgtem Gesichtsausdruck wandte er sich zu Kim um. »Bist du okay?«

Die Erleichterung ließ ihre Knie zittern und sie holte erst einmal tief Luft. »Ja. Danke.« Dann musste sie grinsen. Ein berauschendes Gefühl machte sich in ihr breit, als wenn sie zu viel Alkohol getrunken hätte. Dabei hatte sie noch nicht einmal an ihrem Lemonbier genippt. »Warum hast du mir eben geholfen, aber neulich bei Jonas nicht?«, fragte sie.

Er warf einen prüfenden Blick die Treppe hinauf, aber von dem betrunkenen Typen war nichts mehr zu sehen. »Das hier war etwas anderes!«, behauptete er. »Der wollte dich abschleppen.«

»So?« Kim unterdrückte ein Kichern. »Hättest du ihm wirklich eine reingehauen, wenn er nicht gegangen wäre?«

Die Worte des schwarzhaarigen Mädchens hallten in ihren Gedanken nach.

Mit zwölf Stichen mussten sie den anderen nähen …

Lukas' Miene wurde finster. »Komm!«, sagte er nur. »Ich habe Sabrina unsere Gläser gegeben.« Er wandte sich ab und marschierte in einer Geschwindigkeit die Treppe hoch, dass Kim Mühe hatte, ihm zu folgen.

Sabrina hatte in der Zwischenzeit eine der Sitzecken erobert, die rings um die Tanzfläche aufgebaut waren, und saß dort zusammen mit einem ziemlich süßen Typen, der auch auf ihre Schule ging. Er hatte einen Pferdeschwanz. Kim kannte seinen Namen nicht, aber es war deutlich zu sehen, dass er großes Interesse an Sabrina hatte. Demonstrativ hatte er den Arm um ihre Schultern gelegt und sein Daumen streichelte sie fast ununterbrochen am Hals.

Sabrina erwartete Kim und Lukas bereits mit gespanntem Gesichtsausdruck. »Was war los?«, erkundigte sie sich, als sie beide sich gesetzt hatten.

Der DJ spielte jetzt einige ruhigere Balladen, sodass sie sich einigermaßen normal unterhalten konnten.

Kim bemerkte, dass Marie immer noch nicht aufgetaucht war. »Nur so ein Idiot, der ein bisschen aufdringlich geworden ist«, erklärte sie Sabrina und warf Lukas dabei einen vorsichtigen Seitenblick zu. Noch immer hatte er eine steile Falte zwischen den Augenbrauen. Offenbar war er durch ihre alberne Frage von eben mehr verärgert, als sie gedacht hatte.

Sie presste die Lippen zusammen und griff nach ihrem Bier, das Sabrina mit zum Tisch genommen hatte. Das Getränk war kühl und lecker, wenn auch ein bisschen zu herb für Kims Geschmack. Trotzdem nahm sie drei, vier Schlucke, um nichts sagen zu müssen.

Auch der Typ mit dem Pferdeschwanz schwieg.

»Was trinkst du?«, hörte Kim Sabrina fragen, während sie auf Lukas' Glas deutete.

»Cola«, antwortete er einsilbig.

»Schon klar«, hakte Sabrina nach. »Aber mit was drin?«

»Einfach nur Cola.« Lukas' Mund war ein schmaler Strich, doch langsam entspannten sich seine Züge wieder. Er fing einen von Kims unsicheren Blicken auf und lächelte ihr leicht zu.

Kim fiel ein Stein vom Herzen.

Sie lehnte sich zurück. Dass Marie immer noch nicht zu sehen war, machte sie jetzt langsam doch nervös und darum holte sie ihr Handy heraus.

»Du liebe Zeit!«, entfuhr es Lukas. »Stammt das noch aus der Steinzeit?«

Das Gerät war immer noch dasselbe, das sie schon damals besessen hatte, als Nina gestorben war. Obwohl Kim so schreckliche Erinnerungen damit verband, hatte sie es nicht übers Herz gebracht, sich ein neues zu kaufen. Ninas Handy, jenes, das nach dem Mord nicht wieder aufgetaucht war, war exakt das gleiche Modell gewesen. Kim und Nina hatten es sich damals beide am gleichen Tag gekauft und irgendwie kam es Kim so vor wie die allerletzte Verbindung, die ihr noch zu ihrer toten Schwester geblieben war. Aus diesem Grund telefonierte sie noch immer mit diesem unhandlichen Teil, obwohl seine Kamera nur eine geringe Auflösung hatte und es darüber hinaus nicht MMS-fähig war.

Jetzt grinste Kim Lukas an. »Na, na!«, tadelte sie und warf ihm einen übertrieben strafenden Blick zu.

Er lachte und sie fiel ein. »Steinzeit ist gemein«, sagte sie und pustete sich gegen den Pony. »Es stammt nämlich immerhin aus der Bronzezeit.«

»Sieht man.« Lukas warf einen Blick auf das Display, als Kim versuchte, Maries Nummer zu wählen.

Es klingelte einmal, zweimal. Dann schaltete das Handy sich automatisch ab.

»Typisch!«, murmelte Kim. »Der Akku hält kaum noch und ich habe vergessen, ihn aufzuladen.«

»Warum kaufst du dir kein Neues?«, fragte der Typ mit

dem Pferdeschwanz. Er hatte eine helle Stimme, die seltsam kindlich klang – so, als sei er noch nicht im Stimmbruch gewesen.

Kim zuckte mit den Schultern.

Der DJ legte nun wieder lautere Songs auf, sodass sie alle drei die Stimmen heben mussten. Lukas brachte sein Gesicht dicht an Kims Ohr. »Warum nicht?«, fragte er und fügte hinzu: »Ehrlich sein!«

Und da erzählte sie ihm davon, wie sie und Nina die Handys gemeinsam gekauft hatten. Kurz spielte sie mit dem Gedanken, ihm auch von Ninas letztem Anruf zu erzählen, aber sie ließ es dann doch. Das schlechte Gewissen über ihr Versäumnis war immer noch zu groß. Und sie wollte auf keinen Fall, dass Lukas schlecht von ihr dachte. »Ich bringe es einfach nicht übers Herz, es wegzuwerfen«, schloss sie mit einem schiefen Grinsen. »Findest du das schräg?«

Lukas wiegte den Kopf hin und her. »Hab schon Schrägeres erlebt«, sagte er nur.

Kim wandte sich an Sabrina. »Versuch du es mal!«

Sabrina brauchte einen Moment, bis sie begriff, was Kim von ihr wollte. »Ach so!«, sagte sie schließlich, zog ihr Handy raus und suchte nach Maries Nummer.

Sie ließ es lange klingeln. Aber am anderen Ende meldete sich niemand. Schließlich klappte Sabrina ihr Handy wieder zu. »Keiner zu Hause«, schrie sie gegen den Lärm der Musik an.

Nachdem sie ihre Getränke ausgetrunken hatten, gingen sie wieder auf die Tanzfläche. Später, irgendwann gegen halb zehn holte Sabrina für alle noch eine Runde. Sie drückte Kim ein zweites Lemonbier in die Hand und sie nahm es, auch wenn sie wusste, dass sie das besser nicht getan hätte. Aber die Stimmung war inzwischen so gut. Sabrina hatte schon die dritte Cola-Rum und knutschte die ganze Zeit ungeniert mit dem Pferdeschwanztypen. Was war dagegen schon eine zweite Flasche! Kim warf alle Bedenken über Bord und trank ein paar Schlucke.

Ihr Kopf kreiste, aber das Gefühl war gar nicht so unangenehm. Als sie sich wieder in einen der Sessel fallen ließ und die Beine ausstreckte, fühlte sie sich so selbstsicher und wunderbar wie schon lange nicht mehr.

Lukas setzte sich neben sie. In der Hand hielt er eine neue Cola.

Kim griff danach und entriss sie ihm. Dann nippte sie daran.

»Das ist ja tatsächlich nur Cola!«, meinte sie enttäuscht.

»Habe ich doch gesagt.« Er nahm ihr das Glas wieder weg.

»Warum trinkst du nichts? Bist du etwa mit dem Auto hier?« Die Vorstellung, dass jemand, mit dem sie ausging, bereits Auto fahren konnte, war aufregend.

Doch zu ihrer Enttäuschung schüttelte Lukas den Kopf. »Mit dem Bus. Wie du auch.«

»Warum dann Cola?« Sie nahm einen weiteren Schluck aus ihrer Flasche. Heute Abend, beschloss sie, würde sie versuchen, ein bisschen mehr über Lukas herausfinden.

»Einfach so.« Schon wieder verfinsterte sich seine Miene und Kim entschied sich für eine andere Taktik.

»Was hast du in der letzten Zeit so getrieben?«, fragte sie. Ein Kichern perlte wie ein Bläschen in ihrer Brust nach oben, aber sie unterdrückte es. »Ich meine, im Knast wirst du kaum gewesen sein, wie die anderen behaupten. Oder?«

Unter ihrem Pony hervor warf sie ihm einen fragenden Blick zu.

Er saß eine Weile regungslos da. »Nein.« Er schüttelte den Kopf, machte aber keine Anstalten, Kims Frage zu beantworten.

»Komm schon!«, drängte sie und trank einen weiteren Schluck. Ihre Flasche war jetzt fast leer und das Kreisen in ihrem Kopf so stark, dass sie die Füße auf den Boden stemmen musste, damit nicht auch die Welt um sie herum anfing, sich zu drehen.

Sabrina ließ kurz von Mr Pferdeschwanz ab und mischte sich ein. »Was soll er?«

»Er will mir einfach nicht verraten, was er in der letzten Zeit gemacht hat!«, beklagte Kim sich. Klangen ihre Worte wirklich so jammerig? So betrunken war sie doch gar nicht! Unsicher leckte sie sich über die Lippen. Dabei spürte sie, wie Lukas' ernster Blick auf ihr ruhte.

Sabrina bemerkte die Spannung, die plötzlich in der Luft lag. Ihre Augen glänzten auf eine ungewöhnliche Weise. »Vielleicht war er wirklich im Knast!«, nuschelte sie und bewies damit, dass sie trotz ihrer Knutscherei noch eine ganze Menge von dem, was um sie herum vorging, mitbekommen hatte. »Ich meine: Jonas hat behauptet, dass er ihm das Veilchen verpasst hat, und mal ehrlich! So wie er gerade die Treppe runtergestürmt ist, als er mitbekommen hat, dass dieser Typ dich anmacht. Ich hätte mich nicht gewundert, wenn er ihm den Schädel eingeschlagen hätte!«

Während Sabrinas Worten ging eine Veränderung mit Lukas vor. Plötzlich saß er stocksteif da. Seine Hand krampfte sich so heftig um das Colaglas, dass seine Knöchel weiß hervortraten. Der Blick, mit dem er Sabrina anstarrte, war eine Mischung aus Wut und Fassungslosigkeit.

»Was ist?«, wehrte sie sich. »Habe ich etwa ins Schwarze getroffen?«

Kim legte ihr eine Hand auf den Arm, um sie zu stoppen, doch es war bereits zu spät.

Vorsichtig, als habe er Angst, es zu zerbrechen, stellte Lukas das Glas auf den Tisch. Dann stand er auf. Seine Bewegungen wirkten mühsam, so, als stünde er unter einer großen Anspannung, die er kaum unter Kontrolle halten konnte.

Sein Blick heftete sich auf Kim. »Kommst du allein nach Hause?«, fragte er steif.

Kim nickte. »Klar.« Sie war verwirrt und ein bisschen erschrocken. Was war nur mit Lukas los?

»Gut.« Ohne noch einen weiteren Ton zu sagen, wandte er sich ab und schob sich durch die Menge davon. Kim sah, wie er an der Garderobe nach seiner Jacke verlangte, und nachdem man sie ihm gegeben hatte, verließ er die Disco mit langen Schritten.

Sabrina starrte vor sich hin, als habe Lukas sich vor ihren Augen in Luft aufgelöst. »Du liebe Güte!«, ächzte sie. »Was war das denn?«

Kapitel 9

Nach Lukas' abruptem Abgang war Kim so ernüchtert und enttäuscht, dass sie beschloss, auch nach Hause zu fahren, obwohl es noch nicht ganz zehn war. Sabrinas Geturtel mit dem Pferdeschwanztypen ging ihr schon länger auf die Nerven. Kurz vor zehn fuhr ein Bus, der vorletzte an diesem Abend, und den nahm sie. Während sie aus dem Busfenster starrte, ärgerte sie sich über sich selbst, über ihre blöden Sprüche, mit denen sie Lukas ganz offensichtlich ziemlich sauer gemacht hatte. Aber ein bisschen ärgerte sie sich auch über Lukas. Warum tat er auch immer so geheimnisvoll? Was, wenn die Dinge stimmten, die sich alle über ihn erzählten?

Der Aufstieg in den Apfelbaum erwies sich als weitaus schwieriger als der Abstieg, aber schließlich hatte Kim ihn bewältigt. Ihr Atem ging schwer, als sie durch das Fenster in ihr Zimmer krabbelte. Bewegungslos verharrte sie einen Moment. Aber im Haus war alles still. Leise öffnete Kim ihre Zimmertür und lauschte, ob unten im Wohnzimmer der Fernseher lief. Um diese Zeit schaute Sigurd gewöhnlich die Tagesthemen, aber heute war nichts zu hören. Seltsam!

Ob Sigurd schon schlafen gegangen war? Das war ziemlich unwahrscheinlich, denn er war eine Nachteule, die locker bis zwei, drei Uhr morgens arbeiten konnte. Bestimmt hockte er im Schlafzimmer über seinem Laptop und schrieb an irgendeinem Artikel. Zumindest hoffte sie das. Da er leider die Angewohnheit hatte, vor dem Schlafengehen immer noch mal nach ihr zu sehen wie nach einem Kleinkind, hätte er sonst ihren verbotenen Ausflug mit Sicherheit schon entdeckt. Leise schloss sie ihre Zimmertür wieder, dann schaltete sie das Licht an und warf sich angezogen auf ihr Bett. Ihr Blick fiel auf den Kleiderschrank. Hatte sie den nicht vorhin offen gelassen? Aber sie dachte nicht weiter darüber nach, denn ihre Gedanken kreisten um Lukas und sein seltsames Verhalten. Was hatte dieser Typ für ein Geheimnis?

Irgendwann döste sie ein – und schreckte hoch, weil ein klirrendes Geräusch sie aus einem unruhigen Schlaf riss. Sie öffnete die Augen und starrte an die Decke, wo die noch immer brennende Lampe ein zackiges Strahlenmuster zeichnete.

Da klirrte es wieder. Es war ein kurzes, schneidendes Geräusch und jetzt erkannte Kim auch, was es zu bedeuten hatte. Jemand warf kleine Steinchen gegen ihre Scheibe!

So schnell sie konnte, war sie auf den Beinen und am Fenster. Sie stieß es auf und lehnte sich nach draußen. Auf dem Rasen vor ihrem Zimmer war niemand zu sehen. Sie wollte sich schon wieder zurückziehen, als eine leise Stimme rief: »Kim!«

Ihr Herz machte einen Hüpfer.

Es war Lukas!

Wieder beugte sie sich hinaus, diesmal etwas weiter, und jetzt konnte sie ihn unter dem Fliederbusch rechts am Zaun erkennen. Das Licht der Straßenlaterne reichte nicht ganz bis zu ihm hin und so wirkte er wie ein Schattenriss, den jemand aus der Dunkelheit gestanzt hatte.

»Ich komme runter!«, rief sie leise.

Sie ließ das Fenster offen stehen, rannte auf den Flur hinaus und die Treppe hinunter. So schnell sie konnte, schlüpfte sie in ihre Schuhe und war im nächsten Moment schon draußen auf der Vortreppe. »Wo bist du?«

Ihr Herz raste vor Aufregung. Wie spät mochte es mittlerweile sein? Genau in dem Moment, als sie sich das fragte, gingen in der Straße die Laternen aus. Es war also halb eins.

Kim biss die Zähne zusammen. Das wenige Licht, das durch den Türspalt hinter ihr nach draußen fiel, reichte gerade mal aus, dass sie ihre eigenen Hände erkennen konnte. Alles dahinter verschwamm in völliger Finsternis. Um das zu ändern, drückte Kim die Haustür weiter auf und schaltete die Laterne an der Hauswand an. Das gelblich fahle Licht beleuchtete ungefähr die Hälfte des Rasens. »Lukas?«

»Ich bin hier.«

So dicht bei ihr ertönte seine Stimme, dass sie vor Schreck einen kleinen, spitzen Schrei ausstieß. Lukas trat in den Schein der Laterne. Kim schlug die Hände vor den Mund. Beinahe hätte sie noch einmal aufgeschrien. Lukas war aschfahl, sein Unterkiefer war auf der linken Seite geschwollen und gerötet, als hätte ihm jemand einen Kinnhaken verpasst. Seine Handknöchel bluteten, und als er noch ein Stück näher trat, konnte Kim den beißenden Geruch wahrnehmen, der von ihm ausging. Er roch so stark nach Schnaps, als hätte er den ganzen Abend nichts anderes in sich hineingekippt.

»Was ist mit dir passiert?«, keuchte Kim.

Statt ihr eine Antwort zu geben, wandte Lukas sich abrupt um, stürzte zurück zu dem Fliederbusch und verschwand im Schutz der Dunkelheit. Anhand der eindeutigen Geräusche, die kurz darauf folgten, konnte Kim erkennen, dass er sich übergab.

Sie musste sich etwas überwinden, aber dann sprang sie die drei Stufen hinunter und lief über den Rasen, um nach Lukas zu sehen.

Im gleichen Moment, in dem sie den Arm nach ihm ausstrecken und ihn berühren wollte, richtete er sich wieder auf. Er wischte sich über den Mund, dann wandte er sich um. »Es tut mir so leid«, murmelte er. Sein Kinn zitterte, jedenfalls glaubte Kim das in dem dämmrigen Licht zu sehen.

»Was tut dir leid?«, fragte sie, doch er antwortete nicht.

Als sie erneut die Hand nach ihm ausstrecken wollte, wich er einen Schritt zurück. Das Licht der Laterne beleuchtete nur eine Hälfte seines Gesichts, der Rest lag im Dunkeln.

Kim fröstelte.

»Kim?« Sigurds Stimme kam ihr vor wie ein rettender Anker.

»Ich bin im Garten!«, rief sie über die Schulter zurück, ohne Lukas dabei aus den Augen zu lassen.

Der richtete den Blick auf die Haustür und straffte ein wenig die Schultern, als Sigurd herauskam und quer über den Rasen zu ihnen herübermarschierte. »Alles in Ordnung?«, fragte er, während er Lukas von Kopf bis Fuß musterte. Wenn er den strengen Alkoholgeruch wahrnahm, so ließ er es sich zumindest nicht anmerken.

Lukas nickte knapp.

Schweigend wies Sigurd auf die Prellung an Lukas' Kiefer. »Das solltest du verarzten lassen«, sagte er mit kühler Stimme. »Es sieht übel aus.«

Lukas ließ seinen Blick nicht von ihm und nickte noch einmal. Dabei schwankte er wie ein Schilfrohr im Wind. Langsam drehte er sich ein Stück und sah nun Kim direkt in die Augen. Sie dachte, er würde seine Worte von eben wiederholen und würde erneut behaupten, dass es ihm leidtue. Doch er schwieg.

»Es ist besser, du gehst jetzt«, sagte Sigurd. Er hatte sich so hingestellt, dass Lukas an ihm vorbeimusste, wenn er zu Kim wollte.

Kim schluckte. Auf einmal lag eine Spannung in der Luft, die sie an zwei Tiger denken ließ, die sich in einem zu kleinen Gehege gegenseitig umkreisten.

»Kim, ich…« Lukas machte einen Schritt auf sie zu, aber Sigurd hatte nicht die Absicht, ihn vorbeizulassen.

Stattdessen packte er Lukas grob am Arm. »Ich habe gesagt, du sollst gehen!«

Lukas' Fuß verfing sich in einer Wurzel, er geriet ins Straucheln und fiel Sigurd genau in die Arme. Darauf war Sigurd ganz offensichtlich nicht vorbereitet gewesen. Er wich einen Schritt zurück, Lukas fiel der Länge nach hin, riss ihn mit sich und gleich darauf lagen beide am Boden. Es gab ein kurzes Gerangel.

Sigurd sprang wieder auf und zerrte dann auch Lukas mit einem Ruck auf die Beine. Er drehte ihn so, dass er in Richtung Straße schaute. »Sieh zu, dass du wegkommst«, sagte Sigurd und beim Ton seiner Stimme konnte man sich gut vorstellen, was sonst geschehen würde.

Über die Schulter schaute Lukas zu Kim zurück. »Okay. Schon gut.« Blut rann über seine Stirn und sammelte sich in seiner rechten Augenbraue. Kim erschrak. Jetzt plötzlich hatte er eine dicke Schramme dicht unter dem Haaransatz.

Ihr Blick wanderte zu Sigurds Indianerring. Offenbar hatte er Lukas damit am Kopf getroffen, als der auf ihn gefallen war.

Mit einem Blick, der etwas in Kim erzittern ließ, sah Lukas sie nun an. »Entschuldige, dass ich dich geweckt habe«, sagte er tonlos, dann wandte er sich ab und ging.

»Warte!«, rief Kim hinter ihm her und mitten auf dem Rasen blieb er stehen. Sie rannte zu ihm und deutete auf die Schwellung an seinem Kiefer. »Was ist passiert?«

Mit dem Daumenballen tastete er die Stelle ab und zog dabei scharf Luft durch die Zähne ein. Über seine Finger hinweg sah er Kim an. »Ich kann es beherrschen«, flüsterte er. »Das verspreche ich dir!«

Und mit diesen Worten verschwand er in der Dunkelheit.

Erschrocken und nun vollkommen verwirrt starrte Kim ihm hinterher. Sigurd murmelte einen leisen Fluch, dann legte er den Arm um Kim und drängte sie sanft, aber bestimmt zurück ins Haus.

In den letzten zwei Jahren waren manche, aber nicht alle Sonntage eine einzige Qual gewesen. Kim hatte noch nicht herausgefunden, woran es lag, dass der eine ganz entspannt verging, während schon der nächste wie eine endlose Folge von düsteren Stunden sein konnte, in denen ihre Gedanken nur um eines kreisten – um Nina.

Der Sonntag, der dem missglückten Discobesuch folgte, würde so ein düsterer Tag werden, das war Kim bereits klar, als sie frühmorgens zum ersten Mal aufwachte. Einige Minuten lang lauschte sie dem Zwitschern der Vögel vor ihrem Fenster und duselte dann wieder ein. Sie träumte von Nina, von dem Zug und von den Kabelbindern an ihren Handgelenken, die sich dann plötzlich um Kims eigene Arme zogen. Mit einem erschrockenen Aufschrei fuhr sie in die Höhe, sah sich in dem sonnigen Zimmer um. Sie sank zurück in die Kissen. Das Aufstehen schob sie so lange wie möglich hinaus und krabbelte erst gähnend aus dem Bett, als Sigurd energisch an ihre Zimmertür klopfte und sie ein Faultier nannte.

Die Waffeln, die er eigens für sie gebacken hatte, waren natürlich längst kalt und schmeckten nach Pappe. Trotzdem quälte Kim zwei davon in sich hinein und lobte sie ausgiebig. Ihr Kopf schmerzte, als hätte sie am Vorabend mindestens drei Flying Hirsch in sich hineingekippt, und ihre Zunge fühlte sich an wie eine tote Ratte.

Sigurd saß ihr gegenüber und betrachtete sie. Zu ihrer Erleichterung sprach er sie nicht auf Lukas' seltsamen Auftritt an, sondern sah nur schweigend zu, wie sie einen Bissen nach dem anderen durch ihre Kehle zwängte.

»Du siehst nicht besonders gut aus«, kommentierte er, als sie endlich den Teller von sich schob.

Kim rümpfte die Nase. »Sehr charmant!«

Sigurd grinste nur. »Wollen wir nachher…« Er wurde unterbrochen, weil das Telefon im Flur klingelte.

Wie ein geölter Blitz sprang Kim auf und rannte hin. Sie war froh über die Unterbrechung. So musste sie sich erst mal keine Ausrede für Sigurds sicher gut gemeinte Unternehmung einfallen lassen. »Ferber?«, meldete sie sich.

»Kim? Bist du das?« Am anderen Ende war Frau Gottwald, Maries Mutter.

»Ja«, antwortete Kim. »Meine Mutter ist in der Reha.« Sie erinnerte sich daran, dass Johanna sie schon mindestens hundertmal ermahnt hatte, sich am Telefon mit Vor- und Nachnamen zu melden. Offenbar wurde ihre Stimme in der letzten Zeit der ihrer Mutter immer ähnlicher, und das hatte schon oft zu Verwirrung bei den Anrufern geführt.

»Stimmt ja!« Frau Gottwald klang gehetzt. »Ich rufe an, weil… Ist Marie bei dir?«

Kim zuckte zusammen. Schlagartig wurde ihr erst heiß, dann kalt. Seit Sigurd Marie gestern Abend fortgeschickt hatte, hatte sie die Freundin nicht mehr gesehen. Und sie hatte auch gar nicht mehr an sie gedacht. Über die ganze Sache mit Lukas hatte Kim sie einfach vergessen. »Nein«, antwortete sie jetzt vorsichtig.

Da holte Frau Gottwald zitternd Luft, und als sie weitersprach, konnte man hören, dass sie mit den Tränen kämpfte. »Es ist… Marie ist verschwunden. Wir haben es erst heute Vormittag gemerkt, weil sie bei Sabrina übernachten wollte und von da nicht nach Hause gekommen ist. Ich wollte sie auf ihrem Handy anrufen, aber es ist ausgeschaltet. Also habe ich bei Sabrina zu Hause angerufen, aber Marie ist gar nicht dort gewesen…«

Die Kälte breitete sich jetzt in Kims ganzem Körper aus und erreichte das Herz. Eine eisige Klammer schloss sich darum und presste es zusammen. »Sie wollte… übernachten?« Das Wort blieb Kim fast im Hals stecken. Warum zum Teufel hatte Sabrina nicht schon gestern Abend Alarm geschlagen? Fieberhaft überlegte Kim. Oder hatte Sabrina ihr etwa erzählt, dass Marie bei ihr schlafen wollte? Hatte sie das auch einfach so vergessen? Genau so, wie sie Marie einfach vergessen hatte? Aber sosehr sie auch nachdachte, sie konnte sich nicht daran erinnern, dass Sabrina von einer Übernachtung gesprochen hatte. »Davon wusste ich nichts«, murmelte Kim.

»Ich fürchte, dass sie mit irgendeinem Jungen aus der Disco gegangen ist«, redete Frau Gottwald weiter, ohne auf Kims Bemerkung einzugehen.

Kim hatte jetzt das Gefühl, dass kein Blut, sondern nur noch Eiswasser durch ihre Adern floss. Es fühlte sich so an, als bekäme sie keine Luft mehr. »Marie war gar nicht im Pascha«, gelang es ihr zu sagen. Ihre Stimme klang dünn und piepsig wie auf fünftausend Metern Höhe.

»Was sagst du da?« Panik schwang nun in Frau Gottwalds Stimme mit. »Oh, mein Gott!« Ein Rascheln erklang, das sich so anhörte, als würde sie die Hand über die Sprechmuschel legen. Dann hörte Kim ein Murmeln, offenbar sprach Maries Mutter mit jemand anderem. »Kim?«, fragte sie schließlich.

»Ja?«

»Wenn sie sich bei dir meldet, ruf mich sofort an, versprichst du mir das?«

Kim nickte. »Natürlich.«

»Du hast nicht doch irgendeine Ahnung, wo sie…«

»Es tut mir leid, Frau Gottwald.«

»Ja. Ich verstehe. Danke, Kim. Ruf an, ja?«

»Sobald ich etwas hör…« Mitten im Wort hatte Frau Gottwald aufgelegt. Das Tuten der leeren Leitung dröhnte in Kims Ohren. Erschrocken starrte sie den Hörer in ihrer Hand an.

Ihre Fingerknöchel schimmerten schneeweiß, und als sie in den Spiegel neben der Garderobe schaute, erkannte sie sich beinahe selbst nicht, so bleich war sie.

Kapitel 10

Obwohl sie wusste, dass das völlig bescheuert war, hielt Kim am nächsten Morgen in der Schule Ausschau nach Marie. Sie hatte am Tag zuvor mehrmals versucht, ihre Freundin auf dem Handy anzurufen, sie aber nie erreicht. Sie hatte auch noch einige Male mit Frau Gottwald telefoniert und dabei erfahren, dass es noch immer keine Spur gab. Die Gottwalds hatten die Polizei verständigt, aber die sah keine Notwendigkeit, sich sofort um diese Angelegenheit zu kümmern. Dazu war Marie schon zu oft von zu Hause ausgerissen.

»Sie wird wieder auftauchen«, hatte einer der Beamten gesagt, mit denen Maries Mutter gesprochen hatte. »So wie das letzte Mal auch.«

In ihrer Erinnerung konnte Kim immer noch die Empörung in Frau Gottwalds Stimme hören, mit der sie Kim von dieser Reaktion des Polizisten erzählt hatte. Kim hatte Mitgefühl vorgetäuscht, aber insgeheim hatte sie dem Mann recht geben müssen. Wer konnte schon wissen, ob Marie nicht einfach wieder abgehauen war?

Und trotzdem…

Als Kim jetzt die Pausenhalle betrat und sah, dass alle anderen sich genauso verhielten wie sonst, da verspürte sie plötzlich eine panische Angst.

Was, wenn Marie diesmal nicht abgehauen war? Was, wenn ihr wirklich etwas passiert war, genau wie Nina…?

Mitten in diesem erschreckenden Gedanken wurde Kim von Sabrina unterbrochen, die auf sie zugeeilt kam. »Hast du es schon gehört?«

»Was«, fragte Kim so kühl wie möglich und fügte hinzu: »Das mit Marie?« Sie war immer noch wütend auf Sabrina, weil die nicht gleich am Samstagabend etwas unternommen oder zumindest etwas gesagt hatte.

Sabrina blieb stehen, als sei sie gegen eine Wand gerannt. »Jetzt fang du nicht auch noch an!«, meckerte sie.

Kim funkelte sie böse an. »Womit?«

»Damit, dass ich hätte Bescheid sagen müssen! Du weißt selbst, wie unzuverlässig Marie ist! Ich habe eben gedacht, dass sie es sich anders überlegt hat!«

Kim versuchte, ruhig zu bleiben. Sie musste an Mr Pferdeschwanz denken. »Hm. Und das kam dir auch ziemlich gelegen, oder?«

Schlagartig wurde Sabrina rot. »Ehrlich, Kim. Da war nichts. Ich…«

»Es geht hier aber nicht um dich, Sabrina!«, fiel Kim ihr ins Wort. »Es geht darum, dass Marie verschwunden ist!«

»Die Polizei sagt, sie taucht wieder auf. Wie immer.«

Kim schluckte. »Hoffentlich.«

Hinter Sabrina betrat Lukas das Schulgebäude. Heute trug er nicht seine Jeansjacke, sondern nur ein langärmliges T-Shirt über der Jeans, das er bis zur Hälfte hochgekrempelt hatte. Um sein rechtes Handgelenk lag ein schmales Lederarmband und seine Haare hingen ihm so wirr wie eh und je in die Stirn. Die Prellung an seinem Unterkiefer schillerte in einer Mischung aus Blau und Violett und die Risswunde, die Sigurds Ring verursacht hatte, war inzwischen verschorft. Irgendwie sah er verwegen aus, dachte Kim. Wie ein echter Schläger…

Die Worte der beiden Mädchen im Pascha fielen ihr wieder ein.

... ein echt fieser Typ...

Trotzdem machte ihr Herz einen freudigen Satz, als sie ihn sah. Auch wenn sich gleichzeitig die Erinnerung an die nächtlichen Geschehnisse im Garten meldete.

Lukas' Blick schweifte durch die Pausenhalle und blieb an Kim hängen. Seine Miene war undurchschaubar.

Kim blieb die Luft weg.

Sabrina bemerkte, dass sie abgelenkt war, und wandte sich um. »Oh. Mr Geheimnisvoll!«, sagte sie schnippisch. Nachdem Lukas näher gekommen war, fügte sie hinzu: »Bist du gegen einen Bus gerannt oder was?« Als er darauf keine Antwort gab, meinte sie kühl: »Na, dann will ich mal nicht länger stören!« Und bevor Kim etwas erwidern konnte, war Sabrina schon um die nächste Ecke verschwunden.

»Hey!« Lukas war jetzt nur noch zwei Schritte von Kim entfernt. Er senkte den Kopf, sodass ihm die Haare über die Augen fielen. Dann blickte er wieder auf. Die blonden Strähnen verschleierten seinen Blick und verdeckten auch die Schramme über seiner Stirn. »Alles okay?« Er hatte beide Hände in die Hintertaschen seiner Jeans gestopft. Die Prellung an seinem Kiefer sah von Nahem noch übler aus.

Kim zuckte mit den Schultern. »Warum nicht?« Doch dann seufzte sie.

Fragend legte Lukas den Kopf schief.

»Marie ist seit Sonnabend verschwunden«, erklärte Kim ihm.

»Das Mädchen, auf das ihr die ganze Zeit gewartet habt?« Lukas trat noch näher. Kim konnte sehen, wie die Muskeln an seinem rechten Unterarm hervortraten, ganz kurz, so als habe er in der Hosentasche eine Faust geballt und wieder geöffnet. Sie roch jetzt sein Rasierwasser.

»Sie ist meine Freundin«, sagte sie. *Wenn du jetzt irgendeinen blöden Spruch machst,* dachte sie gleichzeitig, *wenn du etwas sagst wie »Die taucht schon wieder auf!«, dann war's das mit uns!*

Aber Lukas machte keinen blöden Spruch. Er murmelte: »Schlimm ist das.« Dann überlegte er kurz und fügte hinzu: »Haben ihre Eltern die Polizei benachrichtigt?«

Kim nickte und erzählte ihm, was die Polizei gesagt hatte.

Lukas wirkte nachdenklich. »Hm. Ich fürchte, das ist so üblich bei Ausreißern.«

»Kennst du dich damit aus?«

Jetzt grinste er schief. »Ich bin selbst ein paarmal von zu Hause weg.«

Kim bemerkte plötzlich, dass sie angestarrt wurden. Eine Gruppe von Mädchen aus der Parallelklasse stand vor Ernies Terrarium und steckte tuschelnd die Köpfe zusammen.

Kim hatte das Bedürfnis, sich ungestört mit Lukas unterhalten zu können. »Hast du einen Moment?«, fragte sie und deutete mit dem Kinn auf die Eingangstür der Schule.

»Klar.« Lukas' Blick lag schwer auf ihr. Seine Schultern sanken ein Stück nach unten und er nahm die Hände aus den Hosentaschen. Das Lederband spannte sich so eng um sein Handgelenk, dass es aussah wie eine feine, tätowierte Linie.

Ob er ahnte, was sie ihn fragen wollte?

Gemeinsam gingen sie auf den Schulhof und stellten sich in eine Ecke, die von ein paar verkümmerten Büschen vor neugierigen Blicken geschützt wurde. Wahrscheinlich dachten die anderen jetzt, dass sie zum Knutschen hierhin gegangen waren. Aber das war Kim gerade eigentlich völlig egal.

Fieberhaft überlegte sie, wie sie Lukas am besten erklären sollte, was sie von ihm wollte.

»Du willst wissen, was das am Samstagabend zu bedeuten hatte, nicht wahr?«, kam Lukas ihr zuvor.

Jetzt steckte Kim die Hände in die hinteren Hosentaschen. Einer ihrer Ellenbogen berührte die Backsteinmauer. Sie trat einen winzigen Schritt auf Lukas zu. Er rührte sich nicht.

»Ja«, sagte sie.

Gedankenverloren tastete er über seine Prellung. Allein ihm dabei zuzusehen, tat Kim schon weh, aber er schien keine Schmerzen zu empfinden. »Es ist ein bisschen schwer, das zu erklären …«, sagte er gedehnt.

»Ich habe Zeit«, behauptete Kim, doch die Schulglocke, die in diesem Moment zur ersten Stunde läutete, zeigte, dass das eine glatte Lüge war.

Lukas holte tief Luft. »Wenn du es wirklich wissen willst, dann komm heute Nachmittag mit mir wohin.«

»Wohin«, wiederholte Kim. Es war ein fragendes, verständnisloses Echo.

Nun lächelte Lukas. »Ich möchte dir jemanden vorstellen. Und dann erzähle ich dir ein bisschen was über mich, okay?«

Kim zögerte. Ein paar Nachzügler schlenderten an ihnen vorbei, die es nicht besonders eilig zu haben schienen. Wenn sie jetzt nicht ging, würde Kim zu spät zum Unterricht kommen. »Erzählst du mir dann auch, warum du so oft von zu Hause abgehauen bist?«

Jetzt verzog Lukas schmerzlich das Gesicht. »Wenn du willst.« Er schien nicht besonders glücklich bei diesem Versprechen zu sein, aber Kim war sich trotzdem sicher, dass er es halten würde. Diesmal würde er ihr alles erzählen, was sie wissen wollte.

Bei dem Gedanken wurde ihr ein bisschen warm ums Herz. Langsam nickte sie. »Wo treffen wir uns?«

»Ich habe heute nur sechs Stunden und du?«

»Acht.«

Lukas starrte an der Schulfassade nach oben, während er überlegte. »Dann hast du um halb drei Schluss. Ich hole dich um vier bei dir zu Hause ab, einverstanden?«

Die Schulglocke läutete ein zweites Mal. In diesem Moment begann Kims Matheunterricht. Eilig nickte sie, dann verabschiedete sie sich und rannte über den Schulhof zurück.

Kurz bevor sie die Eingangstür erreicht hatte, warf sie einen Blick über die Schulter.

Lukas stand noch immer an derselben Stelle, halb verborgen von den Büschen.

Und über sein Gesicht glitt ein leises Lächeln.

Um kurz vor vier am Nachmittag rief Kim noch einmal bei Frau Gottwald an. Es gab nichts Neues von Marie. Weder hatte sie sich gemeldet noch hatte die Polizei irgendwelche Schritte unternommen. Kim war frustriert und besorgt, doch diese Empfindungen traten schnell in den Hintergrund, als draußen vor dem Haus eine Hupe ertönte.

Sigurd war nicht zu Hause und Kim war froh darüber. Sie hatte keine Lust, mit ihm zu diskutieren, ob er ihr den Ausflug mit Lukas verbieten durfte oder nicht. Es war klar, dass er das nach der Sache am Samstagabend zumindest versucht hätte. Mit Sicherheit hätte es wieder Streit gegeben. Da war es so schon viel besser. Wenn Kim Glück hatte, würde sie sogar wieder zurück sein, bevor Sigurd nach Hause kam.

Draußen hupte es erneut. Rasch griff Kim nach ihrer Jacke und schlüpfte in die Ballerinas, die sie sich erst letzte Woche gekauft hatte. Kurz dachte sie noch einmal an Marie und überlegte, wo sie im Moment wohl war. Doch als sie die Haustür hinter sich zuzog und Lukas sah, vergaß sie alles andere.

Lukas saß am Steuer eines ziemlich klapperigen roten Golfs. Das Fenster hatte er heruntergekurbelt, den Arm lässig auf den Rahmen gelegt. Breit grinste er Kim an.

Sie lief zu ihm und musterte den Wagen. »Du hast ja doch den Führerschein!«, rutschte es ihr heraus. Wieder wurde ihr bewusst, dass er schon neunzehn war.

Lukas nahm den Arm aus dem Fenster. »Ich habe nie das Gegenteil behauptet!« Mit einer Kopfbewegung deutete er auf den Beifahrersitz. »Steig ein!«

Kim umrundete den Wagen, öffnete die Tür und ließ sich in die ausgeleierten Polster fallen. Das Fahrzeuginnere roch nach Staub und alter Möbelpolitur und ein bisschen nach Rauch. »Fahren wir weit?«, fragte sie.

Lukas legte den ersten Gang ein. Ein dunkler Mercedes näherte sich von hinten, sie mussten ihn vorbeilassen. Dann fädelte Lukas sich in den schwachen Verkehr ein. »Ungefähr eine Viertelstunde.«

Kim lehnte sich zurück und lauschte in sich hinein. Sie spürte kein bisschen Angst dabei, hier mit Lukas allein im Auto zu sein und nicht zu wissen, wohin sie fahren würde. Es fühlte sich einfach nur gut an. Ein Lächeln glitt über Kims Gesicht.

»Warum lachst du?« Lukas ließ den Blick nicht von der Straße, während er das sagte.

»Nur so. Ist das dein Auto?«

»Eigentlich das von meinem Vater, aber ich kann es haben, so oft ich will.« Ein Schatten fiel über Lukas' Gesicht, als er das Wort »Vater« aussprach. Kim fragte sich, warum, aber sie hatte jetzt keine Lust, weitere Fragen in ihrem Kopf zu wälzen. Stattdessen lehnte sie sich zurück und sah zu, wie die Wohnhäuser draußen einem Industriegebiet wichen. »Wohin fahren wir denn nun?«, fragte sie.

»Warte ab!« Lukas wechselte die Fahrbahn und bog nach links ab. Jetzt ging es aus der Stadt hinaus aufs Land.

Kim beschloss, die Fahrt einfach zu genießen. Ihr Magen kribbelte schon wieder wie ein ganzer Ameisenhaufen. So unauffällig wie möglich musterte sie Lukas. Er fuhr sehr konzentriert und nicht besonders schnell.

»Wie war es bei dir heute in der Schule?«, fragte sie, als das Schweigen zwischen ihnen langsam unangenehm wurde.

Er zuckte die Achseln. »Langweilig. Miss Piggy hat mal wieder einen ihrer Vorträge über Sedimentgesteine gehalten.«

Miss Piggy war der wenig freundliche Spitzname einer übergewichtigen Geografielehrerin, die sich bevorzugt in Rosa kleidete und deren Steckenpferd die Mineralogie Norddeutschlands war. »Oje!« Kim musste lächeln. Eine Weile lästerten sie über verschiedene Lehrer und ihre Eigenheiten, dann machte Lukas einen Scherz über einen Mann mit einem unglaublich zotteligen Hund, der am Straßenrand wartete. Sie lachten und Kim spürte, wie sich das Kribbeln in ihrem Bauch in lauter Glücksgefühle wandelte. Ihr Blick fiel auf Lukas' rechte Hand, die auf dem Schaltknüppel lag. Er hatte lange, schmale Finger, *Pianistenhände*, so nannte

Johanna solche Hände immer. Kims eigene Hand lag auf ihrem Oberschenkel, nur knapp zwanzig Zentimeter von Lukas' entfernt.

Sie fuhren durch ein kleines Dorf und Lukas musste herunterschalten. Zu Kims Bedauern nahm er danach seine Hand zurück ans Steuer. Sie selbst rührte sich nicht. Aber sie wusste, wenn sie aus dem Dorf wieder raus waren, würde er beschleunigen und deshalb erneut schalten müssen. So unauffällig wie möglich schob Kim ihre Hand ein wenig näher an den Schaltknüppel heran.

»In dem Haus habe ich mal gewohnt«, sagte Lukas plötzlich und riss Kim damit aus ihren Gedanken. Sie zuckte zusammen und er warf ihr einen Blick zu. »Entschuldige, ich wollte dich nicht erschrecken.«

»Hast du nicht. Ich war nur gerade mit den Gedanken woanders.«

Er musterte sie kurz, schaute dann wieder auf die Straße. »Klar.« Er fragte nicht, worüber sie nachgedacht hatte, und Kim konnte nur hoffen, dass er nicht bemerkt hatte, wie rot sie geworden war. Ihre Wangen fühlten sich zumindest gerade ziemlich heiß an.

Schnell wandte sie den Kopf, um noch einen Blick auf Lukas' altes Zuhause erhaschen zu können, aber es war schon zu spät. Sie fuhren um eine Kurve und das Gebäude, auf das er gezeigt hatte, ein alter, mehrstöckiger Kasten aus den Sechzigerjahren, verschwand aus ihrem Blickfeld.

Die Straße, in die sie nun einbogen, war mit Kopfsteinpflaster belegt. Der alte Golf rumpelte und ächzte auf der unebenen Fahrbahn. Lukas steuerte eine der Parkbuchten am Straßenrand an und hielt unter einer alten Linde. Offensichtlich hatten sie ihr Ziel erreicht.

»Da sind wir«, sagte er dann auch und drehte den Zündschlüssel. Der Motor erstarb.

Kim sah sich um. Sie befanden sich in einer alleeartigen Dorfstraße, in der sich hauptsächlich Einfamilienhäuser aneinanderreihten. Nur auf ihrer Straßenseite, in ungefähr zweihundert Metern Entfernung, erhob sich ein großes, modernes Gebäude aus Glas und gelb angestrichenem Beton mit einer kleinen Rasenfläche davor. Auf dem Rasen stand ein buntes Metallschild. »Pflegeheim St. Ansgar« stand in Regenbogenfarben darauf.

Lukas stieg aus. »Der Wagen hat keine Zentralverriegelung«, sagte er. »Du musst den Knopf runterdrücken, bevor du die Tür zumachst.«

Kim tat, was er gesagt hatte. Ein wenig verloren stand sie auf dem schmalen Bürgersteig herum und sah zu, wie Lukas an den Kofferraum ging und ihn öffnete. Zu ihrer Verblüffung holte er einen Blumenstrauß heraus, der in knisternde Folie eingeschlagen war, und ein Buch, dessen Titel sie nicht erkennen konnte.

Kims Blick fiel auf das Pflegeheim. »Wir machen einen Krankenbesuch«, stellte sie fest.

Lukas nickte. Plötzlich wirkte er befangen, fast ein wenig nervös, und in Kim wuchs die Anspannung.

»Keine Angst«, lächelte er ihr zu. »Ich möchte dich nur meiner Mom vorstellen.«

Ohne auf Kims verblüfften Gesichtsausdruck zu achten, marschierte er auf das Pflegeheim zu. Kim musste sich beeilen, um mit seinen langen Beinen Schritt zu halten. Er machte sich nicht die Mühe, über den Plattenweg zum Haupteingang zu gehen, sondern überquerte einfach den Rasen. Kim lief hinter ihm her und kam dabei dicht an dem bunten Schild vorbei. Die Buchstaben darauf waren handgemalt und wirkten lebendig und fröhlich wie bei einem Kindergarten.

Die Atmosphäre der Eingangshalle war ebenfalls freundlich. Auch hier war alles in Gelb gestrichen. Der Fußboden bestand aus hellem Marmor, ebenso wie der Empfangstresen, an dem sie eine Frau mit einem professionellen Lächeln auf den Lippen begrüßte.

»Hallo, Lukas!«, sagte sie. »Schön, dass Sie sich wieder einmal blicken lassen.« Sie verlor kein Wort über Lukas' Gesichtsverletzungen.

»Hallo, Anna!« Lukas nickte der jungen Frau zu. »Ich habe heute mal Besuch mitgebracht.«

Die Empfangsdame warf Kim einen freundlichen Blick zu. »Herzlich willkommen!«

Kim bedankte sich, hielt sich dann aber weiter im Hintergrund. Lukas wirkte hier mit allem so vertraut. Zielstrebig ging er auf eine Reihe von Fahrstühlen im hinteren Teil der Empfangshalle zu. Er drückte auf den Rufknopf, dann warteten sie schweigend.

Kim war unbehaglich zumute, aber wahrscheinlich war das in einer Umgebung wie dieser hier normal. »Deine Mutter…«, fragte sie vorsichtig. Sie hatte das Bedürfnis, etwas mehr über diese Frau zu erfahren, bevor sie ihr gegenübertrat.

Lukas drehte sich so, dass er sie ansehen konnte. »Sie lebt hier, ja.« Sein Unterkiefer verkrampfte zu einer harten Linie.

Kim schluckte. »Warum?«

Lukas antwortete nicht sofort, denn nun kam der Fahrstuhl. Die Türen öffneten sich und Lukas betrat als Erster die Kabine. Kim folgte ihm und sah zu, wie Lukas auf den Knopf für den zweiten Stock drückte. »Abteilung für Neurologie« stand auf einem Schildchen daneben. Erst nachdem die Türen sich geschlossen hatten und der Fahrstuhl auf dem Weg nach oben war, beantwortete Lukas Kims Frage.

»Mein Vater hat sie hierhergeprügelt.« Sein Blick war starr geradeaus gerichtet. »Seitdem kümmern sie sich hier um sie.«

Kim biss die Zähne zusammen. Sie wusste nicht, was sie sagen sollte, und so war sie erleichtert, als die Türen sich kurz drauf im zweiten Stock öffneten und sie die enge Kabine wieder verlassen konnten. Sie gingen durch eine Glastür und einen Gang entlang, der in demselben hellen Gelb gestrichen war, wie offenbar alles hier. Eine Krankenschwester kam ihnen entgegen. Auch sie begrüßte Lukas mit seinem Vornamen und siezte ihn wie diese Anna unten am Empfang. Im Gegensatz zu ihr jedoch, schaute sie ganz offen und ein wenig überrascht auf Lukas' Prellung, aber auch sie verlor kein Wort darüber. »Wir sind heute in recht guter Verfassung«, sagte sie stattdessen und wies dann auf eine der Zimmertüren. »Gehen Sie ruhig rein! Soll ich Ihnen die Blumen abnehmen und in eine Vase stellen?«

Lukas dankte der Frau und gab ihr den Strauß. Er wartete, bis sie um eine Ecke verschwunden war. »Schwester Barbara«, sagte er leise zu Kim. »Sie identifiziert sich immer sehr mit ihren Patienten, darum sagt sie ›wir‹.« Er grinste freudlos. Seine Hand lag bereits auf der Türklinke. Ein kleines Plastikschild neben der Tür verriet den Namen der Frau, die hier lag: Marianne Neumann. Erst als Kim dies las, wurde ihr bewusst, dass sie Lukas' Nachnamen bisher gar nicht gekannt hatte. Neumann also.

»Bereit?«, fragte Lukas.

Kim nickte, obwohl sie sich alles andere als bereit fühlte. Mit einem Mal spürte sie den Drang wegzulaufen. Trotz der hellen Farben und großen Fenster wurde ihr hier alles zu eng. Und sie fragte sich, was sie hier eigentlich tat. Im Grunde kannte sie Lukas ja kaum. Warum meinte er, ihr seine kranke Mutter vorstellen zu müssen? Und warum, verdammt noch mal, hatte sie nicht vorher darauf bestanden zu erfahren, wohin er sie brachte?

Die Antwort auf die letzte Frage gab sie sich sofort selbst: Weil sie glücklich darüber war, mit Lukas zusammen zu sein. Weil es ihr völlig egal gewesen war, wohin er mit ihr fuhr, solange er nur bei ihr war.

Als er jetzt die Tür öffnete, war sein Kiefer immer noch angespannt, aber in seinen Augen stand ein warmes Leuchten. Er freute sich darauf, seine Mutter zu sehen, das war deutlich zu erkennen.

»Mom?« Direkt hinter der Tür blieb Lukas stehen.

Niemand antwortete ihm.

»Mom, ich habe Kim mitgebracht, wie ich es dir versprochen habe.« Er trat zur Seite und bedeutete Kim, ebenfalls hereinzukommen.

Zögernd trat sie ein paar Schritte vor.

Das Zimmer war freundlich und sonnig, doch die bunten Bilder an den Wänden und die hellen Möbel konnten nicht darüber hinwegtäuschen, dass es sich um ein Krankenzimmer handelte. Ein riesiges Krankenhausbett stand darin, in dem die Patientin beinahe verschwand. Kim presste die Lippen fest zusammen beim Anblick der schmalen blassen Gestalt in den hellgelben Kissen.

Völlig regungslos lag die Frau da, die Augen geschlossen, die Hände auf der Bettdecke übereinandergelegt wie bei einer Toten. Einige Kabel kamen unter der Decke hervor und führten zu einem Monitor neben dem Bett, auf dem rote und grüne Linien in Wellen- und Zackenmustern auf- und abliefen. Den Signalton der Überwachungseinheit hatte man abgestellt und so war es sehr still im Raum.

»Du musst dichter rangehen«, flüsterte Lukas Kim ins Ohr. »Sie liegt im Koma, aber sie kann spüren, dass du da bist.« Während er sprach, streifte sein Atem sie am Hals. Das Schaudern, das über ihre Haut rann, war diesmal wesentlich schwächer als neulich im Pascha.

Die Zimmertür öffnete sich, die Schwester kam mit dem Blumenstrauß herein. Sie hatte ihn von seiner Folie befreit und in eine Vase gestellt und platzierte diese nun auf dem Nachttisch. »Ihr Sohn hat Ihnen Fresien mitgebracht«, erklärte sie Lukas' Mutter. Sie redete ein wenig zu laut und zu deutlich. »Da freuen wir uns aber, nicht wahr?«

Lukas stand einfach nur da und wartete, bis die Schwester das Zimmer wieder verlassen und die Tür hinter sich geschlossen hatte. Draußen auf dem Linoleum waren ihre quietschenden Schritte deutlich zu hören. Kim lauschte dem leiser werdenden Geräusch, bevor sie sich wieder bewegte und ein Stück näher ans Bett trat.

So also sah ein Komapatient aus, dachte sie und kämpfte gegen einen Anflug von Faszination, den sie gerade für überhaupt nicht angebracht hielt. Die Haare von Frau Neumann waren sorgsam gebürstet und lagen wie ein Heiligenschein um ihren Kopf. Ihr Gesicht war blass, wirkte aber nicht krank, sondern nur sehr schmal. Alles in allem, so kam es Kim vor, sah diese Frau eher aus, als würde sie schlafen. Das Einzige, was sich an ihr bewegte, waren der

Mittel- und Ringfinger der oben aufliegenden Hand. Beide zuckten schwach.

»Das ist Kim«, sagte Lukas. »Erinnerst du dich an sie? Ich habe dir von ihr erzählt.«

Wieder zuckten die beiden Finger. Kim wurde plötzlich ganz warm ums Herz. Lukas hatte seiner Mutter von ihr erzählt? Über das Bett hinweg sah sie ihn an. Kurz begegneten sich ihre Blicke.

»Ich habe dir das Buch mitgebracht, über das wir neulich gesprochen haben«, erklärte Lukas seiner Mutter und legte es auf den Nachttisch neben die Blumenvase. Jetzt konnte Kim auch den Titel erkennen. Es war »Rebecca« von Daphne Du Maurier.

Lukas bemerkte, dass Kims Blick auf dem Cover ruhte, und erklärte ihr: »Immer wenn ich hier bin, lese ich meiner Mutter etwas vor. Nicht war, Mom?«

Kim fühlte eine beruhigende Wärme im Magen, als sie registrierte, dass er die gleiche Anrede für seine Mutter benutzte wie sie für Johanna.

Er erhielt keine Reaktion.

Sein Kehlkopf zuckte einmal heftig.

Warum ist sie so?, wollte Kim fragen, aber sie wagte es nicht.

Lukas jedoch schien die Frage zu spüren. »Mein Vater«, erklärte er mit ganz leiser Stimme und griff nach der Hand seiner Mutter. »Er ist ein versoffenes Arschloch und hat sie jahrelang verprügelt. Ich konnte nichts dagegen tun.« Seine Stimme klang traurig. Sanft strich er mit beiden Daumen über den Handrücken seiner Mutter, während er weiterredete. »Und dann, vor ein paar Monaten, kam er wieder mal völlig besoffen aus der Kneipe. Mit einem Kerzenleuchter hat er auf sie eingeschlagen. Hat ihr den Schädel zertrümmert, sodass sie hier gelandet ist.«

Kim schluckte. Fieberhaft überlegte sie, was sie dazu sagen konnte. »Das tut mir sehr leid«, brachte sie schließlich hervor. Ihre Stimme klang heiser. Die andere Hand von Lukas' Mutter, die noch auf der Bettdecke lag, zuckte schwach. Kim überlegte nicht lange, sie griff danach und hielt sie fest, genauso wie Lukas es tat.

Über den regungslosen Körper seiner Mutter hinweg sah er sie an. Seine Mundwinkel hoben sich ein ganz kleines bisschen. Ohne den Blick von Kims Gesicht zu lassen, sagte er: »Siehst du, Mom? Ich habe dir gesagt, sie ist ein ganz besonderes Mädchen!«

Die Hand von Frau Neumann war kühl und sehr glatt, aber das registrierte Kim nur am Rande. Lukas' Worte gingen ihr durch und durch. Sie spürte, dass sie rot wurde.

Rasch wich sie seinem Blick aus.

Er lachte leise. »Kein Grund, verlegen zu werden.«

Eine Weile waren sie beide ganz still. Nur das tiefe Atmen von Lukas' Mutter war zu hören und ab und an ein Auto, das draußen auf dem Kopfsteinpflaster vorbeirollte.

»Am Samstagabend«, sagte Lukas irgendwann. »Ich war frustriert wegen dem blöden Streit im Pascha. Nachdem ich weg bin, wusste ich nicht, wohin, bin durch die Straßen gelaufen und dann irgendwann in einer Bar gelandet. Ich hab getrunken. Viel zu viel getrunken. Und dann hat mich so ein Typ angemacht. Ich war besoffen und bin auf seine Provokation angesprungen. Wir haben uns geprügelt.« Lukas ließ die Hand seiner Mutter los und tippte sich gegen die Prellung am Kiefer. »Selbst schuld!« Er sah Kim direkt in die Augen, aber sie war sich trotzdem nicht sicher, ob seine

Worte wirklich an sie oder nicht viel mehr an seine Mutter gerichtet waren. »Ich habe einfach die Beherrschung verloren. Das ist mir schon lange nicht mehr passiert. Früher, in der siebten Klasse oder so, da habe ich mich oft geprügelt. Aber seitdem nicht mehr. Ich habe immer gedacht, dass ich diese Aggressionen, die mir mein Alter vererbt hat, im Griff habe. Aber am Samstag bin ich einfach ausgerastet. Es tut mir leid! Ich war betrunken. Darum war ich bei dir am Samstagabend. Ich wollte dir versichern, dass ich mich im Griff habe, dass ich nicht so ein Scheißkerl wie mein Vater bin.«

Kim schwieg und ließ sich Lukas' Sätze durch den Kopf gehen. Lukas' Vater prügelte, wenn er betrunken war. Im Pascha hatte Lukas nur Cola getrunken und sie hatte ihn damit aufgezogen, ohne zu wissen, was sie ihm damit antat. Lukas trank keinen Alkohol, weil er nicht so werden wollte wie sein Vater! Jetzt im Nachhinein schämte sie sich sehr für ihre dummen, spöttischen Bemerkungen. Ihre Wangen wurden noch wärmer, als sie ohnehin schon waren.

»Ich… es…« Unfähig zu erklären, was in ihr vorging, verstummte Kim wieder. »Entschuldige«, sagte sie schließlich nur.

Da lächelte Lukas. »Eigentlich müsste ich mich entschuldigen, oder? Jetzt weißt du übrigens auch, warum ich zwei Jahre lang nicht in der Schule war.«

Fragend hob Kim die Augenbrauen. Das verstand sie nun allerdings nicht.

Lukas blickte auf seine Mutter hinab. »Ich habe versucht, auf sie aufzupassen.« Er machte eine kurze Pause. »Sobald ich mit der neunten Klasse fertig war, bin ich raus aus der Schule. Ich wollte möglichst die ganze Zeit bei meiner

Mutter sein, weil mein Vater zu der Zeit arbeitslos war.« Dann zuckte er mit den Schultern und ein sarkastisches Lachen entwich ihm. »Ich dachte, ich könnte sie vor ihm beschützen, aber das hat sich leider als totaler Trugschluss erwiesen.« Jetzt legte er die Hand seiner Mutter auf das Deckbett zurück und strich sich mit einer müden Geste die Haare aus dem Gesicht. »Nach dieser Sache hier – also, die Polizei hat meinen Vater abgeholt. Er hat drei Jahre Knast bekommen. Drei Jahre!« Er schnaubte böse. »In knapp zweieinhalb Jahren ist er wieder draußen und kann sein Leben weiterleben. Und sie?« Sein Blick fiel auf das Gesicht seiner Mutter. Ganz weich wurden seine Züge dabei, aber seine Augen sprühten trotzdem vor Zorn über die Ungerechtigkeit dieser Tatsache. Er trug keinen Kajal, das erkannte Kim nun. Seine Wimpern waren an den Wurzeln so dicht und schwarz, dass es nur so aussah, als ob.

Kim sah wieder auf seine Mutter. »Wenn sie hier ist und dein Vater im Kn... im Gefängnis. Lebst du dann ganz allein?«

Er nickte. »Ich habe unsere Wohnung behalten, ja. Mein Vater hatte ein bisschen Geld zurückgelegt. Im Moment reicht es noch zum Leben, und wenn ich sparsam bin, kann ich das Abitur machen, bevor es alle ist.« Er starrte einen Moment lang mit leerem Blick vor sich hin.

Dann seufzte er. »Jetzt weißt du alles, was es über mich zu wissen gibt.«

Kapitel 11

Sie blieben ungefähr zwei Stunden bei Lukas' Mutter, lasen ihr abwechselnd aus dem Buch vor und unterhielten sich. Dann fuhren sie wieder nach Hause. Die Rückfahrt verlief schweigend. Erst als Lukas vor Kims Haustür hielt, wandte sie sich ihm zu. »Danke«, sagte sie nur. Dabei wusste sie selbst nicht genau, wofür sie ihm dankte, ob dafür, dass er den Nachmittag mit ihr verbracht hatte, oder dafür, dass nun alle Zweifel, die sie bisher an ihm gehabt hatte, verschwunden waren.

Er lächelte. Die Wut über das, was sein Vater seiner Mutter angetan hatte, war aus seinen Augen verschwunden.

Kim beschloss, der Situation etwas von ihrer Ernsthaftigkeit zu nehmen. »Was meinst du?«, fragte sie und lächelte ebenfalls. »Wollen wir die anderen in dem Glauben lassen, du seist im Gefängnis gewesen?«

Lukas lachte auf. Es klang ein bisschen unsicher. »Warum?«

Da zuckte Kim mit den Schultern. »Nur so. Wirkt irgendwie geheimnisvoller, finde ich.«

Lukas antwortete nicht sofort. »Warum willst du mich geheimnisvoll haben?«, fragte er dann leise.

Kim kroch eine Gänsehaut über den gesamten Rücken. *Jetzt sei bloß kein Feigling!*, mahnte sie sich. Dann gab sie sich einen Ruck. »Nur so. Mich halten sie ja alle für einen Freak. Da passt ein anderer Freak doch ganz gut dazu, dachte ich mir.«

Wie würde er jetzt reagieren? Kim hielt den Atem an.

Wieder schwieg Lukas eine ganze Weile.

Kim saß wie auf Kohlen. Hatte sie jetzt alles verdorben?

Aber dann lachte Lukas auf. »Wenn du meinst.« Er drehte seinen Oberkörper noch ein bisschen weiter, sodass er ihr jetzt frontal gegenübersaß. Der Schaltknüppel war ihm im Weg und mit dem Knie stieß er dagegen, sodass der eingelegte Gang heraussprang und das Auto sachte anfing zu rollen. Kurzerhand zog Lukas die Handbremse an. Es gab ein knirschendes Geräusch und mit einem Ruck blieb der Wagen stehen. Lukas rührte sich nicht. Seine Hand war jetzt nur noch wenige Zentimeter von Kims Oberschenkel entfernt.

Die Gänsehaut auf ihrem Rücken wurde doppelt so dick.

»Danke, dass du mitgekommen bist«, sagte er. Sein Blick irrte über ihre Schulter davon. »Du solltest reingehen, ich glaube, dein Vater wartet schon auf dich.«

Kim sah sich um. Tatsächlich stand Sigurd am Fenster und blickte zu ihnen hinaus. Als er bemerkte, dass er entdeckt worden war, zog er sich zurück.

Kim seufzte. »Er ist nicht mein Vater.« Sie wusste nicht, warum sie das sagte, aber es war schließlich die Wahrheit. Der Zauber des Augenblicks war verflogen, die Gänsehaut verschwunden.

Kim tastete nach dem Türgriff und öffnete ihn. Sie hatte sich schon halb abgewandt, als Lukas' Stimme die Gänsehaut noch einmal zurückholte.

»Kim?«

Sie drehte sich wieder zu ihm.

Er zögerte einen Moment lang, aber dann beugte er sich vor. Seine Finger legten sich unter ihr Kinn. Die Berührung fühlte sich an wie ein Stromschlag.

»Danke«, sagte er erneut. Und dann gab er ihr einen ganz sanften Kuss auf den Mund.

Als Kim das Haus betrat, war sie sich sicher, dass Sigurd ziemlich sauer sein würde, weil sie mit Lukas gefahren war. Und sie täuschte sich nicht.

Sigurd saß am Küchentisch. Eine Reihe Tageszeitungen lag neben seinem aufgeklappten Laptop und auch sein Etui, in dem er stets ein Dutzend angespitzte Bleistifte bei sich trug. Kim vermutete, dass er arbeitete, aber als sie jetzt in die Küche kam, schaute er sie einfach nur schweigend an. Sie ließ sich nicht zu einer Entschuldigung provozieren und schwieg ebenfalls, bis er endlich fragte: »Wieder da?«

»Ja.« Kim betrachtete den leeren Herd. Inzwischen war es fast halb sieben und sie hatte Hunger. »Gibt's was zu essen?«

»Meinst du nicht, wir haben erst mal was zu besprechen?«

Seufzend ließ Kim sich auf einen der Stühle fallen. War ja klar gewesen! »Du bist sauer auf mich«, stellte sie fest.

»Entschuldige, aber ich finde, ich habe Grund dazu.«

Kim legte beide Arme auf die Tischplatte. Es gelang ihr, einen Blick auf Sigurds Bildschirm zu erhaschen. Offenbar war er gerade dabei gewesen, eine E-Mail zu schreiben. »Es ist wegen Lukas, oder?«

Sigurd hob die Hände und drehte abwägend die Flächen nach oben. »Ich kann gerade nicht glauben, dass du das überhaupt fragen musst!«

»Er ist...«

»Er ist polizeilich bekannt, Kim! Er hat...«

Wütend starrte Kim ihn an. »Du hast ihm hinterhergeschnüffelt?«, rutschte es ihr sehr viel lauter und aggressiver heraus, als sie beabsichtigt hatte.

Sigurd zuckte zusammen. Ein Anflug von schlechtem

Gewissen huschte über sein Gesicht. Sein Beruf als angesehener Journalist ermöglichte ihm ziemlich gute Kontakte zu einigen Polizisten, vor allem aber zu einer Menge Polizeireportern. Er behauptete immer, dass er das Geheimnis eines jeden Menschen herausfinden könnte, wenn er wollte. Offenbar war das keine Übertreibung.

Lukas – polizeilich bekannt?

Für einen kurzen Moment verspürte Kim das Bedürfnis, Sigurd zu fragen, was genau er über Lukas herausgefunden hatte. Die altvertraute Angst schnürte ihr wieder die Kehle zu und sie konnte sich nicht anders dagegen wehren, als mit Worten um sich zu schlagen. »Das ist ja wohl das Allerletzte!«, zischte sie Sigurd an.

Der lehnte sich zurück. »Hör mal, Kim!« Seine Stimme war leise, sein Blick flehend. »Du hast ja recht, es war vielleicht nicht richtig, das hinter deinem Rücken zu tun, aber…«

»Ganz genau! Nur weil du Reporter bist, heißt das nicht, dass du dir alles erlauben darfst!«

»Ich dachte nur – seit der Sache mit…« Sigurd unterbrach sich, bevor ihm Ninas Name über die Lippen kam. Offenbar erinnerte er sich gerade noch rechtzeitig daran, was es ausgelöst hatte, als er am Samstagabend mit diesem Argument versucht hatte, Kim von ihrem Discobesuch abzuhalten. Er stieß einen tiefen Seufzer aus. »Ich habe einfach Angst um dich, Kim!«

»Ich kann ganz gut auf mich selbst aufpassen.« Da er so zerknirscht wirkte, versuchte auch Kim, sich wieder zu beruhigen, und senkte ihre Stimme auf eine normale Lautstärke. »Lukas hat mich heute zu seiner Mutter mitgenommen«, erzählte sie. Sie wusste, dass sie Sigurd etwas bieten musste, wenn sie ihn dazu bringen wollte, ihr zu vertrauen. »Sie lebt in einem…«

»… Pflegeheim, ich weiß.« Sigurd wischte sich über die Augen. »Raste nicht gleich wieder aus. Auch das habe ich recherchiert. Sein Vater hat seine Mutter ins Koma geprügelt.«

Kim nickte. Irgendwie beruhigte es sie, dass bei Sigurds Recherchen dasselbe herausgekommen war, wie Lukas ihr erzählt hatte. In ihrem Hinterkopf begannen schon wieder die Gedanken zu kreisen.

… mit zwölf Stichen mussten sie nähen…

… er ist polizeilich bekannt…

Mit beiden Händen strich sie sich die Haare aus der Stirn. Eben im Auto noch hatte sie keinerlei Zweifel an Lukas gehabt. Warum konnte das jetzt nicht einfach mal so bleiben? Musste denn immer sofort der nächste Hammer folgen?

»Du hättest ihn sehen sollen, wie er mit seiner Mutter umgegangen ist«, sagte sie. »Er ist kein schlechter Mensch, Sigurd!«

Sigurd sah sie direkt an. Kim konnte die unterschiedlichsten Gefühle in seinen Augen lesen. »Erinnerst du dich, was wir früher immer gesagt haben?«, murmelte er. »Die Sache mit Kopf und Herz?«

Daran erinnerte Kim sich gut. Sigurd hatte ihr, als sie jünger war, oft davon erzählt, wie es war, wenn Kopf und Herz sich miteinander stritten. Damals hatte er immer gesagt, dass es das Beste war, seinem Herzen zu folgen.

Heute jedoch schien er etwas anderes zu meinen. Er räusperte sich. »Es gibt ein paar Situationen, Kim, in denen ist es besser, dem Kopf zu vertrauen.«

Kim atmete zweimal tief durch. »Und dies ist so eine Situation?«

»Meiner Meinung nach schon.«

Warum war Lukas polizeilich bekannt? Die Frage bohrte sich wie eine lange, spitze Nadel in ihren Verstand. Sie war drauf und dran, Sigurd zu fragen, was genau er herausgefunden hatte, aber dann entschied sie sich dagegen. Sie würde sich das, was Lukas und sie zusammen hatten, nicht von anderen kaputt machen lassen. Sie würde Lukas vertrauen, schon allein deswegen, weil sie das bisher bei keinem anderen Jungen geschafft hatte. Mühsam stützte sie sich auf der Tischplatte ab und stemmte sich hoch. »Ich glaube, ich bin alt genug, um diese Entscheidung selbst zu treffen«, sagte sie leise.

Sigurd rührte sich lange nicht. Dann nickte er. »Hoffentlich.« Er gab sich einen Ruck. »Macht es dir etwas aus, wenn ich uns zum Abendessen eine Pizza kommen lasse?«

»Nö.« Jetzt warf Kim einen genaueren Blick auf den Laptopmonitor. »Newsweek« stand in der Adresszeile des E-Mail-Programms. »Du hast ziemlich viel zu tun, oder?« Sie hoffte, Sigurd würde sich auf den Themenwechsel einlassen, und zu ihrer Erleichterung tat er das auch.

Seine Augen fingen an zu strahlen. »Ich habe vorhin eine Mail bekommen«, sagte er. »Newsweek hat meinen Artikel über die Russenmafia gekauft. Er soll noch in diesem Monat erscheinen.«

Kim ignorierte das Knurren ihres Magens und setzte sich wieder. »Russenmafia?«, fragte sie. Sie hatte keine Ahnung, was das für ein Artikel war.

Sigurd klappte den Laptop zu. »Du kannst nichts davon wissen. Ich habe im letzten Jahr daran gearbeitet.« *Nach-*

dem deine Mutter mich in die Wüste geschickt hat, hieß das im Klartext. Kim presste die Lippen zusammen.

»Es ist ein langer Artikel über einen Dokumentenfälscher, ein Mann namens Igor Stoijkov. Er hat jahrelang für die Russenmafia gearbeitet und ist erst vor einigen Monaten ausgestiegen. Er hat mir erlaubt, exklusiv über seine Arbeit dort zu berichten.« Ein seliges Grinsen glitt über Sigurds Gesicht und zeigte Kim, dass er Lukas nun endgültig vergessen hatte. »Ich habe unfassbare Interna erfahren, Kim! Und jetzt die Veröffentlichung in Newsweek! Vielleicht bekomme ich sogar irgendwann den Pulitzerpreis!«

Newsweek, das wusste Kim, war ein Nachrichtenmagazin, so was wie das amerikanische Gegenstück zum deutschen SPIEGEL. Und der Pulitzerpreis war im Prinzip der Oskar für Journalisten. Sigurd träumte davon, ihn eines Tages zu gewinnen.

Jetzt verschränkte er die Arme hinter dem Kopf und seufzte verträumt. Er sah aus wie eine Katze, die gerade den Kanarienvogel verspeist hatte.

»Deine glorreiche Karriere in allen Ehren«, sagte Kim und stand auf, weil draußen auf dem Flur das Telefon klingelte, »aber ich habe saumäßigen Hunger.«

Das holte Sigurd auf den Boden der Tatsachen zurück. Nachdenklich rümpfte er die Nase. »Weißt du, wo der Prospekt vom Pizzaservice ist?«

»Nein!« Kim lief zum Telefon. Beim vierten Klingeln hob sie ab. »Ferber?«

Am anderen Ende war Sabrina. »Hey! Ich bin's! Weißt du was Neues über Marie?«

Das schlechte Gewissen überrollte Kim von einer Sekunde auf die andere. Den ganzen Nachmittag hatte sie nicht mehr an ihre Freundin gedacht. Sofort meldeten sich die düsteren Vorahnungen wieder und ihr wurde ganz flau im Magen bei dem Gedanken, wo Marie jetzt wohl sein mochte. »Leider nicht«, sagte sie.

»Die ganze Sache macht dich ganz schön fertig, oder?« Es knackte in der Leitung.

Kim starrte einen Moment vor sich hin. »Keine Ahnung. Dich nicht?«

Sabrina zögerte mit der Antwort. »Ich glaube halt immer noch, dass sie einfach nur abgehauen ist.« Aber sie klang bei Weitem nicht mehr so sicher wie noch am Morgen. Kim konnte die Frage in ihrer Stimme mitschwingen hören, die Hoffnung darauf, eine Bestätigung zu bekommen.

Kim tat ihr den Gefallen. »Wahrscheinlich.«

»Ihr Handy ist noch immer ausgeschaltet. Vielleicht will sie einfach nicht gefunden werden. Meinst du, wir müssen uns echt Sorgen um sie machen?«

»Keine Ahnung. Sie ist ja schon öfter weg gewesen.«

Sabrina seufzte. »Ja. Aber noch nie länger als zwei Tage.«

Da reichte es Kim. »Was willst du hören?«, fauchte sie ihre Freundin an. »Dass alles wieder gut werden wird? Dass Marie schon nichts passiert ist? Ich weiß nicht, wo sie steckt, Sabrina!« Den letzten Satz schrie sie und erschrak ein bisschen über sich selbst.

Sigurd streckte den Kopf aus der Küche und schaute Kim überrascht an. In der Hand hielt er den Flyer des Pizzaboten.

Kim drehte ihm den Rücken zu. »Wir können nur hoffen, dass sie bald wieder auftaucht«, sagte sie in einem versöhnlichen Tonfall.

Sabrina schniefte. »Klar. Was machst du heute Abend noch?«

»Hausaufgaben. Ich hatte am Nachmittag keine Zeit dafür.« Kim dachte an Lukas und spürte, wie sich ihre Mundwinkel hoben. Das Kribbeln in ihrem Magen kehrte zurück und vertrieb alle düsteren Gedanken wegen Marie.

»Okay. Dann bis morgen«, murmelte Sabrina.

»Ja. Bis morgen.« Kim legte auf und wollte das Telefon in die Ladeschale zurückstellen, aber Sigurd streckte die Hand danach aus.

»Pizza Funghi, wie immer?«, erkundigte er sich. Kim war ihm dankbar, dass er sie nicht über das Gespräch mit Sabrina ausfragte.

Sie nickte. Eigentlich war es egal, was er bestellte. Ihr war der Appetit wieder mal gründlich vergangen.

Bis die Pizza kam, verzog Kim sich in ihr Zimmer, weil sie sich um die liegen gebliebenen Hausaufgaben kümmern wollte. Aber sie konnte sich nicht konzentrieren. Immer wieder verschwammen die Matheaufgaben vor ihren Augen und wurden abgelöst von den Erinnerungen, die durch ihren Kopf geisterten. Das Foto von Nina mit der Libelle auf ihrem Gesicht. Der Kabelbinder um ihre Handgelenke. Und dann Maries lachendes Gesicht.

Maries stark geschminkte Augen. Ihre spöttische Stimme.

»Du musst dich beeilen, Süße. Hab dich nicht so, Süße!«, sagte sie.

Marie. Immer wieder Marie. Marie. Marie.

Kim stützte die Ellenbogen auf dem Schreibtisch ab und vergrub das Gesicht in beiden Händen.

Dann unternahm sie einen weiteren Anlauf, aber als sie auch diesmal keinen Sinn in den Zahlenkolonnen in ihrem Buch erkennen konnte, gab sie es auf. Sie warf sich auf ihr Bett und zog Ninas Tagebuch aus dem Regal.

Das Gedicht war noch genauso rätselhaft wie all die anderen unzähligen Male, die sie es schon gelesen hatte.

Töte mich zärtlich, Liebster!

Kim fröstelte.

Das Klingeln des Handys riss sie aus ihren Grübeleien. Sie hatte das Gerät nach der Schule an die Steckdose gehängt, weil der Akku mal wieder leer gewesen war, und dann hatte sie es dort vergessen.

Jetzt griff sie danach und schaute auf die angezeigte Telefonnummer. Sie kannte sie nicht, nahm den Anruf aber trotzdem an. »Hallo?«

»Ich bin's.«

Lukas!

In ihrem Bauch erwachten die Schmetterlinge und flatterten umher.

»Oh. Hallo!«

Er klang amüsiert. »Du klingst, als hätte ich dich geweckt.«

»Wie? Nein!« Kim legte das Tagebuch fort. »Ich habe Mathe gemacht.«

»Aha.«

»Woher hast du meine Handynummer?«, erkundigte Kim sich.

Er lachte leise. »Von Sabrina. Hat 'ne Weile gedauert, bis ich sie so weit hatte, dass sie die rausgerückt hat.«

Es rauschte in der Leitung. Eine Weile sagten sie beide nichts und Kim rutschte unruhig auf ihrem Bett hin und her. Sollte sie Lukas nach dem fragen, was Sigurd gerade behauptet hatte? Aber wie fragte man jemanden ganz nebenbei, ob er vorbestraft war? Völlig unmöglich!

Lukas schien ihr Schweigen falsch zu deuten. »Bist du mir böse?«, fragte er mit einem Mal.

Kim prustete ungläubig. »Warum sollte ich böse sein?« Die Vorstellung war geradezu absurd!

»Na, wegen dem Kuss!«

»Oh das!« Ein Lächeln glitt über Kims Gesicht. Sachte berührte sie ihre Lippen. Fast konnte sie die von Lukas noch spüren. »Nein. Ich bin nicht böse.«

»Dann ist es ja gut.«

»Warum rufst du an?«

»Ich glaube, ich hatte Sehnsucht nach dir.« Das Rauschen wurde stärker, dann verstummte es fast vollständig. Kim konnte Lukas atmen hören.

»Sehnsucht?« Sie wollte einen Scherz machen, aber ihr fiel einfach nichts Schlaues ein. Warum verließ einen die Schlagfertigkeit immer im ungünstigsten Moment? »Warum das?«, gelang es ihr schließlich zu sagen.

Er gab einen fragenden Laut von sich. »Wie meinst du das?«

»Nur so.« Dann fasste sie sich ein Herz. »Ich frage mich eben, was du an mir findest.« Und in Gedanken fügte sie hinzu: *Schließlich bin ich doch völlig durchschnittlich!*

Sie hörte Lukas auflachen. »Das ist aber nicht dein Ernst, oder?«

Sie wusste nicht, was sie darauf antworten sollte, also schwieg sie.

»Hast du in deinem Leben überhaupt schon mal in den Spiegel geschaut?«, fragte er.

»Wieso?«

Er schwieg einen Moment, schien nach den passenden Worten zu suchen. »Du hast wunderschöne Augen, Kim, und überhaupt… Aber weißt du, was ich viel wichtiger finde?«

»Hm?«

»Du bist klug.« Er prustete leise. »Uff! Ich bin nicht besonders gut in solchen Gesprächen. Wollen wir nachher noch ein Eis essen gehen?«

Kims Herz schlug einen Salto. Er fand sie hübsch! Nein, nicht hübsch – wunderschön! Die Vorstellung, ihn heute noch wiederzusehen, war verlockend. Sigurd hatte ihr keine allzu große Szene gemacht, weil sie trotz der Sache am Samstagabend heute mit Lukas weggefahren war. Vielleicht sollte sie ihr Glück also besser nicht überstrapazieren. Aber natürlich wollte sie auch auf keinen Fall, dass Lukas dachte, sie hätte keine Lust.

»Ich weiß nicht«, begann sie und biss sich auf die Unterlippe. Oh Mann, völlig falscher Anfang! »Ich meine«, schob sie eilig nach, »ich habe schon Lust. Große sogar! Aber ich weiß nicht, ob Sigurd es erlaubt.«

»Sigurd ist der Typ, der nicht dein Vater ist, oder?«

»Ja.« Kim setzte sich anders hin. Warum konnte sie ihre Beine und Arme einfach nicht still halten?

»Schade«, meinte Lukas.

»Ich überlege noch mal, okay?«

Unten an der Haustür klingelte es.

»Sigurd hat Pizza bestellt. Ich muss jetzt aufhören. Ich rufe dich nachher noch mal an, ja?«

»Tu das!«

»Lukas?« Kim lauschte, wie Sigurd den Flur entlangging, um zu öffnen.

»Ja?« Lukas' Stimme klang ein klein wenig spöttisch, fand sie.

»Ach, nichts! Bis nachher!« Sie legte auf und blies sich gegen die Haare. Die Schmetterlinge in ihrem Bauch waren in heller Aufregung, aber Kim hatte keine Zeit, das Gefühl lange zu genießen.

»Kim!«, rief Sigurd von unten.

Seine Stimme klang seltsam. Tonlos, als sei etwas Schlimmes passiert.

Kapitel 12

Ich komme!« Kim stöpselte ihr Handy wieder an die Steckdose, dann krabbelte sie vom Bett und lief nach unten.

Auf halber Treppe blieb sie wie angewurzelt stehen.

Unten stand nicht der Pizzabote, sondern eine Frau. Eine Frau, die Kim nur allzu gut kannte und deren unerwarteter Anblick bei ihr alle Alarmglocken zum Schrillen brachte. »Was ist mit Marie?«, keuchte sie.

Die Frau sah sie aufmerksam an. Sie hatte einen durchdringenden Blick – daran erinnerte sich Kim noch genau, und das bekam sie auch jetzt wieder zu spüren. Sie fühlte sich bis auf den Grund ihrer Seele durchleuchtet.

Im Flur stand Kriminalkommissarin Doris Keller. Eine der Polizeibeamtinnen, die Ninas Tod untersucht hatten. Diejenige, die ihnen damals die Nachricht von Ninas Tod überbracht hatte.

Die bekannten Bilder begannen in Kims Kopf zu rasen.

Nina.

Die Libelle.

Kabelbinder.

»Hallo, Kim«, sagte Frau Keller. Sie hatte eine ruhige, leicht heisere Stimme und Kim erinnerte sich wieder daran, wie viel die Kommissarin damals schon geraucht hatte. »Warum glaubst du, dass ich wegen Marie komme?«

»Haben Sie sie gefunden? Ist ihr was passiert? Lebt sie?« Die Fragen sprudelten aus ihr heraus, ohne dass Kim etwas dagegen tun konnte.

Langsam schüttelte Frau Keller den Kopf. Ihr Blick ruhte noch immer forschend auf Kims Gesicht. »Nein. Wir haben sie nicht gefunden. Noch nicht. Aber ich bin damit beauftragt worden, sie zu suchen. Sie ist jetzt doch schon eine ganze Weile weg.« Dann wandte sie sich an Sigurd. »Gibt es die Möglichkeit, irgendwo in Ruhe zu sprechen?«

Sigurd wies in Richtung Küchentür. »Kommen Sie«, murmelte er. Auch ihn schien das Auftauchen der Kommissarin aus der Fassung gebracht zu haben. »Ich räume nur eben den Tisch ab.« Er raffte seine Zeitungen, den Laptop und seine Stifte zusammen. Als er den ganzen Stapel zur Anrichte neben der Spüle trug, fielen ihm zwei der Bleistifte herunter und landeten mit einem leisen Klappern auf den Fliesen.

Bevor Sigurd abwehren konnte, hatte sich Frau Keller gebückt.

»Danke«, sagte er, als sie ihm die Stifte reichte. Dann wies er auf einen der Stühle. »Bitte. Kann ich Ihnen etwas zu trinken anbieten?«

Seufzend setzte Frau Keller sich. »Ein Kaffee wäre schön, wenn es nicht zu viele Umstände macht.«

»Kein Problem!«

Kims Mutter war ein echter Kaffeejunkie. Vor einigen Monaten hatte sie sich einen riesigen, glänzenden Kaffeevollautomaten gekauft. Mit dem konnte man nicht nur normalen Kaffee herstellen, sondern auch Espresso, Cappuccino und Latte macchiato. Dazu Tee und heiße Milch und wer weiß, was noch alles. »Nur zum Mond fliegen kann das Teil noch nicht«, hatte Sigurd spöttisch gesagt, als er die Maschine zum ersten Mal gesehen hatte. Jetzt stellte er einen von Johannas schweren Steingutbechern unter den Kaffeeauslauf, drückte ein paar Knöpfe und das Mahlwerk setzte sich lautstark in Gang.

»Wie geht es dir?«, fragte Frau Keller Kim, während der Kaffee in den Becher zu laufen begann.

Kim zuckte mit den Schultern. »Geht so.«

»Warum hast du mich gefragt, ob Marie noch lebt? Fürchtest du tatsächlich, sie könnte tot sein?«

Wieder zuckte Kim mit der Schulter. Sie wusste nicht wirklich, was sie befürchtete. Da war einfach nur diese Angst. »Meine Schwester…«, flüsterte sie.

Frau Keller nickte. »Natürlich. Das alles erinnert dich an sie, stimmt's? Aber deine Schwester war ein ganz anderer Mensch, Kim. Marie ist vorher schon öfter weggelaufen. Es gibt keinen Grund zu glauben, dass ihr das Gleiche passiert ist wie damals… Nina.« Sie musste einen Moment überlegen, aber dann hatte sie den Namen parat.

Kim wollte ihr erst widersprechen, aber dann wurde ihr klar, dass Frau Keller recht hatte. Und trotzdem… das nagende Gefühl, dass Marie etwas Schlimmes zugestoßen war, ließ sich nicht mehr so einfach vertreiben.

»Warum sind Sie mit der Suche nach Marie beauftragt worden?«, fragte sie.

Die Kommissarin hatte ein längliches, hageres Gesicht. Die Form wurde zusätzlich betont, da sie ihr blondes Haar zu einem strengen Pferdeschwanz zusammengebunden hatte. Sie trug kein Make-up und ihre Kleidung wirkte mit Jeans und Pullover eher sportlich als elegant.

»Dies ist eine Kleinstadt«, erklärte sie, »wir haben nur vier Kripobeamte. Da kommt es vor, dass ich nicht nur… ähm, Mordfälle bearbeiten muss, sondern auch Vermisstenfälle.« Sie sprach das Wort *Mordfälle* nur zögernd aus.

Kim schluckte. »Aber Sie sind von der Kriminalpolizei.«

»Ja.«

Sigurd stellte den Kaffeebecher vor Frau Keller hin. Sie nickte ihm dankend zu.

»Milch und Zucker?«, fragte er.

»Nur ein bisschen Milch, bitte.« Die Kommissarin wandte sich wieder Kim zu. »Ja«, wiederholte sie. »Ich bin von der Kriminalpolizei.«

»Dann vermuten Sie hinter Maries Verschwinden also doch ein Verbrechen?«

Frau Keller schüttelte den Kopf. Sigurd stellte ihr die Milchpackung auf den Tisch, sie griff danach und schenkte sich ein. Dann trank sie einen großen Schluck und seufzte wohlig. »Der ist gut!«

Sigurd lächelte leicht und setzte sich dann dazu.

»Im Moment geht niemand von einem Verbrechen aus«, erklärte Frau Keller ihnen. »Wir möchten Marie einfach nur finden und wohlbehalten nach Hause zurückbringen. Wie gesagt, unsere Information ist, dass sie schon öfter abgehauen ist, stimmt das?«

Kim nickte.

»Und hat sie am Wochenende, bevor sie verschwand, auch davon gesprochen, dass sie weglaufen wollte?«

»Nein.« Kim dachte an das kurze Gespräch im Flur. Unsicher sah sie Sigurd an.

Der schüttelte ebenfalls den Kopf. »Sie war kurz nach sieben hier, weil sie Kim zu einem Discobesuch abholen wollte. Ich habe Kim nicht erlaubt zu gehen, da ist sie allein wieder abgezogen. Von Weglaufen hat sie nichts gesagt. Zu dir etwa, Kim?«

Kims Schultern verkrampften sich. Ihr heimlicher Ausflug ins Pascha war kurz davor aufzufliegen, das war ihr klar. Wenn sie Frau Keller so gut wie möglich helfen wollte, musste sie hier und jetzt zugeben, dass sie am Samstag doch im Pascha gewesen war. Sie seufzte und holte dann tief Luft.

»Du hast mir zwar verboten, ins Pascha zu gehen«, sagte sie schnell, bevor sie es sich anders überlegte. »Aber ich war trotzdem da.«

Überrascht sah Sigurd sie an.

Sie wich seinem Blick aus. »Ich bin aus dem Fenster.«

Jetzt war es raus. Kim starrte auf die Tischplatte und wartete auf eine Reaktion, auf ein Donnerwetter, eine Standpauke, irgendetwas. Aber es kam nichts.

Sigurd seufzte nur. »Wir sprechen später darüber«, sagte er.

Es klingelte an der Haustür.

»Das wird mein Kollege sein«, meinte Frau Keller. »Er hat einen Klassenkameraden von Marie befragt, der weiter unten in der Straße wohnt. Wir wollten uns hier treffen.«

Sigurd stand auf und öffnete. Es war nicht Frau Kellers Kollege, sondern der Bote vom Lieferservice, der zwei Schachteln Pizza brachte. Während Sigurd ihn bezahlte, kam auch der Polizist. Sigurd begrüßte ihn mit einem Nicken und hielt ihm die Tür auf. Dann kam er hinter ihm her zurück in die Küche. Achtlos stellte er die beiden Pizzaschachteln auf dem Herd ab. Im Moment hatte niemand wirklich Appetit.

»Setzen Sie sich«, forderte Sigurd den Polizisten auf.

Der ließ sich auf einen Stuhl fallen. Sehnsüchtig starrte er auf Frau Kellers Becher, und ohne ein Wort darüber zu verlieren, machte sich Sigurd daran, ihm ebenfalls einen Kaffee zu brauen.

Jan Weidenschläger hieß der Kriminalkommissar, das

hatte Kim nicht vergessen. Er war ziemlich klein und rundlich. Ein spießiger Schnurrbart zierte seine Oberlippe und er trug schneeweiße Turnschuhe, die an ihm furchtbar altmodisch aussahen.

»Der Junge unten in der Straße weiß nichts«, berichtete er seiner Kollegin. »Scheint tatsächlich so zu sein, dass Marie ihr Verschwinden diesmal niemandem angekündigt hat.«

»Sie wollte nicht abhauen!«, warf Kim nun ein. »Wenn sie das vorgehabt hätte, dann hätte sie es mir gesagt. Bestimmt!« *War das wirklich so?*, fragte eine leise Stimme in ihrem Hinterkopf. Immerhin war ihre Freundschaft in den letzten Monaten ziemlich abgekühlt. Vielleicht hatte Marie einfach nur einen spontanen Entschluss gefasst, nachdem Kim nicht mit ins Pascha gedurft hatte.

Langsam schüttelte Kim den Kopf.

»Was denkst du?«, fragte Frau Keller. Wieder schien ihr Blick alle Fassaden durchdringen zu können.

Kim zögerte, erzählte dann aber doch von ihren Gedanken: »Ich kann mir nicht vorstellen, dass sie so rücksichtslos wäre, gar keinem Bescheid zu sagen.« Sie schüttelte bekräftigend den Kopf. »Ich meine: Ihre Ausflüge waren doch meistens harmlose Trips. Sie hat immer einer von uns vorher gesagt, wo sie hinwill, entweder Sabrina oder mir.«

»Und das hat sie diesmal nicht getan.« Es war das erste Mal, dass Jan Weidenschläger sie direkt ansprach. Er hatte leicht gerötete Augen, stellte Kim fest, und seine Nase lief. Wahrscheinlich war er erkältet.

Kim schüttelte den Kopf. »Nein. Jedenfalls nicht mir.« Sie suchte Weidenschlägers Blick und ganz kurz glaubte sie, in seinem Gesichtsausdruck so etwas wie Besorgnis zu erkennen.

Dies war der Moment, in dem sie sich plötzlich ganz sicher war.

Marie war irgendetwas Schlimmes passiert!

Nachdem die beiden Kommissare noch eine Reihe von Fragen gestellt hatten, gingen sie schließlich und ließen Kim und Sigurd voller Unbehagen zurück. Die Pizzen auf dem Herd waren inzwischen kalt geworden, aber das kümmerte Kim nicht.

»Wegen dem Pascha«, begann sie. Sie wusste, dass sie mit Sigurd darüber reden musste. Und sie wusste auch, dass sie eine Standpauke verdient hatte. Sie hatte beschlossen, sie ohne Widerworte über sich ergehen zu lassen.

»Du bist gegangen, obwohl ich es dir verboten hatte«, sagte Sigurd. Er stand mitten im Flur.

»Bin ich, ja.«

Sigurd legte die Hände vor dem Bauch zusammen, als wollte er beten. Dann löste er sie wieder voneinander und ballte sie stattdessen zu Fäusten. Schließlich seufzte er. »Ich habe dich mit der Erwähnung von Nina ziemlich wütend gemacht, oder?«

Überrascht hob Kim den Blick und sah ihn an. Diese Erkenntnis hatte sie nicht erwartet. »Ich war wütend, ja. Ich habe mit Dr. Schinzel so lange darum gekämpft, dass ich Jungs endlich wieder normal begegnen kann, und ich wollte mir das nicht einfach kaputt machen lassen.«

»Du magst diesen Lukas, oder?« Sigurd stand auf. Er nahm einen neuen Becher aus dem Regal und machte sich nun selbst einen Kaffee. Während das Gebräu durchlief, räumte er die beiden benutzten Becher in die Spüle.

Erst als er mit der Tasse in den Händen wieder auf einem

Stuhl Platz genommen hatte, nickte Kim. »Ja.« Irgendwie fühlte sie sich seltsam. Sigurd verhielt sich so anders, als sie es erwartet hatte. Immerhin hatte sie ihn angelogen und sich über sein Verbot hinweggesetzt. Johanna hatte Kim eingeschärft, dass sie auf Sigurd hören sollte, und sie hatte es ihr auch versprochen. Dass sie trotzdem einfach ins Pascha gegangen war, hätte Sigurd eigentlich sehr viel wütender machen müssen, als er es tatsächlich war.

Unsicher, was diese seltsame Reaktion zu bedeuten hatte, musterte sie ihn.

Sigurd trank einen Schluck Kaffee und verzog das Gesicht.

Kim wartete darauf, dass er etwas sagte, aber sie wartete vergebens. »Was erwartest du jetzt von mir?«, forschte sie deswegen.

»Nun, da ich vermute, dass es nichts nützen würde, dir den Umgang mit diesem Lukas zu verbieten, erwarte ich nur eins.« Wieder trank Sigurd, bevor er weitersprach. »Hör ab und an auf deinen Kopf!«

Nach dem Gespräch mit den Polizisten war Kim nicht nur der Hunger auf Pizza, sondern auch die Lust aufs Eisessen vergangen. Nicht einmal die Aussicht darauf, Lukas noch einmal sehen zu können, erschien ihr verlockend. So suchte sie seine Nummer aus ihrem Anrufspeicher und rief ihn zurück, wie sie es versprochen hatte.

»Hey!«, meldete er sich. In seiner Stimme lag ein Lächeln.

»Ich hatte gerade Besuch«, sagte sie und versuchten, den Kloß herunterzuschlucken, der ihr in der Kehle steckte.

»So wie du dich anhörst, war es nicht der Pizzabote«, vermutete er.

Kim ließ sich auf ihr Bett fallen, lehnte sich gegen die Wand und schloss die Augen. »Nein.«

Lukas wartete, bis sie von sich aus weitersprach.

»Es war die Polizei.«

Sie hörte ihn scharf einatmen.

»Sie haben mich nach Marie befragt.«

»Und?« Kim konnte seine Anspannung durch die Leitung hindurch wahrnehmen. »Was ist mit Marie?«

»Sie wissen es nicht.« Kim öffnete wieder die Augen. Die weißen Wände erschienen ihr kalt und bedrohlich. »Sie suchen noch nach ihr.«

»Aber sie vermuten ein Verbrechen.« Ganz sachlich sagte er das, aber in der Tiefe seiner Stimme schwang Sorge mit.

»Ich weiß es nicht. Sie sagen Nein.«

»Aber du siehst das anders.«

Darauf antwortete Kim nicht. Ninas Mörder lief noch immer dort draußen herum. Nur durch viel Arbeit und durch Dr. Schinzels Hilfe war es ihr gelungen, nicht jeden Tag, jede Minute und jede Sekunde daran denken zu müssen.

In den vergangenen zwei Jahren hatte sie sich mühsam ihr eigenes Leben zurückerobert und nun, als Lukas aufgetaucht war, hatte sie geglaubt, es endlich geschafft zu haben. Endlich wieder fröhlich sein zu können.

Und ausgerechnet jetzt musste Marie verschwinden. Kim war fast ein wenig sauer auf ihre Freundin. Nur mit Mühe kämpfte sie gegen diese Wut an, weil sie wusste, wie irrational sie war.

Die Stille zwischen ihr und Lukas stand mittlerweile wie eine Wand. Auf einmal fühlte sich Kim, als wäre sie unter Wasser.

»Du glaubst, dass Marie dasselbe passiert ist wie Nina, stimmt's?« Lukas' Stimme war ganz ruhig.

»Ich weiß es nicht«, gestand sie. »Ich habe Angst.«

Wieder schwieg er. Lange.

»Ich passe auf dich auf, wenn du willst«, sagte er dann.

Trotz ihrer Angst und der Unruhe, die das Gespräch mit den beiden Polizisten in ihr wachgerufen hatten, musste Kim lächeln. Und ihr wurde wieder ganz warm ums Herz. »Das ist schön.«

»Ich vermute, dir ist die Lust auf Eisessen vergangen, oder?«

»Wenn ich ehrlich bin…«

»Kein Problem! Mach dir keine Sorgen! Wir sehen uns dann ja morgen in der Schule.«

»Ernie ist wahrscheinlich schon ziemlich genervt von uns«, versuchte sich Kim an einem Scherz.

Lukas lachte. »Die alte Pennechse! Der verschläft doch sowieso das Beste.« *Irgendwie,* dachte Kim, *klingt sein Lachen dünn. Wie aus Glas.*

»Kommst du klar?«, fragte Lukas.

Sie nickte, obwohl er das nicht sehen konnte. »Ja.«

»Gut. Wenn nicht, ruf mich an, okay? Egal, wie spät es ist!«

»Danke!« Die Schmetterlinge in Kims Bauch flatterten jetzt wieder. »Gute Nacht, Lukas«, sagte sie ganz leise.

»Gute Nacht, Kleines!«

Dann legten sie beide auf.

Kapitel 13

Am nächsten Morgen fühlte sich Kim wie gerädert. Allein die Vorstellung, nur den kleinen Finger rühren oder gar aufstehen und in die Schule gehen zu müssen, war ihr schon zu viel. Sie fühlte sich matt und unendlich kraftlos. Alles um sie herum erschien ihr noch immer grau und farblos. Aus diesem Grund war sie heilfroh, dass sie um neun Uhr einen Termin bei Dr. Schinzel hatte und damit den Schulalltag unterbrechen konnte.

Das Behandlungszimmer wirkte heute weniger sonnig als sonst. Das war auch das Erste, was Kim dem Psychiater sagte, nachdem sie sich beide gesetzt und er seine Armbanduhr auf den Schreibtisch gelegt hatte.

»Weniger sonnig?«, wiederholte er nur.

Kim nickte. Sie legte beide Hände auf die Armlehnen des Ledersessels und versuchte, sich, so gut es ging, zu entspannen. »Liegt wahrscheinlich an meiner Freundin.«

Dr. Schinzel sah verwirrt aus, deshalb erzählte sie ihm, was mit Marie geschehen war. »Die Polizei vermutet, dass sie einfach nur abgehauen ist, weil sie das schon öfter gemacht hat.«

»Aber du glaubst nicht daran?«

Kim lauschte in sich hinein. »Ich habe Angst«, sagte sie dann.

»Wovor?«

»Davor, dass Marie das Gleiche passiert ist wie damals Nina.«

Dr. Schinzel nickte. »Verständlich. Möchtest du über Nina reden oder lieber über Marie?«

Eine Weile sprachen sie über Nina, über ihren gewaltsamen Tod – und auch über die Libelle, die der Mörder auf ihr Gesicht gelegt hatte.

Kim fühlte, wie das Thema sie auslaugte und sie das Bedürfnis bekam, über etwas anderes zu reden. »Sie wissen, dass Nina Tagebuch geschrieben hat bis kurz vor ihrem Tod«, meinte sie deshalb.

Der Psychiater schwieg.

»Erinnern Sie sich noch an das Gedicht darin?«

Noch immer antwortete Dr. Schinzel nichts. Sein Gesichtsausdruck war neutral wie immer, nur in seinen Augen konnte sie ein interessiertes Leuchten entdecken. »Erzähl mir davon!«, forderte er Kim auf, als sie nicht von sich aus weitersprach.

»Ich kann es immer noch auswendig«, sagte sie und begann, den Text aufzusagen. Die Worte taten ihr weh, aber sie schaffte es durchzuhalten, bis sie die letzte Zeile hinter sich gebracht hatte.

Dr. Schinzel saß regungslos da und lauschte dem kaum hörbaren Ticken seiner Armbanduhr. Die Stellung der Zeiger auf der Standuhr hinter seinem Rücken sah aus wie ein finsteres Grinsen, bemerkte Kim. Warum war ihr das früher nie aufgefallen?

»Liebeskummer hat Nina das Gedicht genannt«, sagte sie leise, »aber später hat sie es umbenannt. In *Schattenflügel.* Und irgendwie habe ich das Gefühl, dass das wichtig ist, aber ich komme einfach nicht darauf, warum.«

Dr. Schinzels Gesicht zeigte Bestürzung, als das Wort *Schattenflügel* fiel. »Die Libelle auf Ninas Gesicht«, murmelte der Arzt. *»Weil der flirrende Schatten des Flügels auf mich gefallen ist…«*, wiederholte er. »Schattenflügel. Ich nehme mal an, die Polizei hat sich ausgiebig mit diesem Gedicht beschäftigt, oder?«

»Weil sie vermutet haben, dass darin ein Hinweis auf Ninas Mörder versteckt sein könnte, ja.« Kim dachte an den geheimnisvollen unbekannten Freund ihrer Schwester, von dem sie immer noch nicht wussten, ob er wirklich existierte.

Zu ihrer Verblüffung stand Dr. Schinzel plötzlich auf und begann, im Zimmer umherzugehen. Das hatte er noch nie getan und mit einem Mal hatte Kim eine Gänsehaut.

»Schattenflügel«, meinte er. »Ich erinnere mich, dass wir schon früher über dieses Gedicht von Nina gesprochen haben, aber hast du mir da auch den Titel genannt?« Er ließ ihr keine Zeit zu antworten, sondern sprach gleich weiter: »Wenn ja, dann habe ich damals nicht die richtigen Schlüsse gezogen.«

Kim begriff nicht, was er damit sagen wollte.

»Schattenflügel«, murmelte der Arzt ein weiteres Mal. »Das ist ein alter Ausdruck, wahrscheinlich kennt ihn deswegen bei der Polizei niemand.« Er blieb stehen und starrte aus dem Fenster auf den Park auf der anderen Straßenseite. Dann, nach einer ganzen Weile, die Kim endlos erschien, drehte er sich wieder zu ihr um. »Schattenflügel ist ein sehr alter, ländlicher Name für ein Insekt, Kim.«

Sie wusste, was kommen würde, und sie schluckte schwer.

»Für eine Libelle«, flüsterte sie.

Nach dem Gespräch war Kim zu erschöpft, um noch einmal in die Schule zurückzugehen. Kurzerhand schlug sie einen anderen Weg ein und ging stattdessen nach Hause.

Dort legte sie sich auf ihr Bett und starrte gegen die weiße Zimmerdecke.

Irgendwann kam Sigurd. Den Geräuschen nach zu urteilen, war er einkaufen gewesen. Kim konnte hören, wie er mehrere Plastiktüten auf dem Küchentisch abstellte und dann unten vor die Treppe trat. »Kim?«, rief er zu ihr hinauf. Offenbar hatte er ihre Jacke an der Garderobe bemerkt. »Bist du zu Hause?«

»Ja«, rief sie mit müder Stimme.

Er kam die Treppe rauf und streckte den Kopf in ihr Zimmer. »Bist du krank?«

»Nur ein bisschen angeschlagen nach dem Termin bei Schinzel«, murmelte Kim. Sie hatte keine Lust, ihm zu erklären, wie es ihr ging. Zu ihrer Erleichterung schien er das zu merken.

Er musterte sie nur einen Moment aufmerksam, dann nickte er verständnisvoll. »Wenn du was brauchst: Ich bin in der Küche, okay?«

Sie nickte und schloss die Augen.

Sigurd nahm es als Aufforderung zu verschwinden. Sehr leise schloss er die Tür hinter sich, sodass die Geräusche, die er kurze Zeit später unten beim Auspacken der Einkaufstüten machte, nur noch gedämpft zu Kim heraufdrangen.

Als es erneut an ihrer Zimmertür klopfte, schrak sie in die Höhe und war einen Moment lang völlig orientierungslos. Sie musste eingeschlafen sein. An dem Licht, das durch das Fenster ins Zimmer fiel, erkannte sie, dass es mittlerweile Nachmittag war.

»Darf ich reinkommen?«, rief Sigurd durch die geschlossene Tür. »Da ist ein Anruf für dich!«

Kim warf einen Blick zum Schreibtisch, wo ihr Handyladekabel über die Tischkante baumelte. Das Handy befand sich in ihrer Schultasche und der Akku war wahrscheinlich wieder mal leer.

»Komm rein.« Ihre Stimme krächzte wie die einer alten Frau.

Sigurd betrat das Zimmer. In der Hand hielt er den Hörer des Festnetztelefons. »Es ist Lukas«, sagte er. Kim konnte an seinem Gesichtsausdruck nicht ablesen, was er dabei dachte.

»Danke.« Sie nahm den Hörer und räusperte sich. Lukas sollte nicht merken, dass sie geschlafen hatte.

Sigurd zog sich zurück. Als er die Tür hinter sich geschlossen hatte, hob Kim den Hörer ans Ohr. »Hallo«, murmelte sie. Ihr Herz klopfte.

»Hallo«, sagte Lukas. »Geht es dir gut? Du warst heute nicht in der Schule.«

Kim erzählte ihm von ihrem Besuch beim Psychiater.

»Kann ich irgendwas für dich tun?«, fragte Lukas.

Kim spürte, wie die Mattigkeit aus ihrem Körper verschwand. Er war wirklich unglaublich, dachte sie. Eigentlich viel zu perfekt, um wahr zu sein. »Nein«, hörte sie sich sagen. »Es ist alles okay, ehrlich. Morgen komme ich wieder, versprochen.« Die nagenden Zweifel, die schon wieder anfingen, in ihrem Kopf herumzuspuken, schob sie energisch zur Seite.

»Bei Ernie? In der großen Pause?«

Kim lächelte. »Die Schlafmütze vermisst uns bestimmt schon.«

Sie hörte Lukas lachen. Ihr wurde warm davon.

»Bis morgen also!«, sagte er.

»Bis morgen.« Sie legte auf.

Nach diesem Telefonat fühlte sie sich wesentlich besser. Also stand sie auf und ging nach unten, wo Sigurd gerade dabei war, Nudeln zum Abendessen zu kochen. Auf der Arbeitsplatte lagen ein halbes Pfund Hackfleisch und eine große Tüte Tomaten für die Soße. Natürlich kam ihm keine Fertigsoße in den Topf.

Als er Kim hereinkommen hörte, drehte er sich um. »Geht es dir besser?«

Sie nickte und ließ sich auf einen Stuhl fallen. Sigurd hatte schon den Tisch gedeckt und Kim nahm ein Glas und goss sich ein wenig Apfelsaft ein. Sie hatte ein pelziges Gefühl auf der Zunge, und als sie einen Schluck trank, zog sich ihr Mund fast schmerzhaft zusammen.

»Dieser Lukas«, meinte Sigurd vorsichtig, »er scheint ja ziemlich großes Interesse an dir zu haben.«

Kim holte Luft. »Ja. Kaum zu fassen, oder?«

Sigurd runzelte die Stirn. »Warum, kaum zu fassen? Du bist ein hübsches und ziemlich kluges Mädchen.«

»Danke für die Blumen.« Kim stellte das Saftglas auf dem Tisch ab.

»Er ist ziemlich ungewöhnlich für einen Teenager, finde ich«, sagte Sigurd. In der Zwischenzeit hatte er das Hackfleisch angebraten und die Tomaten klein geschnitten und dazugegeben. Jetzt würzte er das Ganze mit einer Mischung aus verschiedenen Kräutern.

Kim lauschte seinen Worten nach. Ungewöhnlich, ja, das war eine gute Bezeichnung für Lukas. »Er ist sehr nett und sehr vernünftig«, entgegnete sie und dachte an die Cola im Pascha. »Du musst dir keine Sorgen machen.«

Hoffentlich stimmt das auch!

Sigurd nahm den Topf vom Herd und trug ihn zum Ausguss. Als er die Nudeln in das bereitstehende Sieb goss, stieg eine Wolke Wasserdampf in die Höhe und hüllte ihn ein wie eine Nebelbank. »Schon klar.«

»Die Sache mit der Disco«, begann Kim. »Ich wollte...«

»Themenwechsel!«, sagte er fröhlich. »Beim Essen sollte man sich nicht mit solch schwermütigem Zeugs belasten.« Er schüttelte die Nudeln im Sieb, bevor er sie wieder in den Topf zurückgab, wo er sie mit der Soße mischte. Dann füllte er zwei Teller, brachte sie zum Tisch und setzte sich.

Eine Weile aßen sie schweigend, bis Kim das Gespräch mit Dr. Schinzel wieder einfiel. »Wusstest du, dass Schattenflügel ein altdeutsches Wort für Libelle ist?«, fragte sie unvermittelt.

Sigurd verschluckte sich an einer Nudel. Hustend ließ er die Gabel auf seinen Teller sinken. Vor Anstrengung wurde sein Kopf knallrot. »Wie?«, ächzte er, als er endlich wieder Luft bekam.

Kim erzählte ihm, was der Psychiater ihr gesagt hatte. »Schattenflügel, so hat Nina doch das Gedicht in ihrem Tagebuch genannt. Erinnerst du dich? Hat die Polizei eigentlich jemals mit dir über das Gedicht gesprochen?«

Er nickte. »Klar. Ich weiß, dass sie darin einen Hinweis auf diesen geheimnisvollen Freund vermutet haben, aber wirklich etwas gefunden haben sie ja dann doch nicht.«

»Schattenflügel«, murmelte Kim. »Nina scheint vor ihrem Tod irgendetwas mit Libellen zu tun gehabt zu haben, oder?«

Sigurd starrte nachdenklich vor sich hin. »Wenn das stimmt, dann...« Er verstummte. Seine Kiefermuskeln arbeiteten heftig. Schließlich richtete er den Blick wieder auf Kim.

»Wir müssen das der Polizei erzählen«, meinte sie.

»Stimmt. Ich rufe sie gleich nach dem Essen an.«

Kim legte die Gabel beiseite. Das Gespräch hatte ihr schon wieder den Appetit verdorben. Sie sah, dass Sigurd ihr einen missbilligenden Blick zuwarf, aber ihre Kehle war jetzt so eng, dass sie keinen einzigen Bissen mehr hinunterbekommen hätte.

»Ich lege mich noch ein bisschen hin«, murmelte sie und machte Anstalten aufzustehen.

In diesem Moment klingelte es an der Haustür.

Sigurd ging öffnen, während Kim langsam die Treppe hinaufstieg. Sie war erst auf der Hälfte angekommen, als sie Lukas' Stimme hörte: »Ich wollte zu Kim. Ist sie da?«

Ihr Herz machte einen Sprung.

»Ich weiß nicht…«, hörte sie Sigurd sagen. »Es geht ihr nicht so besonders…«

Kim kehrte auf dem Absatz um und lief die Stufen wieder nach unten. »Doch! Ich bin da.«

Da schob Sigurd die Haustür, die er bisher nur einen Spalt geöffnet hatte, ganz auf. Seufzend meinte er: »Komm rein!«

Lukas trat in den Flur. Ein Lächeln glitt über sein Gesicht, als er Kim entdeckte. »Hallo.«

Kim ging zögernd auf ihn zu. »Hallo, Lukas!« Sie hatte sich weder die Haare gekämmt noch einen Blick in den Spiegel geworfen. Wahrscheinlich sah sie nach ihrem Mittagsschlaf einfach nur furchtbar aus. Aber es half jetzt nichts.

»Ich dachte mir, ich schaue mal nach, wie es dir geht«, sagte er. »Am Telefon klangst du ziemlich fertig.«

Kim legte unauffällig eine Hand an ihren Hals. Unter der dünnen Haut spürte sie ihren Puls jagen. »Komm doch hoch«, bat sie ihn und wies die Treppe hinauf und auf ihre Zimmertür.

Sigurds Miene verfinsterte sich. Lukas bemerkte es.

»Geh schon mal vor«, meinte er. »Ich muss kurz mit deinem Vater sprechen.«

»Er ist nicht mein…« Kim unterbrach sich. »Okay.« Sie nickte und marschierte dann die Treppe hinauf.

Oben angekommen, hörte sie, wie Sigurd und Lukas in der Küche verschwanden und die Tür hinter sich schlossen. Sie überlegte kurz, ob sie wieder runterschleichen und an der Tür lauschen sollte. Aber dann stellte sie sich vor, wie peinlich es wäre, wenn Lukas sie dabei erwischen würde. Also blieb sie, wo sie war, und dachte stattdessen darüber nach, was die beiden dort unten zu besprechen hatten.

Es dauerte keine fünf Minuten, dann öffnete sich die Tür wieder.

»… sie dich offenbar mag und das gut für sie zu sein scheint«, hörte Kim Sigurd sagen. »Aber ich warne dich, mein Sohn. Wenn du ihr das Herz brichst, dann bekommst du es mit mir zu tun!«

Die beiden traten auf den Flur hinaus. Durch das Treppengeländer hindurch konnte Kim Lukas sehen. Er nickte ernsthaft. »Klar.«

Sigurd deutete mit dem Kinn die Treppe hinauf. »Ihr Zimmer ist das erste vorne links.«

Und während Lukas sich der Treppe zuwandte, huschte Kim so schnell und so lautlos wie möglich in ihr Zimmer.

Lukas klopfte, bevor er hereinkam. Nachdem er die Tür hinter sich geschlossen hatte, grinste er breit. »Dein Vater ist ganz schön besorgt um dich!«

»Er ist nicht mein Vater!« Kim hatte es gerade noch geschafft, sich auf ihr Bett zu setzen. Jetzt tat sie, als habe sie die ganze Zeit dort gehockt, und kam sich dabei ziemlich lächerlich vor. So wie Lukas sie ansah und dabei spöttisch grinste, hatte er sie sowieso durchschaut.

Wie jedes Mal, dachte sie und spürte, dass sie rot wurde.

»Kein Grund«, murmelte er. Er stand unschlüssig mitten im Raum, und um die eigene Verlegenheit zu überspielen, sah er sich um. »Interessante Farbgestaltung.«

Kim lachte. »Ja, nicht wahr?« Sie zog es vor, ihm nicht zu erzählen, warum die Wände so schneeweiß waren. Stattdessen stand sie auf und trat einen Schritt auf ihn zu. Plötzlich wusste sie nicht mehr, wohin sie mit ihren Händen sollte. »Schön«, murmelte sie, »dass du da bist.«

»Ich habe mir ein bisschen Sorgen um dich gemacht.« Lukas beendete die Inspektion des Zimmers und wandte sich stattdessen wieder ganz Kim zu. Ernst richtete sich sein Blick auf ihr Gesicht. »Geht es dir wirklich gut?« Er streckte beide Hände aus, ging aber nicht auf sie zu, sondern blieb so stehen.

Kim zögerte, doch dann legte sie ihre Hände in seine. »Ich mache mir einfach Sorgen um Marie«, sagte sie. Und dann erzählte sie ihm, wo sie heute Vormittag gewesen war.

»Ein Psychiater.« Er sagte das ganz ruhig und trotzdem fühlte sich Kim scheußlich dabei. Irgendwie krank, wie ein… Freak.

Sie schüttelte sich. Ihre Finger kribbelten, dort, wo Lukas sie berührte. Sie standen sich noch immer gegenüber.

»Seit Ninas Tod...«, setzte sie an, doch Lukas entzog ihr seine rechte Hand.

»Scht!«, machte er und legte ihr den Zeigefinger auf die Lippen. Es war eine ganz zarte Berührung, doch sie durchfuhr Kim wie ein Blitzschlag.

Ihr lief ein Schauer über den Rücken. Langsam wanderte ihr Blick an Lukas' Gestalt nach oben, verfing sich in seinen Augen. Und plötzlich fühlte sich ihr Körper an, als bestünde er nicht mehr aus Fleisch und Blut, sondern aus butterweichem Wachs.

Sie musste geschwankt haben, denn im nächsten Moment zog Lukas sie an sich und schlang die Arme um sie. Sie legte den Kopf an seine Brust. Tief sog sie seinen Geruch ein. Ihr war schwindelig. Ganz verschwommen nur nahm sie wahr, wie Lukas sie umdrehte und zum Bett führte.

Gemeinsam ließen sie sich darauf nieder und lehnten sich mit dem Rücken gegen die weiße Wand. Lukas' Arm lag um Kims Schultern und sie kuschelte sich an ihn. Lange saßen sie einfach nur da, ohne zu sprechen. Kim spürte die Wärme, die von Lukas' Körper ausging. Das Schwindelgefühl kam und ging wie die Brandung am Meer. Aber irgendwann blieb es weg. Nur noch Kims Herz klopfte so heftig, dass sie es wie einen kleinen flatternden Vogel hinter ihren Rippen spüren konnte.

»Als Nina damals starb...«, setzte sie an, verstummte aber wieder, weil sie nicht wusste, wie viel sie Lukas erzählen sollte.

»Hm?« Er hatte den Kopf ganz dicht an ihrem und sie konnte seine Lippen auf ihrem Haar spüren. Wenn er ausatmete, strich die Luft über ihre Kopfhaut und erzeugte ein Kribbeln.

»Ich …« Kim wusste, dass es die Stimmung zerstören würde, wenn sie Lukas jetzt von dem Mord und von Nina erzählte, aber sie hatte das Gefühl, dass es an der Zeit war, ihm zu erklären, warum sie oft so merkwürdig reagierte. Sie hatte keine Ahnung, wie lange er ihr schräges Verhalten sonst noch aushalten würde. Ihr Blick wanderte nach oben zu dem Regalbrett. Das rote Bändchen stand an seinem gewohnten Platz.

»Nina hat Tagebuch geschrieben«, begann sie zögernd.

Lukas folgte ihrem Blick. Er musste den Kopf weit in den Nacken legen, bis er das Buch sehen konnte. »Das ist es«, vermutete er.

Kim nickte. Dann machte sie sich aus seiner Umarmung los, reckte sich und angelte das Tagebuch vom Regalbrett herunter. »Das Letzte, was sie geschrieben hat, bevor sie starb, war ein Gedicht.« Sie schlug das Buch auf und hielt es Lukas hin.

Während er die Zeilen las, bildete sich zwischen seinen Augen eine steile Falte. Er presste die Lippen aufeinander.

»Das alles muss sehr beängstigend für dich sein«, sagte er leise mit einem mitfühlenden Blick.

Kim nickte. Sie legte das Buch zur Seite und lehnte sich wieder gegen Lukas. Einen Augenblick lang zögerte er, aber dann zog er sie wieder an sich und legte seine Wange an ihren Scheitel.

Kim schloss die Augen. Die Bilder fielen über sie her, ohne dass sie etwas dagegen tun konnte.

»Die Polizei hat das Gedicht von einem Psychologen analysieren lassen«, murmelte sie. »Er glaubt, dass Nina kurz vor ihrem Tod einen Jungen kennengelernt und sich in ihn verliebt hat.«

Ganz kurz versteifte sich Lukas' Körper, als sie das sagte.

»So?«, fragte er dann. »Das kann der Typ aus diesen paar Zeilen herauslesen?«

»Es ist mir erst auch schwergefallen, daran zu glauben.«

»Aber jetzt nicht mehr?«

Kim zögerte. Sollte sie Lukas von Ninas letztem Anruf erzählen? Irgendetwas in ihr warnte sie davor, es zu tun. Außerdem hatte sie Angst davor, dass er sie verurteilen und nicht mehr so liebevoll ansehen würde, wenn er wusste, dass Kim Nina in ihrer dunkelsten Stunde ganz und gar im Stich gelassen hatte.

»Kim?« Lukas' Stimme zitterte.

Kim schielte hoch zu seinem Gesicht, konnte aber nichts aus seiner Miene herauslesen. Trotzdem wollte sie sich diesmal nicht aus seiner Umarmung befreien, sondern blieb stattdessen, wo sie war. »Sie hat mich angerufen, von ihrem Handy aus, kurz bevor sie starb. Sie hat auf meine Mailbox gesprochen, weil ich ihren Anruf weggedrückt habe.« Angstvoll hielt Kim inne. Wie würde er jetzt reagieren?

Lukas' Brustkorb hob und senkte sich langsam.

»Aus dem Anruf geht klar hervor, dass es diesen Freund tatsächlich gegeben hat«, erklärte sie weiter. Ihre Haare kitzelten sie im Gesicht, aber sie wagte nicht, auch nur einen Millimeter von Lukas abzurücken.

Lukas holte tief Luft. »Kim, ich...« Er klang, als wollte er etwas von großer Bedeutung sagen.

Jetzt rückte Kim doch ein Stück von ihm ab, sah ihm in die Augen. »Was ist?«

Er schwieg einen Moment. In seinem Blick flackerte es, Kim wusste nicht, warum. Er rang mit einem Gefühl oder einem Gedanken. Doch dann zuckte er plötzlich mit den Schultern. »Ach, nichts!«

Er zog sie in seinen Arm zurück und wartete, bis sie den Kopf wieder an seine Brust sinken ließ. Dann gab er ihr einen sanften Kuss auf den Scheitel. »Ich passe auf dich auf!«, versprach er.

Kapitel 14

Als Kim am nächsten Morgen auf dem Weg zu Ernies Terrarium war, kam ihr Sabrina entgegen. Kim unterdrückte ein Seufzen. Sie hatte überhaupt keine Lust, sich mit ihrer Freundin zu unterhalten. Es ging ihr auch heute nicht besonders gut, und sie überlegte, ob sie Dr. Schinzel von der Antriebslosigkeit erzählen sollte, die sie neuerdings quälte. Was, wenn sie auf eine waschechte Depression zusteuerte?

Mit diesem Gedanken blieb sie mitten in der Pausenhalle stehen und sah Sabrina dabei zu, wie sie verlegen an ihrer Bluse herumnestelte. Immer noch stand die Tatsache, dass Sabrina am Samstagabend nicht sofort Alarm geschlagen hatte, wie eine Wand zwischen ihnen.

»Ich muss gleich zu Englisch«, sagte Kim. Sie hoffte, Sabrina würde diesen Wink verstehen und begreifen, dass sie nicht mit ihr reden wollte.

Doch sie wurde enttäuscht. Sabrina ließ von ihrem Blusenknopf ab. Sie hatte hektische Flecken im Gesicht. »Wegen Marie…«, begann sie unsicher.

Kim schluckte.

»Die taucht wieder auf!«, behauptete Sabrina. Es war ganz deutlich, dass sie versuchte, sich selbst zu überzeugen.

Hoffentlich hast du recht!, dachte Kim bei sich. *Hoffentlich!*

»Du glaubst nicht daran, oder?« Prüfend musterte Sabrina sie und Kim wurde erst jetzt bewusst, dass sie den Kopf geschüttelt hatte.

»Ich weiß nicht«, wiegelte sie ab.

Aber Sabrina ließ sich diesmal nicht so leicht abspeisen. »Was denkst du?«, wollte sie wissen.

Kim zögerte, doch dann entschied sie, ehrlich zu sein. »Ich habe Angst«, gestand sie nach Lukas und Dr. Schinzel nun auch ihrer Freundin. »Angst, dass Ninas Mörder sie geholt hat.« Sie hoffte auf ein bisschen Verständnis, eine freundschaftliche Umarmung vielleicht.

Aber sie hoffte vergebens.

Sabrina bekam Augen so groß wie Untertassen. »Ninas Mörd...« Sie unterbrach sich. Auf ihrem Gesicht wechselten die unterschiedlichsten Gefühlsregungen einander ab. Auf Staunen folgten Skepsis und schließlich spöttische Überheblichkeit. »Du spinnst doch total!«, entfuhr es ihr.

Kim zuckte zusammen und schwieg.

Sabrina musterte sie noch einige Sekunden länger. »Du meinst das wirklich ernst, oder?«

»Der Mörder wurde damals nicht gefasst.« Kim flüsterte jetzt. Warum versuchte sie eigentlich, sich zu rechtfertigen? Ihr war plötzlich schlecht. Die Pausenhalle hatte sich inzwischen gefüllt. Etliche Grüppchen und einzelne Mitschüler standen um sie herum, aber niemand schien sich für ihr Gespräch zu interessieren.

»Trotzdem!« Sabrina lachte. »Ich meine: Glaubst du ernsthaft, dass hier in der Stadt ein Serienmörder unterwegs ist? Das ist doch verrückt, Kim!« Sie sprach viel zu laut.

Kim warf einen hektischen Blick über ihre Schulter. Zum Glück achtete noch immer niemand auf sie. »Nina ist tot«, sagte sie dann mit Nachdruck. Einen kurzen Augenblick dachte sie daran, auch Sabrina von der Libelle auf Ninas Gesicht zu erzählen. Sie zwang sich, diesem Bedürfnis nicht nachzugeben, und versuchte, sich stattdessen auf das

Gespräch zu konzentrieren. Ihr Kopf begann zu schmerzen. Mit Daumen und Zeigefinger rieb sie sich die Stirn.

»Marie ist einfach nur abgehauen, Kim!«, sagte Sabrina eindringlich. »Es gibt hier keinen Serienkiller!«

»Serienkiller?« Plötzlich stand Jonas da. Interessiert musterte er Kim und auf seinem Gesicht erschien ein hinterhältiges Grinsen. »Du glaubst allen Ernstes, dass ein Serienkiller sich Marie geschnappt hat?« Die letzten Worte rief er so laut, dass die Umstehenden sie nicht überhören konnten.

Sofort richteten sich etliche Blicke auf Kim.

Sie spürte, wie ihr heiß wurde. Hinter ihrem Rücken begannen die Leute zu tuscheln.

»Die spinnt wirklich total!«, zischte jemand gerade so laut, dass sie es nicht überhören konnte.

Ihre Knie begannen zu zittern. Alles um sie herum drehte sich und Panik stieg in ihr hoch. Hektisch schnappte sie nach Luft, bevor die Wände anfingen, immer näher zu kommen.

Dann hielt sie es nicht mehr aus.

Sie drehte sich auf dem Absatz um und stürzte nach draußen, quer über den sonnigen Schulhof und zum Tor hinaus. Irgendjemand kam ihr entgegen. Sie achtete nicht darauf und war schon im nächsten Moment auf der Straße.

Kim lief, so schnell sie konnte.

Weg! Bloß weg von hier! Vielleicht würde die Angst verschwinden, wenn sie einfach nur schnell genug rannte.

Erst als sie nicht mehr konnte und der rasende Atem sie in die Flanken stach, blieb sie keuchend in einer kleinen Seitenstraße stehen. Da wurde ihr bewusst, wer es gewesen war, der ihr am Schultor entgegengekommen war.

Lukas.

Es war Kim vollkommen egal, dass sie den Unterricht verpasste. In diese Schule konnte sie nicht zurückgehen. Ungefähr eine Stunde lang streifte sie ziellos durch das Wohngebiet, in dem sie nach ihrer kopflosen Flucht gelandet war. Einfamilienhäuser standen hier auf kleinen Grundstücken mit Schaukeln und Sandkästen. In einem Haus, dessen Fenster weit geöffnet waren, schrie ein Baby, in einem anderen dudelte aus einem Radio Schlagermusik.

Kim konnte beides nicht ertragen.

Sie ging immer weiter, bis sie schließlich am Ortsrand angekommen war, hinter dem der Wald begann. Von hier waren es nur noch fünf oder sechs Gehminuten bis zum Waldschlösschen, jenem leer stehenden Ausflugslokal, in dem Kim und Nina früher so gern gespielt hatten – und in dem Ninas Leiche gefunden worden war.

Hatten ihre Füße sie unbewusst hierhergetragen? Aber warum? Hoffte sie insgeheim, hier, an diesem alten Tatort, einen Hinweis auf Maries Verbleib zu finden?

Sie zögerte.

Aber dann gab sie sich selbst einen Ruck.

Sie verließ den geteerten Bürgersteig und betrat den schmalen Weg, der tiefer in den Wald hineinführte. Sonnenflecken sprenkelten den Boden und die Blätter und Äste warfen flirrende Schatten. Kim ging den Pfad entlang, der sich in mehreren Windungen um eine Tannenschonung zog und dahinter einen kleinen Hügel emporführte.

Oben angekommen stand sie direkt vor der Ruine. Allerdings war das Wort »Ruine« ein wenig übertrieben für ein Gebäude, das erst seit zwei Jahrzehnten leer stand. Die Ausflugsterrasse, auf der man früher Kaffee trinken konnte, lag jetzt verlassen da und Moos und Unkraut hatten die

Waschbetonplatten längst erobert. Sämtliche Fenster des Gebäudes waren eingeschlagen. Die Scherben lagen überall herum und glänzten im Sonnenlicht. Die große Eingangstür hing schief in den Angeln und gab den Weg ins Innere frei.

Mit klopfendem Herzen blieb Kim vor dem Gebäude stehen. Seit Ninas Tod war sie nicht mehr hier gewesen. Angst legte sich um ihren Brustkorb wie ein schwerer Eisenring. Es kam ihr vor, als wäre die Ruine voller Geister, die aus den leeren Fensteröffnungen auf sie herunterstarrten und ihr lautlose Flüche entgegenschleuderten.

Am liebsten hätte sie sofort kehrtgemacht und wäre so schnell wie möglich zurückgelaufen. In die Schule. Nach Hause. Egal wohin. Nur weg von hier, weg von dem Ort, wo die Erinnerungen an ihre tote Schwester so schonungslos über sie herfallen konnten.

Sie sah sich mit Nina auf den Stufen der Ausflugsterrasse sitzen und Wassereis lutschen, das sie sich am Kiosk neben der Schule gekauft hatten. Sie redeten über all ihre großen und kleinen Geheimnisse und kicherten über die rote und blaue Lebensmittelfarbe, die ihre Lippen und Zungen färbte.

Dann sah Kim sich mit Nina während eines Herbstregens drinnen in dem alten Clubzimmer sitzen, wo sie es sich unter einem verstaubten Hirschgeweih gemütlich gemacht hatten und ganze Ferientage mit Lesen und Quatschen verbrachten.

Und sie sah sich und ihre Schwester durch die Keller des Hauses streifen, mit einer ordentlichen Gänsehaut wegen all der Spinnen und Mäuse, die hier unten hausten.

In einem dieser Kellerräume hatte man Ninas Leiche gefunden…

Der Gedanke schnitt sich wie ein Messer durch ihre Erinnerungen und Kim holte zitternd Luft. Was wohl Dr. Schinzel dazu sagen würde, wenn er wüsste, dass sie jetzt hier war?

Es ist an der Zeit, Nina loszulassen, hatte er ihr erklärt.

Bestimmt hatte er recht.

Fröstelnd schlang sie die Arme um sich, dann stieg sie langsam die Stufen zur Ausflugsterrasse hinauf. Ein Zeisig zwitscherte in den Bäumen und irgendwo weiter entfernt klopfte ein Specht, sonst war es still. Kim konnte ihren eigenen Atem hören, als sie die Terrasse überquerte und vor der Eingangstür stehen blieb.

Die Gänsehaut auf Nacken und Unterarmen fühlte sich diesmal nicht so angenehm gruselig an wie damals im Keller wegen der Spinnen. Trotzdem hob Kim einen Fuß und stieg über die Schwelle ins Innere der Ruine.

Der ehemalige Restaurantbereich war mit einem Schachbrettmuster aus roten und schwarzen Fliesen ausgelegt. Die Tapete an den Wänden hatte früher einen dunklen Grünton gehabt, aber jetzt hing sie verblichen und in Fetzen von den Wänden. Der Wind strich um die Zacken der zerbrochenen Fensterscheiben und verursachte dabei ein leises Flüstern.

Kim musste sich räuspern.

Das Geräusch klang laut in der unheimlichen Stille. Viel zu laut. Irgendwo quiekte etwas. Kim zuckte zusammen. Eine Maus.

Nur eine Maus!

Sie machte ein paar Schritte in den Raum hinein.

In einer Ecke lagen zerbrochene Bierflaschen, Zigarettenschachteln und eine alte, verrostete Grillzange. Die

Fliesen waren an dieser Stelle schwarz verkohlt und ein Haufen Asche zeigte, dass hier irgendein Idiot ein Feuer angezündet hatte. Rundherum hatte man ein halbes Dutzend Holzklötze als Sitzgelegenheiten aufgestellt.

Nachdem das Ausflugslokal geschlossen worden war, hatten Jugendliche es erobert und alle möglichen Penner hatten angefangen, es als Rückzugsmöglichkeit zu nutzen. Nina hatte sich über die Feuer immer ziemlich aufgeregt und Kim glaubte nun, ihre wütende Stimme immer noch hören zu können.

Irgendwann fackeln die noch mal das ganze Gebäude ab!

So lebendig klangen Ninas Worte in ihren Ohren, dass sie sich unwillkürlich umdrehte, um zu sehen, ob ihre Schwester nicht hinter ihr stand. Doch natürlich war da niemand. Kims Knie fingen schon wieder an zu zittern. Sie wankte zu einem der Holzklötze und ließ sich darauf sinken. Für einen kurzen Moment glaubte sie sogar, ohnmächtig zu werden. Mit den Armen umklammerte sie fest ihre Knie und legte den Kopf darauf, um ihren Kreislauf zu stabilisieren.

Im nächsten Augenblick jedoch fuhr sie erschrocken hoch.

Draußen auf der Terrasse waren Schritte zu hören. Dann verdunkelte ein Schatten den Eingang.

Das Sonnenlicht blendete Kim, sodass sie nicht erkennen konnte, wer jetzt das Gebäude betrat. Erst als die Gestalt ein paar Schritte auf sie zugemacht hatte, erkannte sie ihn.

»Lukas!« Sie wollte aufspringen und zu ihm laufen, aber der Schwindel war stärker als sie. Ächzend sank sie wieder zurück auf den Klotz.

»Kim!« Mit ein paar schnellen Schritten war er bei ihr und kniete sich neben sie. »Was hast du denn?«

Sie umklammerte erneut ihre Knie, holte tief Luft. »Nur der Kreislauf!«, murmelte sie durch die zusammengebissenen Zähne. »Wird gleich wieder besser.«

»Komm her!« Er schob einen der anderen Holzklötze neben ihren. Dann setzte er sich und legte den Arm um sie. Mit einer Geste, die keinen Widerspruch duldete, zog er sie zu sich heran.

Im ersten Moment wollte sie sich wehren, aber dann gab sie nach und lehnte sich an ihn. Tief sog sie den Geruch seines Rasierwassers ein, dann schloss sie seufzend die Augen.

»Ich habe dich wegrennen sehen«, murmelte er in ihr Haar, sodass sie seinen Atem auf der Kopfhaut spüren konnte. »Ich habe die anderen gefragt, was los ist, aber niemand wusste es so recht. Nur dass Jonas, der Idiot, wieder irgendeinen blöden Spruch gemacht hat, hat Sabrina mir erzählt. Und als du dann in der großen Pause nicht bei Ernie aufgetaucht bist, habe ich angefangen, mir Sorgen zu machen.«

Kims Herzschlag raste noch immer. Inzwischen allerdings nicht mehr vor Angst, sondern weil Lukas ihr so nahe war.

»Dann bin ich los, um dich zu suchen. Sabrina hat gesagt, dass du früher oft mit Nina hier gewesen bist und wegen all der Dinge, die passiert sind… na ja, da dachte ich, ich versuche es mal hier.«

Kim blickte auf, aber sie konnte nicht erkennen, was in seinem Kopf vorging. Also machte sie sich los und rückte ein Stück von ihm ab. Schweigend musterte sie ihn. »Du hast mich gesucht.« Die Prellung in seinem Gesicht war nicht mehr blau, sondern schimmerte jetzt leicht grünlich.

Er nickte. Seine Augen wirkten ernst. Kim war sich sicher, dass ihn irgendetwas sehr beschäftigte. Sie spürte, wie sie schon wieder anfing zu zittern. Angstvoll wartete sie, was nun kommen würde.

»Ich bin hier, weil ich dir etwas erzählen muss. Ich wollte es dir schon gestern sagen, aber ich habe mich nicht getraut.«

Als sie hörte, wie er das mit ernster, leiser Stimme sagte, da wusste sie, dass etwas Schlimmes folgen würde. Sie legte eine Hand auf den Mund und starrte ihn aus großen Augen an.

»Es hat mit Nina zu tun«, fügte er dann hinzu und Kim wimmerte leise.

Sie wollte es nicht hören!

»Ich war Ninas Fr…«

»Nein!«, rief Kim. Sie sprang auf, wollte weglaufen, aber ihr Kreislauf streikte. Sie taumelte, ihre Knie gaben nach.

Lukas war sofort wieder bei ihr. Er hielt sie fest und in dem verzweifelten Versuch, nicht zusammenzubrechen, krallte sie sich in sein T-Shirt. Sie zerrte so heftig daran, dass der Ausschnitt nach unten rutschte.

In diesem Moment sah sie es.

Gelbe Augen starrten sie an. Eine spitze Schnauze, graues Fell.

Ein Wolf. Lukas trug auf der rechten Brustseite ein kleines Wolfstattoo!

Mit einem panischen Aufschrei wich Kim zurück. Sie stolperte über den Holzklotz, auf dem sie eben noch gesessen hatte. Lukas wollte sie auffangen, aber sie wich ihm aus, schrie erneut. Mühsam gelang es ihr, auf den Beinen zu bleiben.

Er!

Die wolfsgelben Augen. Er war…

… Ninas geheimnisvoller Freund!

Ich bin hier, weil ich dir etwas erzählen muss, hatte er gesagt.

Ihr Gehirn versagte. Alles um sie herum wurde grau und konturlos. »Lass mich!«, schrie sie ihn an.

»Kim, ich wollte es dir eben…« Er setzte nach, wollte nach ihr greifen, aber sie wich ihm erneut aus. Auf seinem Gesicht erschien ein Ausdruck, als habe sie ihn geohrfeigt.

»Fass mich nicht an!« Sie wirbelte herum.

Und dann rannte sie.

Hinaus aus dem Haus. Über die Terrasse.

Hinein in den Wald.

Lukas blieb, wo er war.

Er folgte ihr nicht.

Kapitel 15

Er war Ninas geheimnisvoller Freund! Er!

Alles in ihr schrie von Schmerz und es fühlte sich an, als habe er ihr mit diesem einen Satz das Herz herausgerissen. Sie rannte den Pfad zurück, den sie gekommen war, aber der Waldrand kam einfach nicht in Sicht. Sie musste irgendwo falsch abgebogen sein. Tiefer und tiefer geriet sie in das Dickicht hinein, bis sie schließlich überhaupt nicht mehr wusste, wo sie war.

Es war ihr egal.

Schluchzend und zitternd blieb sie stehen und lehnte sich an einen Baumstamm.

Lukas war also derjenige, den Nina in ihrem Gedicht beschrieben hatte. Die kholenschwarzen Augen! Warum war sie nicht früher darauf gekommen? Sie hatte gedacht, Nina habe das Wort einfach nur falsch geschrieben: kholenschwarz statt kohlenschwarz. Aber Khol war eine Bezeichnung für besonders dunklen Kajal. Die Schreibweise war ein Hinweis gewesen: Nina hatte Lukas' dichte Wimpern beschrieben. Kim rieb sich die schmerzenden Schläfen. Hatte sie nicht selbst am Anfang gedacht, Lukas würde sich einen Kajalstrich ziehen? Warum nur hatte sie die Verbindung nicht erkannt?

Sie war so ein Idiot!

Lukas hatte sie um den Finger gewickelt. Mit seiner sanften, sensiblen Art hatte er sich in ihr Herz geschlichen. Wozu?

Was wollte er…

Ein einziger Gedanke nahm Kim den Atem. Der einzige entscheidende Gedanke:

Hatte er Nina ermordet? Und wollte er auch sie umbringen?

Ein Ast knackte im Unterholz und panisch fuhr Kim in die Höhe. Mit klopfendem Herzen sah sie sich um, aber es blieb ruhig.

Lukas war ihr nicht gefolgt.

Der Specht, den sie vorhin schon gehört hatte, war jetzt ein ganzes Stück näher gekommen. Sein Klopfen klang einsam in der Stille des Waldes.

Lukas. Ninas Mörder.

Es fühlte sich nicht richtig an, das zu denken.

Die zwei Jahre fielen Kim wieder ein, die Lukas nicht in der Schule gewesen war. Angeblich, weil er sich um seine Mutter gekümmert hatte. Aber vor genau zwei Jahren war Nina ermordet worden.

Was, wenn er es tatsächlich getan hatte?

Wenn er sich danach vor der Polizei versteckt hatte und deshalb nicht mehr in die Schule gekommen war. Vielleicht hatte er gedacht, es sei das Beste, eine Weile ganz von der Bildfläche zu verschwinden. Aber warum kam er dann jetzt wieder zum Vorschein? Und warum kümmerte er sich so intensiv um sie, Kim?

Kim umschlang sich mit ihren Armen und rutschte an dem Baumstamm nach unten. Sie wusste nicht mehr, was sie denken sollte.

Lukas war kein Mörder. Das sagte ihr zumindest ihr Herz. Oder war es jetzt besser, auf den Kopf zu hören?

Er war Ninas Freund gewesen. Es gab keine andere Erklärung für die gelben Augen und den Wolf in Ninas Gedicht.

Ich bin hier, weil ich dir etwas erzählen muss, hatte

Lukas zu Kim gesagt. Er hatte ihr freiwillig davon erzählt. Wenn er Nina wirklich ermordet hatte, ergab das doch keinen Sinn! Wieso sollte er Kim extra auf seine Fährte locken?

Kim schluchzte auf. Das Weinen schüttelte sie so stark, dass sie beinahe das Klingeln ihres Handys überhört hätte. Rasch zog sie es aus der Tasche.

Es war Sigurd. Im ersten Moment wollte sie nicht rangehen, wollte mit ihrer Angst, ihrem Schmerz und dem Entsetzen allein sein. Aber dann entschied sie sich doch anders.

Sie nahm ab und drückte den Hörer ans Ohr. »Ja?«

»Kim? Gott sei Dank!« Auch Sigurd klang erschrocken und gehetzt. Kim brauchte einen Moment, bis sie begriff, dass er ja von ihrer eben gemachten Entdeckung nichts wissen konnte.

Sie richtete sich auf. »Was ist?« Schon wieder stieg die Panik in ihr hoch. Sie strich sich die wirren Haare aus der Stirn, rieb die Tränen von den Wangen.

»Ich habe eben einen Anruf von der Polizei bekommen.« Sigurd sprach hastig. »Es ging um Marie.« Er verstummte und die Stille in der Leitung kreischte in Kims Ohren.

Plötzlich war ihr Mund ganz trocken. »Was ist mit ihr?«

»Sie haben sie gefunden, Kim.« Sigurd sprach jetzt sehr leise. Kim konnte ihn kaum verstehen. »Du solltest so schnell wie möglich nach Hause kommen.«

Später wusste sie nicht mehr, wie sie den Weg nach Hause gefunden hatte. Kurz bevor sie den Waldrand erreichte, trat sie in eine Senke und knickte mit dem Knöchel um. Aber der Schmerz in ihrem Gelenk war nichts im Vergleich zu dem Schmerz, der sich in ihr Herz bohrte, als Sigurd ihr wenige Minuten später die Haustür öffnete und sie in sein bleiches Gesicht blickte.

»Setz dich!«, bat er sie tonlos, nachdem sie gemeinsam in die Küche gegangen waren.

»Was ist?« Ihre eigene Stimme kam ihr fremd vor, sie klang hoch und schrill. Der Boden unter ihren Füßen schwankte. »Was ist mit Marie?«

Statt einer Antwort packte Sigurd sie an den Schultern und schob sie zum Küchentisch. Sanft aber unnachgiebig drückte er sie auf einen Stuhl, dann setzte er sich ihr gegenüber. Seine Hände umklammerten die Tischkante und seine Fingerknöchel waren schneeweiß.

»Sie haben Marie gefunden, Kim.« Er wiederholte, was er schon am Telefon gesagt hatte. Und jetzt, da Kim ihm dabei ins Gesicht schauen konnte, wusste sie, was das bedeutete.

Sie stopfte sich eine Faust in den Mund und biss darauf. »Nein!«, flüsterte sie.

Sigurd nickte. »Sie ist tot.«

Kims Arm sank herunter. Seltsamerweise verursachten Sigurds Worte diesmal keinen Schwindelanfall bei ihr. Ganz im Gegenteil. Auf einmal war ihr Verstand glasklar. Sie sah Marie vor sich, wie sie am Samstagabend hier im Flur gestanden hatte. Die ausgeflippten, freizügigen Klamotten, die stark geschminkten Augen. Kim hatte es gewusst, von Anfang an. Sie hatte es gesagt, aber niemand hatte ihr geglaubt. Für verrückt hatten sie sie alle erklärt.

»Sie wurde ermordet, Kleines. Genau wie Nina.«

Kim presste beide Hände auf die Ohren, aber sie konnte seine Stimme trotzdem hören. Sigurd sprach jetzt sehr schnell. »Sie hatte eine Libelle in der Hand. Ganz zerdrückt. Es sieht wohl so aus, als habe sie sich gewehrt.«

Hör auf!, schrie es in Kim. *Ich will das alles nicht hören!* Ohne die Hände herunterzunehmen, schüttelte sie den Kopf. Wieder und wieder. Und dann, als Sigurd verstummte und sie aus großen, traurigen Augen ansah, hörte sie ihre eigene Stimme, die fragte: »Da ist noch etwas, oder?« Sie wusste es. Sigurd hatte ihr noch nicht alles erzählt.

Seufzend holte er Luft.

»Die Polizei sagt…«, er zögerte. Dann seufzte er noch einmal. »… Sie starb am Samstagabend, Kim. Kurz bevor Lukas hier bei uns im Garten aufgetaucht ist.«

Es dauerte eine Weile, bis Kim wieder in der Lage war, in irgendeiner Form zu reagieren. Zunächst war sie für einige Zeit wie gelähmt. Die gläserne Klarheit in ihrem Kopf blieb, aber der Rest ihres Körpers fühlte sich an, als bewege sie sich durch eisiges Wasser. Ihre Bewegungen waren langsam, ohne Kraft. Schwerfällig.

Mit müder Stimme erzählte sie Sigurd, was sie eben im Waldschlösschen über Lukas herausgefunden hatte.

Wenn er zuvor blass gewesen war, so wurde er jetzt weiß wie eine Wand. »Lukas war Ninas unbekannter Freund? Dann gab es ihn also doch?«

Das Wolfstattoo mit den gelben Augen brannte hinter Kims Lidern, sobald sie für einen Moment die Augen schloss. Sie umschlang ihren Oberkörper und rieb sich die Oberarme. Ihr war eiskalt. »Sieht so aus«, murmelte sie.

Ohne zu wissen, warum, fühlte sie sich von Lukas verraten.

Es sprach so vieles dafür, dass er es gewesen war, der

Nina umgebracht hatte. Und der jetzt Marie... Kim konnte den Gedanken nicht zu Ende denken.

Sie krümmte sich.

Sigurd wollte sie stützen. In seinen Augen stand Besorgnis. Sie versuchte, sich zusammenzureißen, wehrte es aber ab, von ihm festgehalten zu werden. Sie konnte jetzt einfach keine Berührung ertragen, von niemandem. *Johanna!*, dachte sie, aber ihre Mutter war nicht da.

Als sie vorhin vor Lukas weggelaufen war, hatte sie sich vorstellen können, dass er Nina getötet hatte. Zu diesem Zeitpunkt hatte sie noch nicht gewusst, dass auch Marie tot war. Jetzt, da sie es wusste und Sigurd ihr gesagt hatte, zu welchem Zeitpunkt sie gestorben war, gab es doch kaum noch Zweifel daran, dass Lukas... beide... ermordet hatte.

Und trotzdem...

Kim schloss die Augen, rief sich Lukas' Gesicht ins Gedächtnis. Die liebevolle Art und Weise, wie er seine Mutter angesehen hatte. Wie er auch sie angesehen hatte...

Ich kann es beherrschen, hatte er Kim an jenem Abend zugeflüstert und damit die Aggressivität gemeint, die er glaubte, von seinem Vater geerbt zu haben.

Was, wenn er sich täuschte?

Was, wenn es etwas in ihm gab, etwas Finsteres, das er nicht beherrschen konnte?

Der Druck auf Kims Brust steigerte sich, bis es kaum noch auszuhalten war. Sie hatte das Gefühl, zu einem kleinen, harten Klumpen zusammengepresst zu werden. Sie keuchte auf.

Am Rande nur bekam sie mit, dass Sigurd zum Telefon gegriffen hatte und mit jemandem sprach.

»Ja«, sagte er gerade. »Offenbar.« Dann schwieg er einen

Moment, hörte nur zu. »Kim hat es mir erzählt. Sie glaubt, Lukas ist der unbekannte Freund, von dem Nina damals in ihrem Tagebuch schrieb. – Nein. Ich weiß nicht genau. – Sie sagte etwas von einem Wolfstattoo, das er trägt.« Er sah Kim an, lauschte. »Ich weiß nicht. Es geht ihr nicht besonders gut. Ich denke, sie wird sich gleich erst mal ein bisschen hinlegen. – Ja, natürlich. Ich sage es ihr.« Dann verabschiedete er sich und legte auf.

Kim starrte ihn an, unfähig, aufzustehen oder etwas zu sagen. Sie strich sich die wirren Haare aus den Augen, aber sie fielen sofort wieder an die alte Stelle zurück. Die Spitzen fühlten sich feucht an und erst jetzt bemerkte Kim, dass ihr Tränen über das Gesicht strömten wie Regen. »Wer war das?«, murmelte sie kraftlos.

»Frau Keller von der Polizei. Ich habe ihr von deiner Entdeckung erzählt.«

Ein scharfer Schmerz durchfuhr Kim, als sie das hörte. Wieder fühlte sie sich wie eine Verräterin. Trotzdem nickte sie und murmelte: »Gut«.

»Sie wollen mit dir sprechen. Ich habe gesagt, heute Nachmittag. Jetzt solltest du dich erst ein bisschen ausruhen.«

In jeder anderen Situation hätte Kim sich dagegen gewehrt, mitten am Tag ins Bett geschickt zu werden wie ein kleines Kind. Jetzt jedoch stemmte sie sich gehorsam in die Höhe. »Gute Idee«, murmelte sie.

Sie fühlte sich vollkommen zerschlagen. Am Ende. Sie wusste nicht, was sie denken, und noch viel weniger, was sie fühlen sollte.

Nina.

Marie.

Lukas!

In ihr fühlte sich alles ganz furchtbar wund an. Mit müden Schritten trat sie auf den Flur hinaus und suchte Halt am Treppengeländer.

»Soll ich dir einen Tee raufbringen?«, fragte Sigurd hinter ihr her.

»Ja, bitte.« Schwerfällig schlurfte Kim die Treppe hinauf.

Die weißen Wände in ihrem Zimmer wirkten wie Eisberge. Eisberge, die auf sie zusteuerten. Sie würde mit ihnen kollidieren, dachte sie, während sie auf ihr Bett sank und die Schuhe von den Füßen streifte. Sie musste aufpassen, dass sie nicht zermalmt wurde.

Dann ließ sie sich nach hinten fallen. Ihr Blick fiel auf das Regal über ihrem Kopf. Ninas Tagebuch stand ein Stückchen vor und sie konnte den roten Einband erkennen.

Töte mich zärtlich, Liebster!

Jetzt endlich ergab das alles einen Sinn und trotzdem sträubte sich noch immer etwas in ihr zu glauben, dass Lukas ein Mörder war. Ihr sanfter Lukas. Der Lukas, der sie geküsst hatte. Der den Ohrring herausgenommen hatte, weil er ihren Schrecken bemerkt hatte. Lukas, der wie ein geprügelter Hund aussah, wenn sie ihn zurückwies.

Kim schloss die Augen. Hinter ihren Lidern tanzten rote Funken.

Ihre Wangen fühlten sich kalt an.

Leise wurde die Zimmertür geöffnet und Sigurd kam herein. Kim machte die Augen nicht auf, aber sie hörte, wie er eine Tasse auf den Nachttisch stellte.

»Ich habe eine Schlaftablette dazugetan«, sagte er.

»Du bist gegen Schlafmittel«, murmelte Kim.

»Ich denke, in diesem Fall können wir mal eine Ausnahme machen.« Sigurd strich ihr über den Arm. Sie wünschte sich, er würde sie über Stirn und Wangen streicheln, so wie er es früher getan hatte, wenn er sie ins Bett gebracht hatte. Aber sie war kein kleines Kind mehr. In ihrer Welt gab es jetzt Tod und Gewalt.

Und Zweifel.

»Danke«, sagte sie.

»Nimm das Mittel ruhig!« Er ging zur Tür. Ebenso leise, wie er sie geöffnet hatte, schloss er sie wieder hinter sich und Kim war allein.

Sie brauchte das Schlafmittel nicht, sondern schlief von ganz allein ein. Es war, als suche ihr Körper einen Ausweg aus all dem Furchtbaren, das an diesem Tag passiert war.

Schlaf. Der kleine Bruder des Todes, dachte sie, kurz bevor sie davonglitt. Eine Strophe von einem alten Lied von Reinhard Mey erklang in ihrem Kopf, ein paar Zeilen nur…

> Alles ist gut.
> Für kurze Zeit erlöst die Nacht
> den Kranken von seinem Leid.
> Alles ist gut.
> Und schließt die Augen dem Betrübten
> über alle Traurigkeit…

Alles ist gut. Sie summte die Melodie, bis die Dunkelheit sie umschloss.

Sie erwachte mit rasenden Kopfschmerzen. Der Tee auf ihrem Nachtschrank war natürlich längst kalt geworden. Eine schillernde Haut hatte sich darauf gebildet und sah sehr eklig aus.

Langsam setzte Kim sich auf. Irgendetwas hatte sie geweckt, aber sie wusste nicht, was es gewesen war. Der Nachmittag war weit fortgeschritten, die Sonne stand schon tief über den Dächern der Nachbarhäuser und zeichnete das Muster ihrer Gardine als gelbe Rechtecke auf die weiße Wand.

Für einen Moment war sie irritiert, wusste nicht mehr, warum sie mitten am Tag geschlafen hatte, doch dann kehrten alle Erinnerungen mit einem Schlag zurück. Und mit ihnen auch die Übelkeit und die Trauer.

Marie war tot!

Kim schwang die Füße aus dem Bett. Sie wusste nicht so recht, ob ihre Beine sie tragen würden, aber sie stand trotzdem auf. Jetzt erkannte sie auch, was es gewesen war, das sie geweckt hatte.

Die Türklingel.

Unten auf dem Flur wurden jetzt Stimmen laut.

Sie konnte Sigurd erkennen. Und Frau Keller.

Die Realität holte Kim nun mit voller Wucht wieder ein, sodass sie sich auf die Bettkante sinken lassen musste. Hatte sie eigentlich geträumt? Sie erinnerte sich kaum noch, nur ein paar Bildfetzen geisterten durch ihren Kopf. Nina mit gefesselten Händen. Marie. Eine Libelle, die nur noch einen Flügel hatte.

Ob der andere noch immer in Lukas' Jackentasche steckte?

Verwirrt schüttelte sie den Kopf. Ihr Inneres war ein einziges Chaos.

»Kim?« Ein leises Klopfen an der Tür ließ sie zusammenzucken. Es war Sigurd. »Kim, die Polizei ist da. Kann ich reinkommen?«

»Ja«, sagte sie.

Er schob seinen Kopf durch den Türspalt und musterte sie. »Du bist schon auf. Gut. Ich fürchte, ich kann dir das jetzt nicht ersparen.«

»Kein Problem.« Kim löste eine Hand von der Bettkante und winkte Sigurd fort. »Geh schon runter! Ich komme gleich!«

Er zögerte, doch dann nickte er. Sein Blick ruhte für einige Sekunden auf dem unberührten Tee und der Schlaftablette. »Gut.« Leise zog er die Tür wieder zu und ging nach unten.

Die Treppe knarrte unter seinen Füßen.

»Sie kommt gleich«, hörte Kim ihn zu Frau Keller sagen.

Einen Augenblick blieb sie noch sitzen, um sich zu sammeln. Das hier konnte ihr niemand abnehmen, also würde sie sich zusammenreißen müssen. Sie stand auf. Ihre Beine waren erstaunlich wenig wackelig und auch die Kopfschmerzen ließen jetzt nach.

Kim warf einen Blick in den Spiegel neben ihrem Kleiderschrank. Ihre Wangen waren gerötet und warm, weil sie im Schlaf die Bettdecke über sich gezogen hatte. Es war einfach keine gute Idee, sich komplett angezogen hinzulegen, dachte sie.

Sie ging noch schnell ins Badezimmer und zog sich drei, viermal die Bürste durch ihre wirren Haare. Ihr Gesicht starrte ihr blass und fleckig aus dem Spiegel entgegen und sie streckte ihm die Zunge raus.

»Also los!«, kommandierte sie sich selbst.

Dann ging sie nach unten.

Kapitel 16

Doris Keller und Jan Weidenschläger erwarteten sie in der Küche, wo sie wie das letzte Mal am Tisch saßen. Nur dass sie diesmal keine Kaffeebecher in den Händen hielten und dass ihre Mienen sehr viel betroffener aussahen.

Rings um Frau Kellers Mund hatten sich tiefe Falten eingegraben und sie wirkte blasser als sonst. Als Kim sie betrachtete, fiel ihr wieder ein, wie sehr die Kriminalkommissarin bei den Ermittlungen abgemagert war, als sie damals nach Ninas Mörder gesucht hatte.

Jetzt räusperte Frau Keller sich vernehmlich. Ein starker Zigarettengeruch ging von ihr aus. »Kim. Bitte, setz dich zu uns.«

Kim zog sich einen Stuhl unter dem Tisch hervor und drehte ihn um, sodass sie sich rittlings darauf niederlassen konnte. Sie schlang die Arme um die Rückenlehne. Das gab ihr wenigstens ein bisschen Halt. »Ninas Mörder hat wieder zugeschlagen, oder?«, flüsterte sie.

Frau Keller räusperte sich erneut. Ihre Stimme klang flach, als sie antwortete: »Das können wir noch nicht mit Sicherheit sagen.«

»Aber es gab wieder eine Libelle.« Kim umklammerte die Streben der Lehne, so fest sie konnte. Der Boden unter ihren Füßen fing an zu schwanken.

Aus dem Augenwinkel sah sie Jan Weidenschläger nicken.

»Die gab es«, sagte Frau Keller. »Aber das ist noch kein Beweis dafür, dass es sich um denselben Täter handelt.«

»Die Libelle wurde damals geheim gehalten«, murmelte

Kim. »Es kann kein Nachahmungstäter sein.« Sie überlegte, wem sie alles von diesem Detail in Ninas Mordfall erzählt hatte. Dr. Schinzel.

Und Lukas!

Sie rieb sich über die brennenden Augen. Auch Sigurd wusste davon, erinnerte sie sich, und mit Sicherheit noch eine ganze Reihe weiterer Menschen. Sie versuchte, so tief wie möglich durchzuatmen. Ihr gesamter Brustkorb schmerzte.

»Man kann so etwas nie vollständig geheim halten«, erklärte Weidenschläger nun. Er trug auch heute wieder seine altmodischen Turnschuhe. Seinen Schnurrbart hatte er offenbar kürzlich erst gestutzt.

Frau Keller lehnte sich vor. »Wir wollen dir nichts vormachen, Kim. Es kann durchaus sein, dass Ninas Mörder wieder unterwegs ist. Zumindest müssen wir zunächst mal davon ausgehen. Das ist auch der Grund, warum wir hier sind.«

»Wegen Lukas«, wisperte Kim. Sie hatte das Gefühl, nie wieder in ihrem ganzen Leben laut und normal reden zu können. Sie wollte weinen, aber ihre Augen gaben keine Tränen mehr her.

Frau Keller wandte sich an Sigurd. »Sie haben auf dem Revier angerufen und uns ausrichten lassen, dass Sie Lukas Neumann für den Freund von Nina halten, nach dem wir seit… damals suchen?«

»Ja.« Sigurds Miene wirkte gequält, so, als hätte er plötzlich starke Zahnschmerzen bekommen. »Kim hat es herausgefunden. Sie…«

»Ich will das selbst erzählen!« Kim legte für einen kurzen Moment den Kopf auf den Armen ab, hob ihn dann aber wieder. Stockend berichtete sie, wie sie Lukas gestern

Ninas Tagebuch gezeigt hatte. »Er wollte es mir da schon sagen, aber er hat sich nicht getraut. Heute in der Schule habe ich dann einen Panikanfall gekriegt und bin weggelaufen. Ich habe mich im Waldschlösschen versteckt…«

»Im Waldschlösschen?«, fiel Frau Keller ihr ins Wort und auch Sigurd machte einen Laut, der Überraschung und Schrecken ausdrückte.

Kim ließ sich davon nicht beirren. »… und Lukas hat mich dort gefunden«, sprach sie weiter.

»Kim!« Sigurd war ganz blass geworden. »Du bist mit Lukas allein im…«

»Bitte, Herr Steinhauer«, unterbrach Frau Keller ihn. »Lassen Sie Kim weitererzählen.«

Sigurd konnte sich nur mit Mühe beherrschen. Er presste die Lippen aufeinander und nickte Kim auffordernd zu.

»Er hat gesagt, er passt auf mich auf.« Kim schniefte. »Ich kann einfach nicht glauben, dass er…«

»Konzentrier dich auf das, was im Waldschlösschen passiert ist«, bat Kommissar Weidenschläger.

»Okay.« Kim schloss die Augen und rief sich die Szene ins Gedächtnis zurück. Wie Lukas sie umarmt und festgehalten hatte…

… wie gut sich das angefühlt hatte…

… wie er versucht hatte, ihr zu beichten, dass er Ninas Freund gewesen war. Wie sie aufgesprungen war und den tätowierten Wolf entdeckt, wie sie begriffen hatte…

Das alles erzählte sie den Polizisten und Sigurd jetzt. »Dann bin ich weggelaufen«, endete sie. »Er ist mir nicht hinterhergekommen.«

»Dann weißt du nicht, wo er jetzt sein könnte?«, fragte Frau Keller.

Kim schüttelte den Kopf.

»Nachdem Sie bei uns angerufen haben«, erklärte Jan Weidenschläger Sigurd, »haben die Kollegen versucht, Lukas ausfindig zu machen. Aber er war weder zu Hause noch in der Schule.«

»Er war es nicht!«, rutschte es Kim heraus. »Er war mit mir im Pascha, als Marie …«

»Wann genau ist er denn im Pascha angekommen?«, erkundigte sich Frau Keller.

Kim musste nachdenken, bevor sie antworten konnte. Sie war vielleicht zehn Minuten in der Disco gewesen, als sie Lukas an der Bar entdeckt hatte, und das sagte sie jetzt auch.

»Und wie lange fährt man von hier bis zum Pascha?«

»Eine halbe Stunde ungefähr.«

»Vierzig Minuten also«, murmelte Jan Weidenschläger.

Kim sah von ihm zu Frau Keller. »Was bedeutet das?«

Sie sah drei Augenpaare mitfühlend auf sich ruhen. Langsam schüttelte Frau Keller den Kopf, es war eine bedauernde Geste. »Wir wissen von deinem Stiefvater, wann Marie bei euch war, um dich abzuholen. Das war gegen sieben, stimmt's?«

Kim bestätigte diese Zeit.

»Dem Pathologen nach liegt Maries Todeszeitpunkt irgendwann zwischen sechs und acht Uhr am Samstagabend.«

»Das bedeutet«, beendete Sigurd diesen Gedankengang, »dass Lukas genug Zeit gehabt hätte, sie zu ermorden, bevor er ins Pascha gekommen ist.«

Das Bild von Lukas an der Bar zuckte vor Kims innerem Auge auf. Die Art, wie er dort gelehnt hatte, so locker und von den bewundernden Blicken der älteren Mädchen völlig unbeeindruckt. Das Glas mit Cola in den Händen. Es war für Kim schlichtweg unmöglich, sich vorzustellen, dass er nur wenige Minuten vorher dieselben Hände um Maries Hals gelegt und zugedrückt hatte.

Ein Würgen stieg in ihrer Kehle nach oben und sie musste schlucken, um es zu unterdrücken.

»Ich glaube, es reicht jetzt«, wandte Sigurd ein. »Dieses Gespräch ist zu viel für Kim, wir sollten...«

Aber Kim wehrte ab. Sie sah Frau Keller direkt in die Augen. »Dann ist Lukas also ab jetzt Ihr Hauptverdächtiger, richtig?«

Es war Jan Weidenschläger, der ihr antwortete. »Nun. Er hat sich damals nach Ninas Tod nicht bei uns gemeldet und sich als ihr Freund zu erkennen gegeben. Das macht uns schon nachdenklich.«

»Wir haben ihn zur Fahndung ausgeschrieben«, schob Frau Keller nach.

Kim nickte langsam. »Klar«, murmelte sie. »Sie müssen ihn verdächtigen. Vor allem, weil er ja auch schon vorbestraft ist.«

Sie sagte das zu niemand Bestimmtem, aber sie bemerkte sofort das Erstaunen, mit dem Frau Keller und Jan Weidenschläger sich ansahen.

»Vorbestraft?«, hakte der Kommissar nach.

Sigurd räusperte sich leise. Kim bemerkte, dass an seinem Hals eine leichte Röte emporstieg. Sich Informationen aus Polizeiakten zu beschaffen, wie er es über Lukas getan hatte, war mit Sicherheit nicht legal. Wenn sie also jetzt weitersprach, brachte sie Sigurd in ernste Schwierigkeiten.

Also legte sie den Kopf wieder auf ihre Arme und sagte

stattdessen gar nichts mehr. Plötzlich fühlte sie sich einfach nur unendlich müde. An den Geräuschen erkannte sie, dass Weidenschläger ein Notizbuch aus seiner Jeans zog, es aufklappte und sich irgendeine Notiz machte.

In diesem Moment klingelte es an der Haustür.

Sigurd stand auf, um zu öffnen.

Kim rührte sich weiterhin nicht. Plötzlich war ihr alles, was um sie herum vorging, völlig egal. Doch das änderte sich schnell, als sie Sigurds überraschten Ausruf hörte.

»Lukas!«

Kims Kopf fuhr in die Höhe.

Lukas beachtete die Kommissare zunächst gar nicht, als er die Küche betrat, sondern hatte nur Augen für Kim. In seinem Blick lagen Schmerz und Scham und so vieles andere, dass Kim sich bei seinem Anblick ganz furchtbar fühlte. Plötzlich sah sie sich selbst einfach nur noch als Verräterin, weil sie Sigurd von dem Wolf auf seiner Brust erzählt hatte.

Sie schüttelte den Kopf. Das Chaos ihrer Gefühle war kaum noch auszuhalten. Warum nur musste plötzlich alles so kompliziert sein?

Lukas sah ihr Kopfschütteln und er verstand es falsch. Hoffnungslos ließ er den Kopf sinken. Dann wandte er sich an Frau Keller und sagte: »Ich bin hier, weil ich mich stellen will.«

Kim erstarrte. Würde er jetzt ein Geständnis ablegen?

Sie suchte Lukas' Blick, aber es gelang ihr nicht mehr, ihn einzufangen.

»Ich habe weder Nina noch Marie ermordet«, sprach Lukas weiter. Seine Stimme zitterte ein wenig. »Aber ich war kurz vor Ninas Tod mit ihr befreundet.« Sein Blick zuckte zu Kim. »Ganz kurz.« Dann sah er wieder die Kommissare an. »Ich möchte helfen zu beweisen, dass ich unschuldig bin.«

»Reichlich früh!«, brummte Jan Weidenschläger sarkastisch. Dann stand er auf und machte Anstalten, nach den Handschellen hinten an seinem Gürtel zu greifen, aber Frau Keller stoppte ihn.

»Sie verstehen hoffentlich, dass Sie unter Tatverdacht stehen, Herr Neumann«, sagte sie zu Lukas. »Würden Sie mit uns aufs Revier kommen, damit wir ein paar Tests mit Ihnen machen können?«

Lukas nickte. »Natürlich.«

Er ließ es zu, dass Jan Weidenschläger neben ihn trat und ihn recht ruppig am Arm packte.

»Das wird nicht nötig sein, Jan«, sagte Frau Keller ruhig.

Bevor sie gemeinsam die Küche verließen, warf Lukas Kim einen letzten Blick zu.

Ich war es nicht, las Kim darin.

Kapitel 17

Das ist jetzt aber wirklich nicht dein Ernst!« Ungläubig starrte Sigurd Kim am nächsten Morgen an, als sie fertig angezogen und mit der Schultasche im Arm nach unten in die Küche kam.

Sie warf die Tasche auf den Boden und setzte sich an den gedeckten Frühstückstisch. »Was? Dass ich zur Schule gehe?«

Sigurd sah sie an, als habe sie den Verstand verloren.

Vielleicht hatte sie das ja auch. Jedenfalls hatte sie ständig das Gefühl, kurz davor zu sein. Die Nacht war ziemlich mies gewesen. Immer wieder war Kim weinend hochgeschreckt, weil sie geglaubt hatte, Marie um Hilfe rufen zu hören. Wenn es ihr gelungen war, für eine Weile einzuschlafen, dann hatte sie wirre Träume gehabt, in denen erst Nina, dann Marie mit Kabelbindern gefesselt vor ihr gestanden und flehendlich die Hände nach ihr ausgestreckt hatte.

Nur der letzte Traum kurz vor dem Weckerklingeln war anders gewesen. Sie hatte in einem dunklen Raum gestanden. Alles um sie herum war schwarz gewesen, so schwarz, dass sie die Hand vor Augen nicht sehen konnte. Irgendwo vor ihr ging eine Tür auf und ein etwas helleres Rechteck erschien in der Finsternis. In dem matten Schimmer konnte Kim das Geweih an der Wand erkennen. Sie war im Waldschlösschen, das begriff sie jetzt. Jemand kam auf sie zu. Sie verspürte ein beklemmendes Gefühl von Angst, aber sie hatte keine Angst um sich selbst. Ganz im Gegenteil: Sie hatte Angst um den Menschen, der dort im Dunklen auf sie zukam! Das Licht veränderte sich, aber noch immer konnte sie nur Umrisse erkennen. Und dann, ganz plötzlich und überdeutlich, erkannte sie, wer es war, der dort direkt vor ihr stehen blieb.

Lukas!

Seine Augen waren weit, die Prellung auf der einen Seite seines Gesichts glühte dunkelrot. Über seine Wangen rannen Tränen. Er öffnete den Mund, aber kein Ton kam über seine Lippen. Und dann griff er nach Kim und sie erschrak. Seine Hände waren, genau wie bei Nina und Marie, mit Kabelbindern gefesselt.

Das war der Moment gewesen, in dem der Wecker Kim aus dem Traum gerissen hatte.

Jetzt schüttelte Sigurd den Kopf. »Du bist verrückt«, sagte er, schob ihr aber, wie jeden Morgen, die Packung mit dem Müsli und die Milch rüber.

Kim griff nach dem Müsli. »Wenn ich hierbleibe, werde ich verrückt!«, sagte sie leise. »Ich brauche etwas zu tun, damit ich aufhöre zu grübeln.«

»Du machst dir Vorwürfe, oder?«

»Dass Marie tot ist?« Es fühlte sich eigenartig an, es auszusprechen, aber es war leichter, als sie gedacht hatte.

Tot, dachte sie. *Tot. Tot. Tot.*

Langsam verlor sie wirklich den Verstand!

Sigurd nickte.

Kim überlegte, was sie ihm antworten sollte. Machte sie sich wirklich Vorwürfe? Sie wusste es nicht genau, aber auf jeden Fall ließen sich die Gedanken nicht abstellen. Hätte sie das alles verhindern können, wenn sie schon am Samstagabend Alarm geschlagen hätte? Was hatte sie abgehalten, Maries Mutter anzurufen und sie zu fragen, wo Marie blieb?

Sie gab sich die Antwort sofort selbst.

Lukas!

Es tat weh, nur an ihn zu denken, und so verbannte sie ihn schnell wieder aus ihrem Kopf. Hätte sich der Mord an Marie verhindern lassen, wenn sie angerufen hätte? Wohl eher nicht, wenn die Tatzeit stimmte, die der Pathologe bestimmt hatte.

Wieder geisterte ein Bild durch ihren Kopf. Sie sah sich mit Lukas tanzen, sah seine Hände auf ihren Schultern, auf ihrem Rücken. Hände, die kurz zuvor gemordet hatten. Doch dann verschwamm das Bild und machte einem anderen Platz. Lukas' Gesicht aus dem Traum. Die Tränen, die ihm über die Wangen gelaufen waren.

»Du machst dir Vorwürfe«, sagte Sigurd. »Das sehe ich doch!«

Langsam nickte sie. »Irgendwie schon, ja.«

»Das ist ganz normal. Schließlich seid ihr in einer Art Streit auseinandergegangen.«

Es war so absurd, wie falsch er die ganze Sache einschätzte. Kims Schuldgefühle kamen schließlich nicht von dem blöden Hin und Her mit Marie vor dem Discobesuch. Kim überlegte, ob sie Sigurd erzählen sollte, was eigentlich in ihrem Kopf vorging, aber sie hatte einfach keine Energie dafür.

Stattdessen lachte sie bitter auf.

Das Geräusch schien ihn zu alarmieren, denn er sah sie erschrocken an. Sie wich seinem Blick aus.

»Ich mache mir Sorgen um dich, Kleines«, sagte er. »Du siehst gar nicht gut aus.«

»Ich bin okay.« Kim wurde bewusst, dass sie ihr Müsli noch gar nicht angerührt hatte. Seit Beginn des Gesprächs saß sie mit dem Löffel in der Hand einfach nur regungslos da.

Sigurd legte den Kopf zur Seite. »Ich weiß nicht…«

»Bitte, Sigurd!«, murmelte Kim. »Wenn ich hierbleibe und diese bekloppten weißen Wände in meinem Zimmer anstarre, werde ich wahnsinnig!«

»Da draußen rennt irgendwo ein Mädchenmörder rum. Ich habe einfach Angst, dass er…«

»Wenn er es auf mich abgesehen hätte«, flüsterte sie, »dann hätte er genügend Gelegenheit gehabt, es zu tun.« Sie erschrak selbst, als sie sich hörte, und all die Momente, in denen sie mit Lukas alleine gewesen war, kamen ihr wieder in den Sinn. Aber sie dachte auch an den Ausdruck in seinen Augen, als die Polizei ihn mitgenommen hatte. Sah so ein Mörder aus?

Kim warf den Löffel auf die Tischplatte und stieß einen gequälten Schrei aus. Wann würden diese Gedanken sie endlich in Ruhe lassen?

»Ich muss in die Schule«, sagte sie. »Sonst renne ich mir den Schädel an der Wand ein!«

Sigurd holte tief Luft. »In Ordnung. Vielleicht hast du recht und es ist wirklich das Beste für dich. Aber wenn du es nicht mehr aushältst, dann rufst du mich an. Ich komme dann sofort und hole dich ab! Und noch eins: Du gehst auf keinen Fall alleine dorthin, bevor sie diesen Typen nicht geschnappt haben! Ich fahre dich!«

Kim wollte protestieren, aber sie begriff, dass sie ihm ein wenig entgegenkommen musste. Er hatte Angst um sie, das war ihm deutlich anzusehen. Also nickte sie. »Einverstanden!«

»Ach übrigens: Ich soll dich von deiner Mutter grüßen.

Wir haben gestern Abend telefoniert, und als ich ihr erzählt habe, was passiert ist, hat sie gemeint, sie kommt so schnell wie möglich nach Hause.«

»Schön«, murmelte Kim.

»Ich vermute allerdings, die Ärzte werden sie nicht so einfach gehen lassen.« Sigurd schob seinen eigenen Müsliteller weg. »Wollen wir?«

Kim nickte.

»Dann los!«, sagte Sigurd.

Das Gewühl in der Pausenhalle war genauso laut und fröhlich wie an jedem anderen Tag, und das irritierte Kim sehr, als sie durch die Eingangstür trat.

Warum nur hielten die anderen nicht einfach die Klappe? Sie konnten doch nicht so tun, als wäre überhaupt nichts passiert. Wussten sie etwa noch gar nichts von Maries Tod? Es sah fast so aus.

Langsam ging Kim zu Ernies Terrarium. Da öffnete sich die Tür des Rektorenzimmers. Ein blasser Mann kam heraus. Es war Dr. Heuer, der Leiter der Albert-Einstein-Gesamtschule. Einen kurzen Moment blieb er stehen und sah sich um. Dann presste er die Lippen zusammen, betrat die kleine Bühne an der Stirnseite der Halle und baute sich dort auf.

Die ersten Schüler wurden auf ihn aufmerksam und begannen zu tuscheln. Der Direktor hob die Hände. »Darf ich einen Augenblick um Ruhe bitten?«, rief er gegen das Stimmengewirr an.

Normalerweise dauerte es mehrere Minuten, bis die Schüler sich beruhigten und es richtig still war. Aber diesmal war es anders. Es schien so, als würden alle plötzlich spüren, dass etwas Schlimmes passiert war. Innerhalb von wenigen Sekunden verstummte jedes Gemurmel. Nur ein Junge aus der sechsten Klasse lachte noch laut, aber die anderen starrten ihn strafend an und sein Freund gab ihm einen Rippenstoß. Erschrocken zog er den Kopf zwischen die Schultern und schwieg betroffen. Sein Gesicht wurde puterrot.

Dr. Heuer räusperte sich. »Danke. Ich habe euch eine schlimme Nachricht zu überbringen.« Er rieb sich mit der flachen Hand über Mund und Kinn, bevor er weitersprach: »Eure Mitschülerin Marie Gottwald wurde, wie ihr vielleicht wisst, seit Samstagabend vermisst. Gestern Abend hat mich die Polizei angerufen und darüber informiert, dass Marie tot ist. Sie…«

Erschrockenes Gemurmel unterbrach ihn. Jemand rief mit schriller Stimme: »Tot?« Kims Klassenkameraden starrten sich bestürzt an, dann begann Sabrina, die ganz in der Nähe von Kim stand, laut zu schluchzen. Das Geräusch erhob sich über das Gemurmel der anderen und Kim schloss die Augen. Ihr war so unendlich schlecht. Warum nur hatte Sigurd sie nicht gezwungen, zu Hause zu bleiben?

Wieder räusperte Dr. Heuer sich. »Bitte, Herrschaften! Ich bin noch nicht fertig!« Diesmal dauerte es länger, bis sich alle wieder beruhigt hatten. Als es endlich still wurde, fühlte Kim sich wie in einer Friedhofskapelle.

»Ich muss euch leider mitteilen, dass Marie keines natürlichen Todes gestorben ist«, sprach Dr. Heuer weiter. »Es hat den Anschein, dass sie ermordet worden ist.«

»Ermordet?« Die gleiche schrille Stimme. Kim öffnete die Augen wieder und suchte nach der Person, zu der sie gehörte, aber sie konnte sie in der Masse der Schüler nicht ausmachen. Diesmal hatten Dr. Heuers Worte alle Schüler in Stein verwandelt. In der ganzen Halle herrschte gelähmtes Schweigen.

Kims Beine waren auf einmal wie aus Gummi. Sie wankte zu einer der Bänke vor Ernies Terrarium und die beiden Mädchen, die dort saßen, machten ihr rasch Platz. Mit klopfendem Herzen sank Kim nieder. Ihr Gesicht fühlte sich kalt an.

»Die Polizei tut alles, um den Täter so schnell wie möglich zu fassen, aber bis das gelungen ist, sollten wir alle vorsichtig sein«, hörte sie Dr. Heuer sagen. In ihren Ohren steckte irgendwas, Watte oder so. Jedenfalls klangen alle Geräusche plötzlich, als kämen sie aus weiter Ferne.

Werd bloß nicht ohnmächtig!, ermahnte sie sich und klammerte sich an der Sitzfläche der Bank fest.

»Bitte, verlasst dieses Gebäude nur zu zweit, besser noch zu dritt oder viert«, sagte der Rektor.

»Aber was ist, wenn der Mörder einer von uns ist?«, rief irgendein Junge.

Gemurmel wurde laut, durchdrang den Druck auf Kims Ohren. »So ein Quatsch!«, sagte eine Mädchenstimme.

»Kann doch sein, oder?« Der Junge sah sich um Zustimmung heischend um. Er war dünn und ganz in Schwarz gekleidet. Seine Haare hatte er mit viel Haarspray hochtoupiert. »Wie ist Marie denn gestorben?«

»Valentin!«, wies Dr. Heuer ihn scharf zurecht. »Ich glaube nicht, dass es angemessen ist, hierüber jetzt zu spekulieren. Und wir sollten auf jeden Fall vermeiden, dass diese Geschichte die gute, vertrauensvolle Atmosphäre an unserer Schule kaputt macht. Lasst die Angst jetzt nicht die Kontrolle übernehmen! Ich gehe davon aus, dass der Mörder außerhalb der Albert-Einstein zu suchen ist… und ich bitte euch, verfallt nicht in Panik! Seid vorsichtig, sobald ihr nach draußen geht. Aber hier drinnen seid ihr absolut sicher.«

Sicher? Was redete der da für einen Blödsinn?

Kim versuchte, im Gesicht des Rektors zu lesen, ob er das, was er sagte, wirklich glaubte, aber es gelang ihr nicht. Wusste Dr. Heuer davon, dass die Polizei Lukas, einen Schüler seiner Schule, verdächtigte?

Was war überhaupt mit Lukas geschehen, nachdem er gestern mit aufs Revier gegangen war? Ob sie ihn eingesperrt hatten? Saß er in Untersuchungshaft, weil weitere Hinweise den Tatverdacht verstärkt hatten?

Kim umschlang ihren Oberkörper mit den Armen und ertappte sich dabei, dass sie nach Lukas Ausschau hielt. Wenn er jetzt auftauchen würde, dann hieße das doch, dass die Polizei ihn verhört und wieder laufen gelassen hatte. Und dass es keinen Grund gab, ihn weiter für den Mörder zu halten.

Weiter vorne kletterte Dr. Heuer von der Bühne und verschwand wieder in seinem Arbeitszimmer.

»Also«, sagte eines der Mädchen, die Kim ihren Platz überlassen hatten, »der Alte kann reden, was er will! Solange nicht klar ist, wer Marie umgebracht hat, gehe ich nur noch mit dir zusammen aufs Klo!«

Ihre Freundin nickte zustimmend. »Ja«, murmelte sie. »Das ist eine gute Idee.«

In diesem Moment klingelte es zur ersten Stunde.

Die Menge zerstreute sich jetzt langsam. Jeder sprach nur von Marie und ihrem schrecklichen gewaltsamen Tod, und als Herr Schröder, der Biolehrer, sich vor Kim aufbaute, war sie so in Gedanken versunken, dass sie erschrocken zusammenzuckte.

»Ich wollte dich nicht erschrecken«, sagte Herr Schröder entschuldigend. In seinem Blick lag Mitgefühl und Kim wusste, dass er an Nina dachte und daran, wie sie gestorben war. »Ich sehe, wie sehr dich die Sache mitnimmt. Willst du nicht lieber nach Hause gehen?«

Kim schüttelte den Kopf. Warum kümmerte Schröder sich plötzlich so fürsorglich um sie?, dachte sie genervt. Die ganzen letzten zwei Jahre hatte sie ihn darum gebeten, die Bildtafeln mit den Libellen abzuhängen, und es war ihm vollkommen egal gewesen, wie es ihr ging. Da konnte sie jetzt auch auf seine Fürsorge verzichten! Sie war kurz davor, ihm genau das ins Gesicht zu sagen, aber dann verließ sie doch wieder die Kraft dazu. Mühsam stand sie auf.

»Nein«, sagte sie, den Blick auf ihre Schuhspitzen gerichtet. »Hier in der Schule fühle ich mich sicherer.«

Das war eine glatte Lüge. Sie hatte eher das Gefühl, nirgendwo mehr richtig sicher zu sein. Als würde der Täter sie von nun an überallhin verfolgen und jeden ihrer Schritte registrieren. Es war ein beklemmendes Gefühl.

»Gut«, meinte Schröder. »Ich lasse dich noch ein bisschen zur Ruhe kommen. Wenn du meinst, du bist so weit, dann komm einfach in den Biosaal, okay?«

Kim nickte stumm. Sie ertappte sich dabei, dass sie in Richtung Eingangstür schielte. Aber dort war niemand.

Von Lukas nach wie vor keine Spur.

Herr Schröder ging in seinen Unterricht und Kim sank zurück auf die blaue Bank. Sie schaffte es einfach nicht, jetzt zu den anderen zu gehen. Die Vorstellung, dass noch immer diese Bildtafel an der Wand hing, dass sie den Anblick der Libellen darauf ertragen müsste, war einfach zu viel für sie.

Libellen.

Was wollte der Mörder mit ihnen ausdrücken?

Eine auf Ninas Gesicht. Eine in Maries Hand.

Schattenflügel.

Und dieser Flügel in Lukas' Jacke. Ihr Magen krampfte sich zusammen bei der Vorstellung.

»Na?«, hörte sie in diesem Moment eine spöttische Stimme hinter sich. Sie musste sich nicht umdrehen, um zu wissen, dass es Jonas war, der sich breitbeinig dort aufgebaut hatte und grinsend auf sie herunterblickte.

»Lass mich einfach in Ruhe«, murmelte sie matt. Sie hatte nicht das kleinste bisschen Energie, um sich jetzt mit ihm auseinanderzusetzen.

»Was ist eigentlich mit deinem Typen?«, fragte Jonas unbeeindruckt. »Warum ist er heute nicht da? Haben die Sheriffs ihn etwa gleich eingelocht?«

Kim rührte sich nicht. Sie musste sich einen Panzer wachsen lassen, an dem solche Worte in Zukunft einfach abprallten.

»Wäre ja kein Wunder«, lästerte Jonas weiter. »War er nicht schon mal im Knast?«

In diesem Moment zersprang die Starre, in die Kim sich gehüllt hatte, in tausend Scherben. Wie eine Katze zuckte sie hoch, mit ausgefahrenen Krallen und zornverzerrter Miene.

»Verpiss dich!«, fauchte sie Jonas ins Gesicht.

Der wich einen Schritt zurück, und erst als Kim sah, wie

blass er plötzlich geworden war, bemerkte sie, dass sie tatsächlich die Rechte zum Schlag gegen ihn erhoben hatte. Sie unterdrückte den Impuls, den Arm sinken zu lassen, sondern starrte Jonas stattdessen weiter herausfordernd in die Augen.

»Schon gut!«, murmelte er und machte einen Rückzieher. Er war schon fast um die nächste Ecke verschwunden, als Kim ihn ätzen hörte: »Vollfreak!«

Kraftlos ließ Kim sich zurück auf die Bank fallen.

Auf der anderen Seite der Pausenhalle wurde die Eingangstür geöffnet und jemand kam herein. Kim hob den Blick und erstarrte.

Es war Lukas!

Im ersten Moment machte ihr Herz vor Freude einen Sprung. Die Polizei hatte ihn laufen lassen! Er war also unschuldig! Aber dann gewann der Verstand Oberhand. Was, wenn sie ihm nur einfach nichts hatten nachweisen können?

Sie rutschte ein Stück tiefer, in der Hoffnung, Lukas würde sie nicht entdecken, aber das war natürlich idiotisch. Sein Blick schweifte durch die leere Halle und blieb dann an ihr hängen.

Für einen langen Moment sahen sie sich einfach nur an.

Blass war er, dachte Kim. Ob sie ihn die ganze Nacht über in Gewahrsam gehabt hatten? In ihrer Vorstellung sah sie einen abgenutzten Metalltisch, olivgrüne Wände, Handschellen. Polizisten, die Lukas gegenübersaßen und ihm immer wieder dieselben Fragen stellten.

Wo waren Sie am Samstagabend?

Haben Sie Marie Gottwald umgebracht?

Kim schluckte schwer.

Lukas setzte sich in Bewegung und kam direkt auf sie zu. Kurz bevor er sie erreicht hatte, senkte er den Kopf und wich ihrem Blick aus.

»Es tut mir alles so leid«, flüsterte er im Vorbeigehen und verschwand im Trakt der Oberstufe.

Kim konnte sich nicht rühren.

Ihr Blick fiel auf einen dunklen Audi, der vor dem Schulgebäude stand. Kim versuchte, den Fahrer zu erkennen, dann sah sie, dass es Kommissar Weidenschläger war. Er winkte sie zu sich.

Sie nahm all ihre Kraft zusammen und erhob sich mühsam. Mit steifen Schritten ging sie zu ihm.

Weidenschläger kurbelte das Beifahrerfenster herunter. »Hallo, Kim«, sagte er freundlich. »Ich habe dich eben da drinnen gesehen. Eigentlich hatten wir vor, dich heute Nachmittag aufs Revier zu bitten, weil wir noch ein paar Fragen haben. Aber wir können das auch gleich jetzt erledigen, wenn du einen Augenblick Zeit hast.«

Kim zuckte müde mit den Schultern. »Klar.« Und dann rutschte ihr die Frage einfach so heraus: »Ist er unschuldig?«

Ein schwaches Lächeln erschien auf Weidenschlägers Lippen, erreichte aber seine Augen nicht. »Du meinst Lukas? Du magst ihn, nicht wahr?«

Kim zuckte erneut mit den Schultern. Das wurde langsam zu einer wirklich schlechten Angewohnheit. Sie musste sich das dringend wieder abgewöhnen.

»Tatsache ist, wir wissen es nicht, Kim«, erklärte der Kommissar. »Er ist freiwillig mit aufs Revier gekommen und hat alle unsere Fragen beantwortet, so gut er konnte. Ich habe nicht das Gefühl, dass er uns angelogen hat, aber ich kann natürlich nicht sicher sein. Allerdings hat er eine DNA-Probe abgegeben, ebenfalls freiwillig, was eindeutig für ihn spricht.«

»Sie haben ihn freigelassen«, murmelte Kim.

»Ja. Das müssen wir tun, solange wir keinen ausreichenden Tatverdacht haben. So sind die Regeln, kompliziertes Polizeizeug. – Komm, setz dich am besten ins Auto, dann können wir besser reden.« Er öffnete die Tür.

Kim kam der Aufforderung nach und glitt auf den Beifahrersitz. »Warum hat er sich damals nicht gemeldet, als Nina ermordet wurde?«

»Ja, das ist für uns auch der entscheidende Punkt. Wir haben ihn danach gefragt, aber er konnte uns keine befriedigende Antwort darauf geben. Er sagte nur, er habe Angst gehabt, dass wir ihn für einen Schläger wie seinen Vater halten. *Nennen Sie mich einen Feigling,* hat er gesagt. *Aber ich bin kein Mörder.«* Weidenschläger seufzte. »Ich darf dir das alles eigentlich überhaupt nicht erzählen.«

»Warum tun Sie es dann?«

Weidenschläger ging nicht darauf ein. »Wir haben übrigens auch nachgeprüft, was du neulich erwähnt hast. Du hast behauptet, dass Lukas vorbestraft sei. Wie kommst du darauf? Woher hast du die Information?«

Kim schwieg und dachte an Sigurd. Daran, wie er es herausgefunden hatte. »Ich weiß nicht. Die Leute hier in der Schule reden so was…«

»Es stimmt nicht«, erklärte Weidenschläger. »Lukas taucht nur ein einziges Mal in einer Polizeiakte auf, und das ist die von seinem Vater. Er hat Lukas' Mutter fast totgeschlagen.«

»Ich weiß«, nickte Kim.

»Damals war Lukas Zeuge. Ansonsten haben wir nichts über ihn finden können.«

Was war es dann gewesen, das Sigurd über Lukas herausgefunden hatte? Kim beschloss, ihn bei Gelegenheit danach zu fragen. »Sie wollten etwas mit mir besprechen«, brachte sie das Gespräch auf das ursprüngliche Thema zurück.

»Stimmt. Bei seiner Aussage gestern behauptete Lukas, dass es möglicherweise einen Film auf Ninas Handy gibt, der ihn entlasten kann. Weißt du etwas davon?«

»Ninas Handy?« Kim griff intuitiv nach ihrem eigenen Gerät, das in der Innentasche ihrer Jacke steckte. »Man hat doch immer angenommen, dass der Mörder es damals verschwinden lassen hat. Schließlich hat man ihr Handy nie gefunden.«

»Ja, davon sind wir damals ausgegangen. Lukas sagte, dass du genau das gleiche Modell besitzt?«

»Ja.« Kim zog ihr Handy hervor und zeigte es dem Kommissar.

Der notierte sich das Modell und gab es ihr dann zurück. »Danke, Kim. Du hast mir sehr geholfen.«

»Heißt das, Sie suchen noch mal nach Ninas Handy?«, fragte Kim.

Der Kommissar schüttelte den Kopf. »Nicht sofort. Aber sollte es weitere Hinweise auf das Handy geben, dann werden wir es in Erwägung ziehen.«

Sie verabschiedeten sich. Kim stieg aus dem Auto und sah zu, wie Weidenschläger das Fenster wieder hochfuhr. Ungefähr auf der Hälfte fiel ihm noch etwas ein und er lehnte sich zur Seite, um durch den Fensterspalt Kim ins Gesicht sehen zu können.

»Sei vorsichtig, ja?«, bat er.

Sie nickte.

Weidenschläger fuhr die Scheibe ganz hoch. Dann blinkte er, fädelte sich in den vorbeifahrenden Verkehr ein und fuhr davon. Kim blieb stehen und sah ihm nach, bis er um eine Ecke verschwunden war.

Kapitel 18

Nach dieser Begegnung ging Kim doch noch in den Biologieunterricht und stellte überrascht fest, dass Herr Schröder die Bildtafel mit den Libellen abgenommen hatte. Nur ein helles Viereck zierte die Wand, wo sie jahrelang gehangen und Kim an DAS BÖSE erinnert hatte.

Kim starrte eine Weile darauf, dann sah sie Schröder an und versuchte sich an einem kleinen Lächeln. Es gelang ihr sogar. Der Lehrer nickte ihr zu und bedeutete ihr dann, zu ihrem Platz zu gehen.

Kims Mitschüler steckten tuschelnd die Köpfe zusammen. Ninas Tod war seit Langem in der Klasse kein Thema mehr gewesen, doch jetzt, durch den Mord an Marie, waren natürlich alle daran erinnert worden, was damals passiert war. Kims Weg durch den Mittelgang glich einem Spießrutenlauf.

»Alles okay?« Sabrina musterte sie fragend, als Kim sich neben sie setzte. Aber Kim schwieg.

Was sollte sie auch sagen? Nichts war okay im Moment, das war doch ganz offensichtlich!

Sie überstand die erste Stunde und auch die zweite, aber hinterher erinnerte sie sich an kein einziges Wort von Herrn Schröder. Zum Glück ließ er sie in Ruhe, und als es endlich zur großen Pause läutete und Kim sitzen blieb, bis alle anderen draußen waren, da blieb er auch und sah sie abwartend an.

Langsam packte sie ihre Sachen zusammen, dann schulterte sie ihre Tasche und wollte an ihm vorbei nach draußen gehen.

»Kim?«, rief er sie zurück.

Sie blieb stehen.

»Ich wollte dir nur sagen: Wenn ich dir irgendwie helfen kann, du weißt, ich bin Vertrauenslehrer hier an der Schule.«

Kim nickte. »Ich weiß. Danke.« Mit einem Kopfnicken wies sie auf die leere Fläche an der Wand. »Danke auch dafür.«

Er lächelte schief. »Ich dachte, es wäre eine gute Idee. Ich habe zwar keine Ahnung, was du an dem Bild so schlimm findest, aber das geht mich ja vielleicht auch nichts an. Deine Mutter hat mir mehrfach gesagt, dass sie die Gründe dafür nicht verraten darf. Polizeigeheimnis.« Ein gekünsteltes Lachen entfuhr ihm. Er fühlte sich unwohl, das war ihm deutlich anzumerken.

Kim wandte sich nun vollends zu ihm um. Sie wusste nicht, ob sie es jetzt erzählen durfte, aber sie musste den Druck, der sich in ihrem Inneren aufgebaut hatte, loswerden. »Der Mörder«, flüsterte sie. »Er hat meiner Schwester eine Libelle auf das Gesicht gelegt.« Für den Fall, dass die Sache immer noch unter Verschluss gehalten werden sollte, beschloss sie, wenigstens die Libelle in Maries Hand für sich zu behalten.

Schattenflügel.

Sie fröstelte.

Herrn Schröders Gesicht verzog sich vor Entsetzen. »Oh Gott! Und ich habe die ganzen Jahre…«

»Schon gut!«, wehrte Kim ab. »Sie wussten es ja nicht.«

»Stimmt.« Er seufzte. »Aber was für eine schlimme Sache! Wenn ich irgendetwas für dich tun kann, sagst du mir Bescheid, in Ordnung?«

»Ja. Danke.« Kims Hand krallte sich fester um den Riemen ihrer Tasche. Dann schob sie die bösen Erinnerungen energisch fort und fragte: »Kann ich jetzt gehen?«

»Natürlich!« Herr Schröder setzte sich auf seinen Stuhl. Er war ziemlich grau im Gesicht.

Kim nickte dem Lehrer zu, dann verließ sie den Biosaal.

Zu ihrer Erleichterung wartete vor der Tür niemand ihrer Mitschüler, um sie auszuquetschen. Die anderen waren längst draußen auf dem Pausenhof.

Kim heftete den Blick auf den Boden vor sich und folgte ihnen langsam.

Die Ecke hinter den Büschen, wo sie erst kürzlich mit Lukas zusammengestanden hatte, war leer und so machte Kim sie für diese Pause zu ihrem Zufluchtsort.

Die neugierigen Blicke der anderen brannten auf ihr, aber sie schaffte es, abweisend genug auszusehen, sodass niemand sie ansprach. Nicht einmal Sabrina kam zu ihr, und das wiederum schmerzte Kim sehr.

Sie lehnte sich gegen die Mauer und versuchte, an gar nichts zu denken. Die Sonne schien auf ihr Gesicht und sie schloss die Augen. Der Lärm der anderen gellte in ihren Ohren. Aber auch das nahm Kim nur gedämpft wahr.

»Darf ich?« Lukas' Stimme war sehr leise.

Kim zuckte zusammen. Er stand direkt vor ihr. Sie war unfähig zu reagieren und er schien die Angst und Verwirrung in ihrem Blick zu sehen. Seine Miene verdüsterte sich und er trat einen Schritt zurück. Auf einmal wirkte er unendlich verletzt, die dichten Wimpern beschatteten seine traurigen Augen. »Du denkst, dass ich es war, oder?« Er sprach ganz ruhig.

Kim schluckte. Sie wusste nicht, was sie darauf antworten sollte. Sie wollte ihm so vieles erklären, wollte ihm sagen, dass sie es nicht glauben konnte, dass er ein Mörder war, wollte ihm sagen, dass sie sich unsterblich in ihn verliebt hatte, dass sie kaum Luft bekam, weil sie sich so zerrissen fühlte. Sie wollte von ihm in den Arm genommen und getröstet werden und gleichzeitig wollte sie vor ihm davonrennen. Es war ein völlig absurdes, kaum auszuhaltendes Gefühlsgemisch, das über sie hereinbrach und ihr die Kehle zuschnürte. Sie spürte, wie Tränen aus ihren Augen hervordrängten.

Auch Lukas bemerkte das. In seinem Gesicht zuckte ein einzelner Muskel und er stöhnte leise auf. »Ich war es nicht, Kim!«, flüsterte er. »Das musst du mir glauben!«

»Kann ich das?«, krächzte sie.

Da wich er noch einen Schritt zurück. Die umherstehenden Schüler hatten ihr Gespräch längst bemerkt und beobachteten jetzt jede ihrer Bewegungen. Es war Kim egal. Alles, was zählte, war Lukas. Sein blasses Gesicht war noch ein bisschen weißer geworden.

Sie sah, wie er die Fäuste ballte. Für einen kurzen Moment wirkte er zornig, dann wurde ihm bewusst, was er tat, und er zwang sich, die Hände wieder zu öffnen. Wenn das überhaupt noch möglich war, wurde sein Blick noch ein bisschen trauriger. »Schon klar«, murmelte er.

Dann wandte er sich ab.

Kim wollte ihn aufhalten, wollte etwas sagen, aber sie wusste nicht, was. Also schwieg sie. Mit Tränen in den Augen sah sie zu, wie Lukas sich durch die umstehende Menge drängte.

Er kam nicht weit.

Jonas und zwei seiner Kumpel traten ihm in den Weg und zwangen ihn, stehen zu bleiben.

Herausfordernd rempelte Jonas ihn an. »Na, warst du es?«, fragte er so laut, dass nun auch noch der letzte Schüler auf das Geschehen aufmerksam wurde.

Lukas wich einen Schritt zurück. Wieder ballte er seine Hände zu Fäusten, diesmal öffnete er sie nicht mehr. »Lass mich einfach in Ruhe!«, sagte er. Seine Stimme zitterte ein wenig.

»So, wie du Marie in Ruhe gelassen hast, du Mörder!«, schrie Jonas ihn an.

»Ich habe ihr...« Lukas kam nicht dazu, zu Ende zu reden, denn jetzt rammte Jonas ihm mit voller Wucht die Faust in den Magen.

Lukas klappte zusammen, aber er blieb auf den Beinen. Mit beiden Händen hielt er sich den Bauch. Dann richtete er sich langsam wieder auf. Kim wartete darauf, dass er sich als Nächstes auf Jonas werfen würde. Doch er tat es nicht. Stattdessen warf er einen Blick zu Kim zurück und starrte dann Jonas einfach nur schweigend an.

»Scheißmörder!«, zischte Jonas. »Das hast du jetzt davon!« Dann schlug er ein zweites Mal zu.

Wieder kippte Lukas nach vorne und diesmal versetzte Jonas ihm einen zusätzlichen Haken gegen das Gesicht.

Kim schrie auf. Warum wehrte er sich nicht?

Lukas ging in die Knie.

Ich kann es beherrschen, echoten seine Worte in Kims Kopf.

»Nein!«, schrie sie, stürzte vorwärts, aber sie kam zu spät. Jonas holte mit dem Fuß aus und trat brutal zu. Keuchend krümmte Lukas sich am Boden.

»Du Scheißkerl!«, hörte Kim sich schreien. »Lass ihn in Ruhe!«

Da ließ Jonas von Lukas ab. Er richtete seinen Blick auf Kim. Sein Atem hatte sich beschleunigt, in seinen Augen lag etwas Wildes. Er öffnete den Mund, aber eine Stimme aus dem Hintergrund schnitt ihm scharf das Wort ab.

»Jonas!« Diesmal war es nicht Herr Schröder, der Jonas am Arm packte, sondern eine der Sportlehrerinnen, Frau Meyer. »Das war's für dich, Freundchen!«, sagte sie kühl. Während sie Jonas zur Seite zerrte, kamen zwei weitere Lehrer und kümmerten sich um Lukas.

Er ließ sich von ihnen aufhelfen, wehrte es aber ab, sich untersuchen zu lassen. Leicht gekrümmt stand er da, Blut tropfte ihm von der aufgeplatzten Unterlippe. Er schien es gar nicht zu bemerken, denn sein Blick ruhte nur auf Kim. »Ich war es nicht«, wiederholte er. Er sprach so leise, dass nur die nächsten Umstehenden ihn verstehen konnten, und in diesem Moment glaubte ihm Kim.

Nachdem Frau Meyer Jonas zum Rektor abtransportiert hatte, bestanden die beiden anderen Lehrer darauf, Lukas ins Krankenhaus zu bringen, damit er sich untersuchen lassen konnte. Rechts und links von ihm stellten sie sich auf, wahrscheinlich um ihn zu stützen, doch auf Kim wirkte das Ganze so, als würde Lukas abgeführt.

Der Rest des Vormittags verging quälend langsam. Mehr als einmal spielte Kim mit dem Gedanken, Sigurds Angebot anzunehmen und sich von ihm abholen zu lassen, aber sie widerstand der Versuchung. Aus irgendeinem Grund hatte sie Angst, DAS BÖSE könnte sie einholen. Sie würde in einem tiefen pechschwarzen Loch versinken, wenn sie auch nur einen Anflug von Schwäche zeigte. Also hielt sie durch – und ging nach der Schule zu einem Termin bei Dr. Schinzel.

Die kaputte Standuhr hinter dem Arzt zeigte Viertel vor zehn und auch sonst schien sich in dem Therapiezimmer seit dem letzten Mal absolut nichts geändert zu haben. Hier stand die Zeit still, im wahrsten Sinne des Wortes. Allerdings schien heute die Sonne wieder durch die Blätter der Bäume, die Atmosphäre war ruhig und friedlich, der absolute Gegensatz zu dem grenzenlosen Chaos, das in Kim tobte.

Dr. Schinzel wusste bereits, was mit Marie geschehen war. Sigurd hatte ihn angerufen und ihm alles erzählt, das berichtete er Kim, nachdem sie sich in dem Ledersessel niedergelassen hatte.

»Es tut mir sehr leid für deine Freundin«, sagte er und musterte Kim dabei eindringlich. »Wie fühlst du dich damit?«

Kim setzte zu einem Schulterzucken an, stoppte sich dann aber selbst und suchte stattdessen nach den passenden Worten. Sie fand sie nicht. »Ich weiß nicht genau«, sagte sie schließlich.

»Versuch, es herauszufinden!«

Sie gehorchte und lauschte in sich hinein. Ein paarmal atmete sie tief ein und wieder aus. Dann meinte sie leise: »Ich bin natürlich traurig. Das ist wohl normal, schließlich war Marie meine Freundin.« Sie verstummte.

Dr. Schinzel wartete.

»Aber da ist noch so viel mehr«, fuhr Kim fort. »Ich muss andauernd an Nina denken, daran, wie sie damals gestorben ist, und daran, wie weh das getan hat.«

»Tut es jetzt bei Marie genauso weh?«

Kim zögerte. Dann schüttelte sie den Kopf.

»Und was empfindest du dabei?«, fragte der Arzt.

»Irgendwie kommt es mir…« Kim suchte nach dem richtigen Ausdruck. »… unfair vor. Immerhin ist Marie genau das Gleiche passiert wie Nina.«

»Unfair.« Dr Schinzel ließ das Wort im Raum schweben.

Nun zuckte Kim doch mit den Schultern. »Ich weiß nicht. Ich meine, ich müsste doch eigentlich genauso traurig sein wie damals, aber das bin ich nicht. Jedenfalls nicht wegen Marie.«

Der Arzt hob leicht die Augenbrauen. Kim kannte dieses Zeichen. Es bedeutete, dass sie etwas Wichtiges gesagt hatte. »Es ist ganz normal«, sagte er, »dass du um deine Schwester mehr getrauert hast als um deine Freundin.«

»Ich weiß nicht.« Kim erinnerte sich an den Abend, kurz bevor sie ins Pascha gegangen war. »Das letzte Mal, als ich Marie gesehen habe, haben wir uns gestritten.«

»Und du hast Schuldgefühle deswegen?«

Kim antwortete nicht. Ja, sie hatte Schuldgefühle. Aber eigentlich mehr weil sie nicht gleich Alarm geschlagen hatte, am Samstag.

»Wart ihr gute Freundinnen?«, fragte Dr. Schinzel weiter.

Kim biss sich auf die Oberlippe. »Ehrlich gesagt, weiß ich das nicht so genau.«

Dr. Schinzel nickte nur. Dann schwieg er eine Weile. Kim konnte seine Armbanduhr ticken hören, die er wie immer auf der Schreibtischplatte abgelegt hatte.

»Du hast eben gesagt, dass du im Moment nicht wegen Marie so traurig bist«, sagte der Psychiater. Kim dachte nach, aber im Grunde wusste sie ganz genau, was sie gemeint hatte. Es fiel ihr nur schwer, sich das jetzt auch einzugestehen. Und es laut auszusprechen. »Ich bin eigentlich wegen Lukas viel trauriger.«

»Lukas.«

»Das ist der Junge, über den wir neulich schon mal gesprochen haben. *Derjenige,* Sie wissen schon…« Sie erzählte ihm ein wenig von Lukas, darüber, wie sie ihn kennengelernt hatte und von seiner Mutter im Pflegeheim. Dann schwieg sie. Dr. Schinzel wartete. Er wusste, dass noch etwas kommen würde.

Sie räusperte sich. »Ich bin traurig, weil es sein kann, dass Lukas der Mörder von Nina und Marie ist.« Sie hörte in diesem Moment ihren Kopf sprechen, aber ihr Herz schrie dagegen an: *Das ist unmöglich! Du weißt, dass es nicht stimmt!*

»Weil es sein kann?« Dr. Schinzel sah überrascht aus. Kim erklärte ihm, was sie gemeint hatte, und sie erzählte von Lukas' Verhör und dem Gespräch, das sie am Morgen mit Kommissar Weidenschläger geführt hatte.

»Die Polizei kann ihm also nichts nachweisen«, sagte der Psychiater.

»Weil er es nicht war!«, fuhr Kim auf. Sie hatte sich auf die Armlehnen ihres Sessels gestützt und dabei halb vorgebeugt.

Dr. Schinzel sah sie nur schweigend an. Da ließ sie sich wieder zurücksinken. »Ich will nicht, dass Lukas ein Mörder ist«, murmelte sie. »Ich will ihm glauben, dass er es nicht war. Aber ich weiß nicht, ob ich es kann.«

»Hat er dir gesagt, dass er es nicht war?«

Sie dachte daran, wie er in der Schulhofecke vor ihr gestanden hatte, und an den Blick, den er ihr zugeworfen hatte, nachdem Jonas ihn zusammengeschlagen hatte. Seufzend raufte sie sich die Haare. »Das alles ist so irrsinnig! Mein Kopf rät mir, vorsichtig zu sein, aber mein Herz spricht zur gleichen Zeit eine ganz andere Sprache. Ich weiß einfach nicht, auf wen von beiden ich hören soll.« Plötzlich standen ihr Tränen in den Augen. Schnell wischte sie sie fort.

»Lass sie laufen«, riet Dr. Schinzel und das tat sie dann auch.

Lange saß sie einfach nur da und weinte lautlos. Dr. Schinzel schob ihr eine Packung mit Kleenex-Tüchern über den Schreibtisch. Dankbar nahm sie eines, putzte sich die Nase.

»Wenn jetzt eine Fee kommen und dir einen Wunsch erfüllen würde«, sagte er, »was wäre das?«

Noch vor wenigen Tagen hätte Kim die Antwort auf diese Frage sofort gewusst. *Dass Nina wieder lebendig ist,* hätte sie gesagt. *Dass DAS BÖSE nie geschehen ist.* Jetzt jedoch zögerte sie. »Dass Lukas unschuldig ist«, hatte sie im ersten Moment sagen wollen, aber das kam ihr so furchtbar egoistisch vor. Zwei Mädchen waren tot, eines davon war ihre Schwester. Und der Einzige, an den sie denken konnte, war Lukas?

»Was denkst du gerade?«, fragte der Psychiater, als sie immer noch nicht antwortete.

Sie erklärte es ihm. Zwar fand sie nur unzureichende Worte für die Schuldgefühle, die sie so fest im Griff hatten, aber er schien sie trotzdem zu verstehen.

»Was glaubst du, warum du so fühlst?«, fragte er. »Ich meine, warum du dich um Lukas mehr sorgst, als um Marie oder Nina zu trauern.«

Die Antwort lag auf der Hand, dachte Kim. Trotzdem wagte sie nicht, sie auszusprechen.

Dr. Schinzel wartete. Seine Uhr tickte leise vor sich hin. Draußen vor dem Fenster hupte ein Auto.

Schließlich gab Kim sich einen Ruck. »Weil ich mich in ihn verliebt habe.« Sie flüsterte nur, aber ihre Worte kamen ihr in der eigenartigen Stille des Behandlungszimmers dröhnend laut vor.

Kapitel 19

Als Kim nach der Therapiestunde nach Hause kam, stand ein kleiner roter Sportwagen vor der Tür, den sie nur allzu gut kannte.

Er gehörte ihrer Mutter.

Kim öffnete die Haustür und trat in den Flur. »Mom?«, rief sie, noch während sie sich die Schuhe von den Füßen streifte.

Die Küchentür ging auf und Sigurd streckte den Kopf heraus. »Wir sind hier.«

Kim hängte ihre Jacke an den Haken und ließ ihre Schultasche darunter fallen, dann lief sie in die Küche. Johanna saß auf der Bank und grinste Kim an. Das gebrochene Bein steckte in einem futuristisch aussehenden Apparat, der um Ober- und Unterschenkel geschnallt war. Kim vermied es, einen Blick auf die Schrauben zu werfen, die in Johannas Knie verschwanden.

»Hallo, Schätzchen!«, sagte ihre Mutter. »Ich würde gern aufstehen, um dich zu umarmen, aber…«

Kim stürzte ohne ein Wort auf sie zu, warf sich in ihre Arme. Tief sog sie den so vertrauten Geruch von Johannas Parfüm ein. »Warum bist du hier?«, fragte sie. »Sigurd hat gesagt, die Ärzte lassen dich nicht raus.«

Johanna ließ Kim los und lachte. »Das klingt ja gerade so, als würde ich im Knast sitzen!« Es sollte ein Scherz sein, das wusste Kim, aber unwillkürlich musste sie bei diesen Worten an Lukas denken. Ihre Mutter bemerkte den Schatten, der über ihr Gesicht gehuscht war. Sofort wurde sie ernst. »Ich habe gedacht, dass du mich jetzt einfach dringender brauchst.« Im nächsten Moment grinste sie schon wieder. »*Die* Klinik muss erst erfunden werden, die mich einsperren kann!« Kim bewunderte die Leichtigkeit, mit der sie ihre Stimmungen wechseln konnte. Früher hatte Kim diese Fähigkeit auch besessen. Sie war ihr nach Ninas Tod abhandengekommen und nie wieder zurückgekehrt.

Kim wies auf das Gestell an Johannas Bein. »Wie bist du damit gefahren?«, fragte sie und dachte an den roten Sportwagen vor der Tür.

Johanna klopfte gegen das Gestell. »Ein anderer Patient hat mich gefahren. Er ist heute entlassen worden und wohnt hier ganz in der Nähe. Ich dachte mir, das ist ein Wink mit dem Zaunpfahl.«

Kim musste lächeln bei der Vorstellung, wie Johanna mit dem behandelnden Arzt stritt, der sie auf keinen Fall nach Hause lassen wollte. Das Gestell mit den Schrauben sah wirklich furchterregend aus und wahrscheinlich taten die lange Fahrt und die viele Anstrengung Johannas kaputtem Knie überhaupt nicht gut. Trotzdem war sie hier. Ganz einfach, weil sie sich Sorgen machte. Das Wissen, dass es so war, erfüllte Kim mit einem warmen Gefühl.

Die ganzen angestauten Emotionen der letzten Tage, die Erleichterung, dass ihre Mutter wieder da war, das alles war mit einem Mal zu viel. Tränen schossen Kim in die Augen. Müde ließ sie sich neben ihrer Mutter fallen, die den Arm um sie legte. Für einige Minuten sagte niemand ein Wort.

Schließlich räusperte Sigurd sich. »Ich mach dir mal einen Kaffee, okay?«

Kim nickte und er ging zur Arbeitsplatte neben der Spüle, wo Johannas überdimensionierte Kaffeemaschine stand.

Während er mit Tasse und Milchtüte herumhantierte, zog Johanna Kim noch ein Stückchen näher an sich heran. Normalerweise hätte Kim sich gegen diese mütterliche Fürsorge gewehrt, aber jetzt lehnte sie sich einfach gegen Johannas Schulter und ließ nun endlich den Tränen freien Lauf.

»Mein Schätzchen!« Johanna strich ihr über das Haar, wie sie es früher getan hatte, wenn Kim weinend zu ihr gekommen war, weil sie sich beim Skaten die Knie aufgeschlagen hatte. »Sigurd hat mir alles erzählt. Du musst dich furchtbar fühlen!«

Es gab keine Antwort darauf, also schwieg Kim.

»Haben sie diesen Lukas verhaftet?«, fragte Sigurd von der Kaffeemaschine her. In seiner Stimme lag eine eigenartige Spannung. Kim sah ihn an. Er wirkte nervös. *Er macht sich wirklich Sorgen um mich,* schoss es ihr durch den Kopf und wieder begannen die Tränen zu laufen. Mit der flachen Hand wischte sie sich über beide Wangen und machte sich aus Johannas Umarmung los. »Sie haben ihn zum Verhör geholt, aber dann wieder laufen gelassen.«

Johanna beugte sich vor, soweit ihr Gestell das zuließ, und musterte Kims Gesicht mit einem prüfenden Blick. Wieder wurde es sehr still in der Küche. Alle drei dachten sie gerade an Nina, das konnte Kim deutlich spüren. Wenn sie an so etwas glauben würde, hätte sie denken können, der Geist ihrer toten Schwester stünde in diesem Moment hier irgendwo in einer Ecke.

»Sie haben ihn laufen lassen?« Sigurd kam mit der gefüllten Kaffeetasse zum Tisch und stellte sie vor Kim ab. Er hatte ihr einen Milchkaffee gemacht. Jetzt holte er die Zuckerdose und einen Löffel. Der Löffel klirrte leise, als er ihn auf der Untertasse ablegte.

»Danke«, murmelte Kim. »Übrigens habe ich mit Kommissar Weidenschläger gesprochen. Heute Morgen in der Schule. Er hat gesagt, dass es gar nicht stimmt, dass Lukas vorbestraft ist.«

Für eine Sekunde erstarrte Sigurd, dann lächelte er schwach. »Ich habe auch nie behauptet, dass er vorbestraft ist.«

»Du hast gesagt …«

»Polizeilich bekannt«, fiel er ihr ins Wort. »Das ist etwas ganz anderes als vorbestraft, Kim. Du hast mich bestimmt einfach nur missverstanden.«

Kim setzte die Kaffeetasse an den Mund, um in Ruhe nachdenken zu können. Aber sie trank nicht, weil die Flüssigkeit noch viel zu heiß war. Langsam ließ sie die Tasse wieder sinken. Es stimmte, Sigurd hatte nicht von einer Vorstrafe gesprochen, als er ihr gebeichtet hatte, Lukas überprüft zu haben. Das mit der Vorstrafe hatte sie selbst angenommen – wahrscheinlich wegen all der Gerüchte über Lukas' Gefängnisaufenthalt, die in der Schule kursierten.

»Was ich dir noch gar nicht erzählt habe«, wandte sich Sigurd an Johanna. »Es sieht so aus, als wäre dieser Lukas der unbekannte Freund, von dem Nina damals in ihrem Tagebuch geschrieben hat.«

Johannas Kopf flog zu Kim herum. »Echt?«

Kim nickte mühsam.

»Und er hat sich an dich rangemacht und dich in die Disco eingeladen?« Ein wenig Angst schwang jetzt auch in Johannas Stimme mit. Ihr war anzusehen, dass sie in diesem Moment erst begriffen hatte, dass Kim möglicherweise in ernster Gefahr gewesen war.

Sigurd wies auf ihren Kaffee. »Jetzt trink den erst mal!«, verlangte er. »Und lasst uns mal für eine Weile das Thema wechseln, okay?« Er begann, Johanna von dem amerikanischen Magazin zu erzählen, das seinen Artikel über die Mafia gekauft hatte. »Newsweek, Johanna! Die fanden die Idee, über einen Dokumentenfälscher zu schreiben, ziemlich genial.« Er wurde jetzt ganz euphorisch. »Ist das nicht toll? Wenn ich ganz viel Glück habe, interessieren sie sich auch noch für den Artikel über die Navajo. Ich könnte einen zweiten...« Abrupt verstummte er.

Der Indianername hing unheilvoll in der Luft, Sigurd hatte ihn völlig arglos ausgeplaudert. Erst jetzt begriff er, dass er damit vermintes Gelände betreten hatte. Johannas Gesicht war deutlich anzusehen, dass sie ihm immer noch nicht verziehen hatte, dass er damals, als Nina starb, in Amerika gewesen war – und nicht bei ihr.

Kim umklammerte ihren Kaffeebecher mit beiden Händen. Das Porzellan war ziemlich heiß und sie konzentrierte sich auf den brennenden Schmerz in ihren Handflächen. Nina! Egal, was sie taten und sagten, Nina war immer irgendwie bei ihnen. Es war tatsächlich so, als würde ihr Geist ständig über ihren Köpfen schweben.

Sigurd öffnete den Mund, wollte etwas sagen, aber Johanna kam ihm zuvor. »Du willst eine Fortsetzung von dem Artikel schreiben?«, fragte sie ganz ruhig.

»Ich kann es sein lassen, wenn du...«

»Nein, nein!« Abwehrend hob Johanna die Hände. »Der erste war gut! Und wenn Newsweek ihn kaufen will, warum solltest du nicht einen zweiten schreiben?«

Dankbar sah Sigurd sie an, aber Kim erkannte an seiner Haltung, dass er sich nicht ganz sicher war, ob Johanna das wirklich ernst meinte. »Ich müsste für den zweiten Artikel nicht noch einmal hinfahren«, sagte er. »Ich habe genug Material, um ihn hier zu schreiben.«

»Gut.« Johanna lächelte. Es wirkte ein wenig verkrampft. »Dann musst du nicht wieder bei diesen komischen Zeremonien mitmachen.«

Bei den Navajo hatte Sigurd an irgendwelchen obskuren bewusstseinserweiternden Drogenzeremonien teilgenommen. Aus Recherchezwecken, wie er Johanna immer wieder versichert hatte, aber Kim kannte ihre Mutter gut genug, um zu wissen, dass es Johanna ums Prinzip ging. Sie trank nicht einmal Alkohol und verurteilte jede Form von Drogenmissbrauch. Forschend lag ihr Blick auf Sigurds Gesicht.

Unter seinem rechten Auge zuckte es. »Nein«, sagte er dann. »Nein, das muss ich nicht.«

»Gut.«

Die Atmosphäre in der Küche war spannungsgeladen und wurde langsam unerträglich. »Ich glaube, ich muss mich ein bisschen ausruhen«, murmelte Kim. »Die Sitzung bei Dr. Schinzel war anstrengend.«

Sie erhob sich.

»Du wirst ihm in Zukunft aus dem Weg gehen, oder?« Fragend sah Johanna sie an und Kim wurde bewusst, was ihrer Mutter am meisten Sorge machte. »Ich meine, Lukas«, fügte Johanna hinzu. »Solange, sie diesen Kerl nicht …«

Kim fühlte sich, wie in einem Schraubstock.

Ich war es nicht, hörte sie Lukas' leise Stimme durch ihren Kopf geistern.

Langsam nickte sie. »Natürlich, Mom.« Dann verließ sie die Küche und ging in ihr schneeweißes, kaltes Zimmer.

Kaum hatte sie sich auf ihr Bett fallen gelassen, da klingelte es unten an der Haustür. Sie hörte, wie geöffnet wurde. Als sie die Stimmen erkannte, die nun lauter wurden, sprang sie mit einem Satz wieder auf die Beine.

Die Polizei!

Kriminalkommissarin Keller fragte nach Kim.

»Sie ist oben«, hörte sie Sigurd sagen. »Ich gehe sie holen.«

»Nicht nötig!« Kim riss die Tür auf. »Ich komme schon.«

Sie eilte die Treppe hinunter, ohne dabei den Blick von Frau Kellers Gesicht zu lassen. Weidenschläger stand schräg hinter ihr und schwieg, während Frau Keller sich an Kim wandte.

»Wir müssen dich leider noch mal nach dem Verbleib von Lukas Neumann fragen.«

Kim wich einen Schritt zurück. »Wie… ich hab keine Ahnung, wo er ist!«

Frau Keller zeigte zum Küchentisch. »Dürfen wir uns setzen?«, fragte sie Johanna.

Die nickte. »Natürlich.«

Die beiden Beamten ließen sich auf zwei Stühle fallen und Kim schob sich neben ihre Mutter auf die Eckbank.

Ihre Knie waren weich wie Gummi und die Hände hatten wieder angefangen zu zittern. »Was ist mit Lukas?«, gelang es ihr mühsam zu fragen.

Frau Keller ging nicht auf ihre Frage ein. »Stimmt es, dass er sich mit einem anderen Jungen geprügelt hat?«, fragte sie stattdessen.

»Er hat sich nicht geprügelt!«, verteidigte ihn Kim. »Jonas hat ihn angegriffen und zusammengeschlagen. Lukas hat sich nicht gewehrt.«

Frau Keller nickte. »Ja. Das deckt sich mit den Aussagen des Lehrers, der Lukas in die Notaufnahme gebracht hat. Hast du eine Ahnung, wo Lukas hingegangen sein könnte, nachdem ihn das Krankenhaus entlassen hat?«

»Nach Hause, vermutlich«, murmelte Kim und dachte daran, dass Lukas ganz allein wohnte. Ob er Hilfe brauchte?

Sie sah, wie Frau Keller den Kopf schüttelte. »Da ist er nicht. Der Lehrer sagte uns zwar, dass er ihn auf Anraten des Arztes dort abgeliefert hat, aber wir haben ihn dort nicht angetroffen.«

Kim verschränkte ihre zitternden Finger ineinander. »Was wollen Sie denn von ihm?«

»Wir haben noch ein paar Fragen an ihn.« Es war das Erste, was Kommissar Weidenschläger sagte. Er klang hart. Ganz anders als noch am Morgen, als er Kim gegenüber so verständnisvoll und freundlich gewesen war.

»Fragen?«, echote Kim.

Frau Keller nickte. »Die DNA-Analyse von Lukas' Speichelprobe ist abgeschlossen«, erklärte sie. »Dabei hat sich herausgestellt, dass er nicht Ninas Mörder sein kann.«

Erleichterung überkam Kim mit der Wucht einer riesigen Welle.

»Das ist nicht alles!«, wehrte Frau Keller ab. »Wie gesagt, mit Ninas Tod hat er offensichtlich nichts zu tun. Aber dafür haben wir in Maries Hand ein Haar gefunden.« Sie machte eine kleine Pause, die sich bis in die Unendlichkeit zog. »Den ersten mikroskopischen Untersuchungen zufolge sieht es ganz danach aus, als stamme es von Lukas. Tut mir leid, Kim.«

Kim schloss die Augen. Es war also doch wahr? Lukas hatte Marie… sie war nicht in der Lage, den Satz zu Ende zu denken. Nein! Das konnte sie einfach nicht glauben! Ein leises Wimmern löste sich von ihren Lippen.

»Das ist noch kein endgültiger Beweis«, sagte Kommissar Weidenschläger. »Wir müssen noch auf das Ergebnis der DNA-Analyse warten. Trotzdem ist es ein Indiz, durch das Lukas von einem normalen Verdächtigen zu unserem Hauptverdächtigen geworden ist. Und deshalb müssen wir dich jetzt noch mal fragen, Kim: Weißt du, wo sich Lukas im Moment aufhält?«

Langsam schüttelte Kim den Kopf. »Ich weiß es nicht!«, flüsterte sie.

Es war die reine Wahrheit.

Kapitel 20

Die weißen Wände in Kims Zimmer sahen nicht mehr aus wie Eisberge, sondern wie eine Lawine, die im nächsten Moment alles zu zerquetschen drohte. Kim lag auf ihrem Bett, starrte gegen die Decke und versuchte, Angst, Nervosität und Hilflosigkeit unter Kontrolle zu halten.

Die Polizei hatte Indizien, die auf Lukas als Mörder hindeuteten. Wieder sah Kim das Gesicht vor sich, das er gemacht hatte, als Jonas ihn zusammengeschlagen hatte. *Ich war es nicht,* hatte er gesagt. Aber die Kommissare glaubten ihm nicht. Was war, wenn sie recht hatten? Wenn Lukas nur ein brillanter Schauspieler war? Wenn er ihr die ganze Zeit etwas vorgemacht hatte?

Kim rollte sich auf die Seite und zog die Knie an die Brust wie ein Embryo im Mutterleib. Ihr Magen schmerzte, genauso wie ihr Herz. Sie kniff die Augen zusammen, wollte nichts mehr sehen, nichts mehr hören, nur noch schlafen. Endlich Ruhe haben vor den eigenen rasenden Gedanken.

Doch noch bevor sie sich ein bisschen entspannen konnte, meldete sich mit einem schrillen Klingeln ihr Handy.

Sie war drauf und dran, es klingeln zu lassen, presste sich sogar die Hände auf die Ohren, um es nicht mehr hören zu müssen, aber der Anrufer war hartnäckig. Nach dem fünfzehnten oder sechzehnten Klingeln gab Kim den Widerstand auf. Sie langte zu ihrem Schreibtisch hinüber und griff nach dem Handy, das am Ladekabel hing. Mit einem vorsichtigen »Hallo?« meldete sie sich.

»Kim? Ich bin's!«

Kims Herz blieb stehen. »Lukas!«

»Kim, bitte, leg nicht auf, ich muss dich dringend etwas fragen. Weißt du, wo Ninas Handy sein k...«

»Wo bist du?«, fiel Kim Lukas in seine atemlosen Worte.

Er schwieg, schien zu überlegen, ob er ihr trauen konnte. Kim verspürte einen Stich in der Brust, als sie es bemerkte.

»Ich war es nicht, Kim, das musst du mir glauben!«, sagte er.

»Ich weiß!« Kim schielte zur Tür und vergewisserte sich, dass sie geschlossen und nicht nur angelehnt war. Niemand durfte erfahren, mit wem sie hier gerade sprach. Niemand!

Eine Weile war es ganz still in der Leitung. »Du weißt?« Lukas' Stimme war voller Unsicherheit und verzweifelter Hoffnung.

»Ich weiß es.« Unwillkürlich flüsterte sie. »Und ich glaube dir.« Dann, nachdem sie einmal tief Luft geholt hatte, erzählte sie ihm von dem Besuch der Polizei. Sie berichtete ihm von dem Haar in Maries Hand und davon, dass er jetzt der Hauptverdächtige in Maries Mordfall war. Die ganze Zeit während sie sprach, fühlte sie sich wie zweigeteilt. Ihr eines Ich saß auf dem Bett und das andere schwebte über ihr, hörte ihr selbst beim Reden zu. Verdammt, wieso erzählte sie ihm das alles? Warum gelang es ihm immer wieder, sich ihr Vertrauen zu erschleichen? Oder glaubte sie ihm wirklich, wie sie eben behauptet hatte? Erst als sie Lukas alles berichtet hatte, vereinigten sich die beiden Kims wieder. »Sie sind auf der Suche nach dir!«, endete sie.

Jetzt, da alles gesagt war, fühlte sie sich erleichtert. Erleichtert, weil sie es geschafft hatte, eine Entscheidung zu fällen. Sie würde Lukas glauben.

Er war kein Mörder. Es musste eine andere Erklärung für sein Haar in Maries Hand geben.

So einfach war das.

Lukas schwieg lange. Ein entferntes Hämmern war zu hören, ein Geräusch, das Kim irgendwie bekannt vorkam, das sie aber im Moment nicht einordnen konnte. Dann sagte Lukas: »Wenn sie rauskriegen, dass du mir das alles erzählt hast, dann bekommst du einen Riesenärger!« Er klang ehrlich besorgt.

Kim lehnte den Kopf gegen die Wand. »Das ist unser kleinstes Problem, meinst du nicht?« Sie schloss die Augen.

»Oh Gott!«, ächzte Lukas tonlos.

Kim riss die Augen wieder auf. »Was ist?«, fragte sie alarmiert.

»Nichts!«, beruhigte er sie sofort. »Du hast eben *unser Problem* gesagt. Ich will dich in diese Sache nicht mit reinziehen, Kim. Ich will nur…«

»DU hast mich angerufen, oder?«

»Ja. Aber da wusste ich noch nichts von diesem Haar. Jetzt sieht die Sache ganz anders aus. Du darfst…«

»Wie kommt das Haar in Maries Hand?«, unterbrach Kim ihn.

Wieder schwieg Lukas. Sie glaubte, ihn durch die Leitung hindurch denken zu hören. »Irgendjemand will mir den Mord an Marie anhängen, aber ich habe keine Ahnung…«

»Wo bist du, Lukas?«

»Sie haben dich danach gefragt, oder?«

»Sie waren vorhin bei dir zu Hause und haben dich dort nicht angetroffen.«

»Wenn ich es dir sage«, meinte Lukas vorsichtig, »dann musst du es der Polizei melden, sonst machst du dich mitschuldig.«

»Warum stellst du dich nicht?« Kim schluckte. »Ich meine, wenn du unschuldig bist, wird sich das rausstellen.«

»Wenn ich unschuldig bin…?«

Kim biss die Zähne zusammen. »Lukas!«, beschwor sie ihn. »Du musst dich stellen.«

»Ich kann nicht!«

»Warum nicht?«

»Wegen dem Haar. Ich habe keine Ahnung, wie es an Maries Leiche gekommen ist, aber sie werden mich einsperren wie meinen Alten, Kim! Das halte ich nicht aus!« Er klang total verzweifelt. Wieder war es lange still und wieder hörte Kim dieses seltsame Hämmern.

»Bitte sag mir, wo du bist!«, flehte sie. »Ich möchte dir helfen!«

»Das kannst du.«

»Wie?«

»Nimm Ninas Tagebuch und lies mir das Gedicht noch einmal vor.«

Irritiert griff Kim nach dem roten Buch. »Warum? Ich meine…«, fragte sie, während sie nach der richtigen Seite suchte.

»Tu es einfach. Bitte!«

Und sie tat es.

»Töte mich zärtlich, Liebster«, las sie. Sie hörte, wie Lukas einen gequälten Laut unterdrückte, aber sie las weiter.

»Denn bis zum anderen Ufer der Nacht
ist es ein endloser Tunnel,
ein finsterer Schacht.
Seit die wolfsgelben Augen
kholenschwarz wurden
und die lautlosen Pfoten

des Wolfes
mir ihre Krallen ins Herz schlugen.
Der Hirsch,
der meine Geheimnisse kennt,
hat gesehen
wie der flirrende Schatten des
Todes
auf mich gefallen ist.«

Sie ließ das Buch sinken. »Was hast du vor?«, fragte sie nach einer Weile.

»Ich muss beweisen, dass ich unschuldig bin.«

Die Schnur des Ladekabels ringelte sich an Kims Hals entlang, als sie sich aufsetzte. »Wie?«

»Es ist besser, wenn du das nicht weißt.«

»Lukas…!«

»Nein Kim! Ich werde dich nicht mit in diese Sache hineinziehen!«

»Ich…« Vor lauter Verzweiflung schossen Kim Tränen in die Augen. »Ich weiß nicht…« Wütend biss sie sich auf die Lippen, weil sie bemerkte, dass man die Tränen in ihrer Stimme hören konnte.

Lukas atmete schwer ein. »Nicht weinen!«, bat er.

Kim öffnete den Mund, aber sie brachte keinen Ton mehr hervor.

»Ich liebe dich!«, sagte Lukas leise.

Dann legte er auf.

Es kam Kim vor, als habe das Telefonat mit Lukas ihren gesamten Körper in eine muskellose Masse verwandelt. Sie konnte sich einfach nicht mehr bewegen, lag auf ihrem Bett, starrte an die Decke, während sich ihre Gedanken im

Kreis drehten und eine Träne nach der anderen über ihr Gesicht lief. Irgendwann waren keine Tränen mehr übrig und in Kim wurde alles taub. Ihre Lider brannten.

Schließlich schloss sie sie.

Und sofort sah sie die Bilder vor sich. Ninas Gesicht mit der Libelle darauf. Marie mit ihren geschminkten Schwalbenschwanzaugen. Lukas. Seine dunklen Wimpern. Lukas aus ihrem Traum, die gefesselten Hände erhoben, um Gnade flehend. Das Hirschgeweih, das rechts von ihm über seiner Schulter hing…

Was hatte Lukas sie noch einmal gefragt, kurz nachdem sie seinen Anruf angenommen hatte?

Weißt du, wo Ninas Handy sein k…

Sie hatte ihn unterbrochen, hatte ihm von dem Haar erzählt. Auf dem Handy war möglicherweise ein Beweis, der ihn entlasten konnte, das hatte Kommissar Weidenschläger auch gesagt. Aber das Handy war seit mehr als zwei Jahren verschollen. Nicht einmal die Polizei war offenbar in der Lage, es ausfindig zu machen. Wie kam Lukas darauf, dass er es jetzt noch wiederfinden könnte? Und was hatte es mit diesem elenden Gedicht auf sich?

Töte mich zärtlich, Liebster!

Kims Gedanken kreisten um die rätselhaften Worte. Fast alles ergab inzwischen einen Sinn. Schattenflügel: damit war die Libelle gemeint. Der Wolf war Lukas.

Nur der Hirsch passte nicht ins Bild.

Der Hirsch,
der meine Geheimnisse kennt…

Kim nahm das Buch zur Hand und las die Zeilen wieder und wieder.

Und erneut schob sich das Bild von Lukas mit den Kabelbindern an den Handgelenken vor ihr inneres Auge.

Mit einem Ruck erhob sie sich.

Das Geweih!

Der Hirsch, der meine Geheimnisse kennt...

Plötzlich wich alle Trägheit, alle Kraftlosigkeit von ihr. Sie schwang die Beine aus dem Bett.

Es war noch nicht einmal siebzehn Uhr, draußen war es noch hell. Seltsam, denn es kam ihr vor, als habe sie stundenlang auf dem Bett gelegen und vor sich hin gestarrt.

Nachdenklich schaute Kim aus dem Fenster.

Und dann fasste sie einen Entschluss.

Sie stöpselte ihr Handy vom Ladekabel ab und warf einen Blick darauf. Es war nur zu etwa drei Vierteln geladen, aber darauf konnte sie jetzt keine Rücksicht nehmen. Sie schaltete es aus, um den alten Akku zu schonen, und schob das Gerät in die Tasche ihrer Jeans. Auf Socken schlich sie die Treppe hinunter. Sigurd und Johanna saßen noch immer in der Küche und es hörte sich so an, als stritten sie. Jedenfalls sprachen beide lauter als gewohnt. Kim war froh darüber. Sie schlüpfte in ihre Turnschuhe und nahm leise die Jacke vom Haken. Dann öffnete sie behutsam die Haustür und schlich sich hinaus.

Als sie durch das Gartentor lief, glaubte sie, jemanden ihren Namen rufen zu hören, aber sie achtete nicht darauf. Mit klopfendem Herzen schlug sie den Weg zum Waldschlösschen ein.

Seit ihrem letzten Besuch, der so abrupt geendet hatte, waren offenbar ein paar Jugendliche hier gewesen und hatten eine Party veranstaltet. Die roten und schwarzen Fliesen waren mit neuen Glasscherben übersät. Es roch nach altem Bier und Urin.

Kim verzog das Gesicht.

Die ganze Atmosphäre war weitaus weniger geheimnisvoll als in ihren Träumen. Der ekelige Geruch machte die morbide, düstere Stimmung, die über allem lag, ziemlich schnell wieder zunichte und Kim war froh darüber. Nicht einmal das Hämmern des Spechtes, das ihr neulich noch so traurig vorgekommen war, hatte heute eine Wirkung auf sie. Sie war nur hier, um etwas zu überprüfen, das ihr eben zu Hause eingefallen war.

Der Hirsch, von dem Nina in ihrem Gedicht geschrieben hatte. Er kannte ihre Geheimnisse.

Früher hatten Kim und Nina sich einen Spaß daraus gemacht, ihre persönlichen Dinge an den unmöglichsten Stellen zu verstecken. Eine Zeit lang hatte Nina zum Beispiel ihr Tagebuch in einem Plastikbeutel verpackt im Spülkasten der Toilette aufbewahrt.

Kim hatte diese Angewohnheit längst vergessen gehabt. Aber jetzt war es ihr plötzlich wieder eingefallen. Vielleicht hatte ihr Unterbewusstsein sie daran erinnern wollen und ihr deshalb wieder und wieder die Szene mit Lukas vor dem Hirschgeweih gezeigt?

»Da kommt jemand! Ich muss auflegen!« Das waren die letzten Worte gewesen, die Nina auf Kims Mailbox gesprochen hatte. Vielleicht hatte sie danach noch Zeit gehabt, das Handy zu verstecken.

Rasch überquerte Kim das Karomuster der Fliesen und blieb vor dem Geweih stehen.

Der Specht hielt inne. Drückende Stille lag über dem Raum.

Kim lauschte. Dann setzte das Hämmern wieder ein und plötzlich wusste Kim: Das war das Geräusch, das sie gehört hatte, als sie vorhin mit Lukas telefoniert hatte!

War er hier…?

»Kim!«

Seine Stimme fuhr ihr durch Mark und Bein.

Mit einem Ruck drehte sie sich um und da stand er. In dem leeren Türrahmen, der in die ehemalige Restaurantküche führte. Er hatte die Arme vor der Brust verschränkt und in seinen Augen spiegelten sich die widersprüchlichsten Gefühle.

Sie konnte nicht anders, sie rannte zu ihm und warf sich in seine Arme. Er hielt sie fest, umschlang ihren Körper und drückte sie an sich, dass sie kaum noch Luft bekam. Wie ein Ertrinkender klammerte er sich an sie. »Oh, Kim!«, murmelte er in ihr Haar. Dann, mit einer hastigen Bewegung, als sei ihm plötzlich klar geworden, was er hier eigentlich tat, machte er sich wieder los. Er schob sie etwa einen Meter von sich und sah ihr forschend ins Gesicht.

»Was tust du hier?«, fragte er.

Kim zwang sich, ruhig zu atmen, sodass auch ihr galoppierendes Herz sich etwas verlangsamte. Trotzdem fühlte sie sich noch immer atemlos. Keinen Ton brachte sie heraus.

»Du hättest nicht nach mir suchen sollen!«, sagte Lukas. Seine Hände lagen noch immer auf ihren Schultern.

»Warum nicht?«, krächzte sie. Dann riss sie sich zusammen. »Ich habe nicht dich gesucht, sondern Ninas Handy.«

Ein Licht flackerte in seinen Augen auf. »Du weißt, wo es ist?« Er ließ sie los.

»Es sind Bilder darauf, nicht wahr? Irgendwas, das beweisen kann, dass du sie nicht…«

Ganz dicht stand Lukas jetzt wieder vor Kim. Sie sah zu ihm auf. *Du hättest mich nicht suchen sollen,* hatte er eben gesagt. War das eine Drohung gewesen? Jetzt, da er vor ihr stand, mit diesem seltsamen Ausdruck in den Augen, da war sie sich auf einmal gar nicht mehr so sicher, ob es klug gewesen war herzukommen.

»Ein Film«, beantwortete er ihre Frage. »Ein Film, den sie kurz vor ihrem Tod gemacht hat. Wenn ich den hätte, könnte ich vielleicht beweisen, dass sie noch gelebt hat, als ich von hier weg bin…«

»Du warst hier? Mit ihr?« Kim versagte erneut die Stimme.

»Kurz bevor sie ermordet wurde. Ja.«

»Oh, mein Gott!« Jetzt trat Kim zurück. »Was denn noch alles?«

Ein unterdrücktes Stöhnen entwich ihm. »Ich weiß es nicht, Kim!« Mit beiden Händen fuhr er sich durch die Haare, strich sie sich aus dem Gesicht, doch sie fielen sofort wieder an die alte Stelle und beschatteten seine Augen. »Du hast eine Ahnung, wo Ninas Handy sein könnte, oder?«

Kim wollte nicken, aber dann zögerte sie. Was, wenn darauf etwas ganz anderes war, als Lukas behauptete? Was, wenn er das Handy suchte, weil er einen Beweis für seine Tat vernichten wollte?

Sie rieb sich über beide Augen. »Was genau ist darauf, Lukas?«, fragte sie leise.

»Ein Film, wie schon gesagt. Nina hat ihn gemacht.« Lukas sah sich um. Sie standen ganz in der Nähe der Holzklötze, die die Jugendlichen rund um die Feuerstelle hinterlassen hatten. Lukas ließ sich auf einen davon sinken und stützte den Kopf in die Hände. »Nina war verliebt in mich, Kim. Ich bin der, über den sie in dem Gedicht geschrieben hat. Aber ich war nicht in sie verliebt. An dem Tag, an dem sie…« Er schluckte schwer. »… starb, haben wir uns hier getroffen, weil ich ihr sagen wollte, dass sie sich vergebliche Hoffnung macht. Sie hat gefilmt, wie wir reden… wie ich gehe und sie allein hier zurücklasse.« Er verzog schmerzlich das Gesicht. *»Arschloch!,* hat sie hinter mir hergeschrien. An dem Tag hat mein Vater meine Mutter zum ersten Mal so stark verprügelt, dass sie ins Krankenhaus musste. Als ich nach Hause kam, war schon der Notarztwagen da. Schädelbasisbruch. Ich habe tagelang an ihrem Bett gesessen und nichts anderes mitbekommen. Erst fast zwei Wochen später habe ich erfahren, was mit Nina passiert ist. Und es hat noch viel länger gedauert, bis ich begriffen hatte, dass ihr Mörder kurz nach mir hier gewesen sein muss.« Er sah zu Kim auf.

»Du hättest dich melden müssen«, flüsterte Kim. »Auch noch nach den zwei Wochen hättest du zur Polizei gehen müssen und ihnen erzählen, was du weißt.«

Lukas wandte den Blick ab. »Ich war ein Feigling«, gestand er. »Ich dachte, die Polizei hätte Ninas Handy mit dem Film gefunden. Ich hatte Angst, dass sie herausfinden, wer der Typ auf dem Film ist, und dann kommen und mich abholen. Aber irgendwann war mir klar, dass das nicht mehr passieren würde. Da war ich einfach nur erleichtert. Ich redete mir ein, dass ich für die Polizei auf keinen Fall verdächtig war. Warum sonst waren sie bis jetzt noch nicht gekommen, um mich zu verhören?«

»Du hättest vielleicht bei der Suche nach dem Mörder helfen können.«

Beschämt senkte er den Blick. »Ich weiß. Aber ich war feige. Also habe ich mich stattdessen so unauffällig wie möglich gemacht.«

»All die Jahre.« Kim merkte, wie Wut in ihr hochstieg. So lange hatte sie sich den Kopf über Ninas geheimnisvollen Freund zermartert. All die Jahre, in denen sie deswegen unter Angstattacken und Panikanfällen gelitten hatte. Aber dann sah sie wieder in Lukas' Augen und die Wut schwand. *Was macht er nur mit dir?*, schoss es ihr durch den Kopf.

»Als meine Mutter aus dem Krankenhaus entlassen wurde, bestand sie darauf, zu meinem Vater zurückzukehren. Da habe ich dann die Schule geschmissen, um auf sie aufzupassen.« Er schnaubte. »Ein toller Aufpasser bin ich gewesen! Ich bin nicht nur ein Feigling, sondern auch noch ein Versager!«

»Unser erstes Treffen am Terrarium«, sagte Kim. »War das Zufall oder Absicht?«

Lukas musterte sie lange, bevor er antwortete. »Zufall. Das musst du mir glauben! Du bist mir schon am ersten Tag nach meiner Rückkehr in die Schule aufgefallen und an dem Tag dann habe ich mich endlich getraut, dich anzusprechen.«

»Und Nina?«

»Ich wusste nicht, dass du Ninas Schwester bist!« Lukas hob hilflos die Hände, als könne er diese Laune des Schicksals selbst noch nicht so recht begreifen. »Und als ich es herausgefunden hatte, was glaubst du, wie es mir da ging? Am liebsten wäre ich bis ans Ende der Welt gerannt, um so viel Abstand wie nur möglich zwischen uns zu bringen!«

»Stattdessen hast du mich ins Pascha eingeladen.«

»Ja. Weil ich ein bisschen Normalität wollte.« Jetzt lachte Lukas. Aber es klang unendlich bitter. »War ein schöner Reinfall, oder?«

»Du hast mir Angst gemacht«, gestand Kim.

Lukas nickte. »Das mache ich immer noch, oder?« Forschend sah er ihr in die Augen. »Du musst mir glauben, Kim: Erst als die Polizei mich verhört hat, habe ich erfahren, dass Ninas Handy verschwunden ist, und da wurde mir klar, dass ich einen Fehler gemacht habe. Es war nicht so, dass sie mich nie für verdächtig gehalten haben, sondern sie haben ganz einfach nichts von mir gewusst. Darum sind sie nie auf mich zugekommen. Ich habe mir all die Jahre etwas vorgemacht. Es tut mir so leid!«

Kim zögerte. Dann nickte sie. »Es ist alles...« Sie zuckte hilflos mit den Schultern. »Nina hatte ein Versteck hier im Waldschlösschen«, fuhr sie fort. »Als ich dir vorhin das Gedicht noch einmal vorgelesen habe, ist es mir wieder eingefallen.« Sie zögerte. »Das Hirschgeweih!«, murmelte sie schließlich.

Lukas nickte. »Sie hat oft Sachen dahinter versteckt. Ich habe mich auch daran erinnert. Vielleicht haben wir Glück.« Er erhob sich.

Gemeinsam gingen sie zu dem Geweih. Kim tastete die geschnitzte Holzplatte ab, auf der die ausladenden Schaufeln befestigt waren. Die Platte war ursprünglich an die Panele dahinter geschraubt gewesen, aber die untere der beiden Schrauben fehlte und so konnte man die Platte ganz leicht zur Seite schieben. Dahinter kam ein kleiner Hohlraum zum Vorschein.

Vor Aufregung zitterte Kims Hand so stark, dass sie sie nur mit Mühe in den Hohlraum hineinstecken konnte. Ihre Fingerspitzen ertasteten etwas Hartes. Sie griff danach, zog es heraus.

Es war Ninas Handy!

Kapitel 21

Darf ich?« Lukas' Stimme vibrierte, als er die Hand nach dem Handy ausstreckte.

Kim zögerte, aber dann gab sie es ihm.

Rasch betrachtete Lukas das Gerät von allen Seiten. Er fand den Anschaltknopf und drückte darauf, aber nichts geschah.

»Mist!«, murmelte er. »Der Akku ist leer. War ja klar.«

Kim dachte an ihr eigenes Gerät. »Kein Wunder«, sagte sie. »Es lag zwei Jahre lang hier herum.« Sie zog ihr Handy aus der Jeans. »Warte mal, vielleicht funktioniert es mit meinem Akku.« Während sie sich daranmachte, den Akku auszubauen, hob Lukas lauschend den Kopf. »Was ist?«, fragte Kim. Er sah aus, als hätte er etwas gehört.

»Scht!« Er legte den Zeigefinger an die Lippen.

Draußen vor dem Saal polterte es. Kim zuckte zusammen. Dort war jemand!

»Bleib hier!«, flüsterte Lukas. »Ich gehe mal nachsehen. War vielleicht nur eine Katze.« Mit diesen Worten verschwand er durch die Terrassentür nach draußen.

Kim sah ihm nach. Die Sonne war inzwischen recht tief gesunken. Das Licht im Saal hatte sich in den letzten Minuten merklich verändert, die Schatten waren länger geworden. Plötzlich fröstelte Kim. Auf der weiten Fläche der schwarz-roten Fliesen fühlte sie sich mit einem Mal unwohl und verloren und so ging sie zur Küche. In diesem kleineren abgeschlossenen Raum war es irgendwie sicherer.

Vorsichtig nahm sie den leeren Akku aus Ninas Handy,

legte ihn auf die Platte einer alten Anrichte – dem einzigen Möbelstück, das hier noch übrig geblieben war. Dann schob sie ihren eigenen Akku an die Stelle des alten. Diesmal ging das Handy an. Das Display leuchtete auf, das Logo der Firma erschien, dann signalisierte eine kurze Melodie, dass das Gerät betriebsbereit war.

Kim klickte sich durch den Ordner mit Videos, die Nina vor mehr als zwei Jahren aufgenommen hatte. Gleich würde sie die Stimme ihrer toten Schwester hören. Sie kämpfte mit der Panik, die ihr bei diesem Gedanken die Kehle zusammenschnürte. Die Videos waren unter dem jeweiligen Datum abgelegt, an dem sie gemacht worden waren. Das letzte in der Liste trug das Datum von Ninas Todestag. Kim zögerte, doch dann startete sie es.

Zuerst war nichts zu sehen außer verschwommenen Brauntönen. Dann erklang Ninas Stimme.

»Hab dich doch nicht so!«, sagte sie.

Kims Herz zog sich zusammen und schlagartig schossen ihr Tränen in die Augen. Es tat weh, ihre Schwester reden zu hören. Kim sah wieder Ninas Gesicht vor sich, die Libelle darauf, und sie musste schwer schlucken.

»Nina, bitte!« Eine zweite Stimme. Die von Lukas. »Nina, mach das Handy aus!«

»Warum? Ist doch lustig!« Nina lachte. Sie hatte ein glasklares Lachen gehabt, eines, das absolut ansteckend wirkte. Kim jedoch war nicht nach Lachen zumute. Gebannt hörte sie zu, was weiter gesprochen wurde. Das Bild wurde scharf. Eine zwei Jahre jüngere Version von Lukas erschien auf dem kleinen Bildschirm. Er hatte damals schon diese alte Jeansjacke getragen. Damals war sie allerdings noch neu gewesen.

»Nina!« Lukas' Stimme klang jetzt fast wie ein Flehen.

»Ich will das aufnehmen«, lachte Nina. »Ich will mir das später ansehen können. Lukas? Magst du mich eigentlich?«

Über Lukas' Gesicht glitt ein Schatten. »Darüber wollte ich mit dir reden, Nina. Ich...«

Kim lehnte sich mit dem Rücken gegen die Anrichte. Ihr Herz klopfte zum Zerspringen.

»Du magst mich, nicht wahr?«, fragte Nina erneut. Das Bild wackelte etwas, stabilisierte sich dann aber wieder. »Sag, dass du mich liebst!«

Lukas presste die Lippen zusammen, ganz kurz nur, aber so fest, dass sie hinterher schneeweiß waren. »Nein, Nina. Das ist es, was ich dir die ganze Zeit sagen wollte.«

»Wie?« Das Bild hüpfte. Für einen Augenblick geriet Lukas aus dem Fokus, dann wurde ganz dicht an sein Gesicht herangezoomt. Er war ziemlich blass.

»Ich... ich mag dich, Nina. Ich würde gern mit dir befreundet sein. Aber ich liebe dich nicht.« Er senkte den Kopf. »Tut mir leid.«

»Du lügst!«

Sofort sah er wieder auf. »Nein.« Er hielt dem Blick des Kameraauges stand und Kim konnte sehen, wie unangenehm ihm die ganze Situation war.

»Das...« Jetzt rutschte das Bild weg. Im Fokus lag nun der geflieste Boden. »Du lügst!«, schniefte Nina. Der Ton lief ohne Unterbrechung weiter. »Du willst mich nur ärgern! Du hast mich...«

»Ich habe dir nie Grund gegeben zu glauben, dass ich dich liebe!« Lukas klang sehr erwachsen, als er das sagte. Vernünftig, aber auch schuldbewusst.

»Du...« Nina sprach nicht weiter. Kim tat es in der Seele

weh, diese Szene mit anzusehen. Nina machte sich hier komplett zum Affen! Es war deutlich zu erkennen, dass Lukas nicht das Geringste für sie empfand. Außer einer gehörigen Portion Mitleid vielleicht.

»Was jetzt?«, flüsterte Nina schließlich.

»Ich glaube, es ist besser, wenn wir uns nicht mehr treffen. Ich gehe jetzt lieber.«

»Das kannst du nicht machen!« Mit diesen Worten richtete Nina die Kamera wieder auf Lukas' Gesicht.

Unglücklich sah er sie an. Dann wandte er sich ab und ging.

»Du Arschloch!«, schrie Nina ihm hinterher. »Blödes, verdammtes Arschloch!« Der Raum verwischte auf dem Video zu bunten Schlieren. Kim vermutete, dass Nina sich umgedreht hatte. Dann wackelte das Bild heftig, ein Zeichen, dass sie sich in Bewegung gesetzt hatte.

Der Fliesenboden wurde von den Waschbetonplatten der Terrasse abgelöst. Ninas Schuhe waren zu sehen, die schwarzen Riemchensandalen, die sie am Tage ihres Todes getragen hatte.

In diesem Moment erklangen noch ein paar andere Schritte.

Kim fröstelte. Ein kalter Hauch packte sie im Genick, aber sie konnte den Blick nicht von dem kleinen Bildschirm in ihrer Hand abwenden.

»Tja«, hörte sie ihre Schwester mit trauriger Stimme sagen. Noch einmal verwischte das Bild, dann erschien Nina im Kameraausschnitt. Kim presste eine Hand auf den Mund, so sehr tat es weh, jetzt auch noch ihr Gesicht zu sehen. »Sieht so aus, als wär's das gewesen. Vielleicht hat der Blödmann ja doch recht gehabt.« Tränen erschienen in

Ninas Augen. »Libellen als Zei...« Mitten im Wort brach die Aufzeichnung ab, weil Kims alter Akku leer war.

Zurück blieb ein schwarzes Display, in dessen schimmernder Oberfläche Kim die Reflexion ihrer eigenen, weit aufgerissenen Augen erkennen konnte. Sie fühlte sich gleichzeitig frustriert und elektrisiert. Die Aufnahme war noch nicht zu Ende gewesen. Nina hatte gerade angefangen, etwas über Libellen zu sagen. Möglicherweise würde der Rest der Aufnahme einen Hinweis auf ihren Mörder geben.

Plötzlich fröstelte Kim. Ein kalter Luftzug streifte ihren Nacken. Draußen war es jetzt schon ein bisschen dämmerig. Angst grub sich mit kalten Fingern in ihr Herz. Wo blieb Lukas nur? Er war doch jetzt schon eine halbe Ewigkeit weg.

Sie hob den Kopf und wollte nach ihm rufen, als ihr auffiel, dass die Hintertür offen stand. War das vorhin auch schon der Fall gewesen, als sie die Küche betreten hatte?

Sie konnte sich beim besten Willen nicht daran erinnern.

Voller Unruhe stieß sie sich von der Anrichte ab.

»Lukas?«, rief sie zögernd.

Warum war er eigentlich weggegangen, so kurz bevor er einen Blick auf das Handy werfen konnte? Im gleichen Moment, als sich Kim diese Frage stellte, krachte etwas mit voller Wucht auf ihren Hinterkopf. Sie spürte den Schmerz, der in ihrem Schädel explodierte. Dann sah sie, wie der Boden mit rasender Geschwindigkeit näher kam. Das Letzte, was sie wahrnahm, bevor sie auf der Erde aufschlug, war Ninas Handy, das zu Boden fiel, quer über die glatten Fliesen schlidderte und zwischen den Füßen der Anrichte verschwand.

Dann wurde es pechschwarz um sie.

Sie erwachte mit einem Ruck und sofort griff das Grauen mit eisigen Fingern nach ihr. Sie lag auf einem kalten, staubigen Fußboden, über ihr baumelte eine nackte Glühbirne von der Decke und spendete trübes Licht. Ein Knebel steckte zwischen ihren Zähnen, sodass sie kaum Luft bekam. Ihr war eiskalt. Und ihre Hände waren mit Kabelbindern vor ihrem Leib gefesselt!

Sie hatte keine Ahnung, wie viel Zeit vergangen war, seit man sie niedergeschlagen hatte. Sie hatte auch keine Ahnung, wo sie war. Immer noch im Waldschlösschen? Dort im Keller, wo man Ninas Leiche gefunden hatte?

Ein entsetztes Wimmern drängte sich durch ihre Kehle nach oben.

Wer hatte sie niedergeschlagen? Lukas? Das konnte nicht sein! Sie hatte doch eben noch den Beweis dafür gefunden, dass er die Wahrheit gesagt hatte. Er hatte mit Nina Schluss gemacht. Er musste längst fort gewesen sein, als Nina ihren Mörder traf. Aber was, wenn er noch einmal zurückgekommen war?

Was, wenn der Rest der Aufnahme genau das zeigte, was Kim mehr als alles andere fürchtete?

Lukas als Mörder ihrer Schwester!

Verzweifelt versuchte Kim, ihre Hände zu bewegen und die Fessel zu lösen, aber alles, was sie erreichte, war, dass die raue Oberfläche des Plastiks sich in ihr Fleisch schnitt. Schmerz zuckte durch ihre Arme und Blut trat hervor. Vor Panik schwer atmend gab Kim auf. Sie sank zurück und lauschte.

In weiter Ferne war der Specht zu hören, sein Hämmern klang gedämpft durch dicke Mauern. Offenbar war sie also wirklich noch im Waldschlösschen.

Sie rutschte ein Stück hin und her, aber auch das nützte

nichts. Alles, was sie damit erreichte, war, dass ihre ebenfalls gefesselten Füße gegen ein Regal stießen und ein Stapel Eisenstangen klirrend auf dem Boden aufschlug. Eine davon traf Kim am Schienbein und sandte einen dumpfen Schmerz bis hinauf ins Knie.

Sie musste an ihre Mutter denken.

Und an Sigurd. Ob die beiden sie schon vermissten?

Sie überlegte, ob sie Lärm machen sollte, um auf sich aufmerksam zu machen, aber sie traute sich nicht. Womöglich war ihr Entführer ganz in der Nähe. Ihr Kopf schmerzte. Der Knebel behinderte sie beim Atmen. Rings um sie herum war es staubig. Was, wenn ihre Nase zuschwoll? Würde sie dann ersticken? So tief, wie sie konnte, holte sie Luft. Ihr wurde schwummerig vor Augen. Sie blinzelte, doch sie konnte nicht verhindern, dass sie erneut ohnmächtig wurde.

Als sie das nächste Mal erwachte, geschah es nicht mit einem Ruck, sondern langsam, als würde sie aus einem tiefen, eiskalten See auftauchen.

Sie zitterte am ganzen Leib.

Nur Stück für Stück klärte sich ihr Blick und es dauerte eine Weile, bis sie erkannte, dass sie nicht mehr allein war.

Heftig zuckte sie zusammen.

Vor ihr kniete… Lukas! In einer Hand hielt er ein aufgeklapptes Taschenmesser, die andere lag über dem Knebel schwer auf ihrem Mund.

Während des Bruchteils einer Sekunde jagten die verschiedensten Bilder durch Kims Kopf. Nina, die von ihrem Mörder erwürgt worden war. Die Libelle. Lukas mit der blutenden Lippe. Marie und ihre schwarz angemalten

Lider. In diesem Moment war sich Kim ganz sicher, dass sie jetzt sterben würde, dass sie sich die ganze Zeit etwas vorgemacht hatte.

Dass Lukas doch Ninas Mörder war. Und auch der von Marie.

Jetzt würde er zu guter Letzt auch noch ihr eigener Mörder werden.

Angstvoll starrte sie zu ihm hinauf und ein Schluchzen kam aus ihrer Kehle.

»Halt still!« Er flüsterte. Warum flüsterte er? »Ich schneide dich sonst.« Er durchtrennte erst die Fessel an ihren Handgelenken, dann die an ihren Füßen. Sie packte den Knebel, zerrte daran, aber er war so groß, dass sie ihn mit ihren zitternden Händen nicht herausbekam.

Lukas stützte sie mit einer Hand im Rücken und half ihr mit der anderen, den Knebel loszuwerden. »Still!«, raunte er. »Ich weiß nicht, ob der Typ noch hier ist.«

»Wer…?« Kim musste husten. Lukas hielt sie noch immer. Schwer lehnte sie sich gegen seinen Arm.

»Ich weiß es nicht.« Er wirkte angespannt wie vor einem Hundertmeterlauf. Mit einem Ohr lauschte er in den Gang hinaus. »Als ich vorhin das Geräusch gehört habe, bin ich nach hinten zu den Gästezimmern. Der Mistkerl hat mich eingesperrt. Ich habe fast zwanzig Minuten gebraucht, um mich zu befreien. Als ich in die Küche zurückkam, warst du weg. Ich habe ein Auto wegfahren hören, aber ich bin zu spät gekommen. Ich konnte es nicht mehr erkennen. Also habe ich mich auf die Suche nach dir gemacht.« Ernst und besorgt sah er Kim in die Augen. »Scheiße, ich dachte schon, du wärst…« Er ließ den Kopf sinken und schüttelte ihn erleichtert.

Kim war schlecht. Und schwindelig. Kurz wurde ihr schwarz vor Augen. Als sie sich wieder unter Kontrolle hatte, bemerkte sie, dass ihr Kopf an Lukas' Schulter lag. »Komm«, flüsterte er, ging in die Hocke und machte Anstalten, sie hochzuheben.

»Ich kann allein …«, setzte sie an.

Sie sprach den Satz nicht zu Ende.

»Sofort lässt du deine Finger von ihr!«, ertönte eine wütende Stimme von der Kellertür her.

Lukas ließ Kim los und fuhr herum.

Kim versuchte, sich aufzusetzen. Es gelang ihr nur für einen Moment, doch der reichte aus, um zu erkennen, wer dort in der Tür stand. »Sigurd!«, ächzte sie. »Lukas war es n…«

Sigurd betrat den Raum. Sein Gesicht war vor lauter Wut zu einer Grimasse verzerrt. »Deine perfiden Spielchen haben hier und jetzt ein Ende!«, sagte er mit flacher, drohender Stimme. Dann sah er Kim an. »Ich habe gesehen, wie du das Haus verlassen hast. Ich habe noch nach dir gerufen, aber du hast nicht reagiert. Frau Keller hat gerade angerufen. Vor ein paar Minuten. Sie haben endlich die DNA-Analyse von dem Haar in Maries Hand. Es stammt eindeutig von Lukas, Kim! Er hat Marie umgebracht und Nina auch. Die Spuren beweisen es, sagen sie.«

Kim rann ein Schauer den Rücken hinunter. Wovon redete er? Ihr Blick zuckte von ihm zu Lukas.

Lukas' Augen waren weit, sein Gesicht so blass, dass der Schorf an seiner Lippe dagegen kirschrot wirkte. »Das ist eine Lüge!«, keuchte er.

Kims Blick huschte wieder zurück zu Sigurd. »Sag, dass es nicht stimmt!«, bat sie mit tonloser Stimme.

Da erschien ein sehr trauriger, mitleidiger Ausdruck auf Sigurds Gesicht. »Armes Kleines«, sagte er und in Kims Brustkorb zerbarst etwas. Es tat so weh, dass sie sich nicht mehr rühren, dass sie nicht mehr atmen konnte.

»Lukas!« Ihre Stimme brach.

Er schüttelte den Kopf. »Nein, Kim!« Sie sah, wie sich seine Fäuste ballten. Seine Augen verengten sich.

»Er hat Nina umgebracht«, rief Sigurd. »Und Marie. Und eben wollte er auch noch dich…«

Lukas stand da, die Fäuste neben seinen Oberschenkeln, das Gesicht so bleich, als habe er den Schlag auf den Schädel bekommen, nicht Kim.

Kim blinzelte gegen die Schatten an, die sich in ihr Blickfeld schieben wollten. *Nicht schlappmachen!*, ermahnte sie sich. *Nicht jetzt! Reiß dich zusammen!*

Da stieß Lukas auf einmal einen zornigen Schrei aus und stürzte vorwärts. Er warf sich gegen Sigurd. Die beiden prallten gegeneinander, krachten gegen das Regal, das mit einem lauten Poltern und in einer riesigen Staubwolke zu Bruch ging. Kim konnte gerade noch den Kopf einziehen. Rings um sie herum regnete es Holzsplitter, Mörtel und Sand. Sie kauerte sich zusammen, ein Brett traf sie am Rücken, andere fielen auf ihre Beine. Aber keines verletzte sie ernsthaft. Während Sigurd und Lukas irgendwo hinter ihr miteinander rangen, schaffte sie es, sich unter dem Trümmerhaufen hervorzuarbeiten.

Sie sah, wie Sigurd nach einem Stück Holz griff und zu einem wuchtigen Schlag ausholte. Doch er traf nicht Lukas, wie er es beabsichtig hatte, sondern die Glühbirne an der Decke. Mit einem lauten Knall zerbarst sie. Es wurde stockfinster in dem Kellerraum. Nur durch den Türspalt fiel ein wenig Licht herein, in dessen Schein die beiden kämpfenden Männer wie Schattenrisse wirkten.

Kim hörte Lukas aufschreien, dann keuchte jemand. Sigurd, vermutete sie. Das furchtbare Geräusch von Fäusten, die auf Leiber trafen, war zu hören. Kim musste an die Szene auf dem Schulhof denken. Dort hatte Lukas sich zusammenschlagen lassen. Hier wehrte er sich, und offenbar nicht zu knapp. Sigurd schrie, dann stöhnte er, es gab einen weiteren Hieb. Ein Körper prallte mit einem dumpfen Laut auf dem Boden auf.

Kim rappelte sich hoch. Ihr war immer noch schlecht, aber das Adrenalin rauschte jetzt durch ihre Adern und gab ihr Kraft. Mit beiden Händen tastete sie nach einem Stück des zerbrochenen Regals. Stattdessen bekam sie etwas Hartes, Kaltes in die Finger.

Eine der Eisenstangen.

Im Dämmerlicht glaubte sie zu sehen, wie Lukas auf Sigurd zum Sitzen kam. Sigurd ächzte, gurgelte. Würgte Lukas ihn? Kim wurde mit einem Mal ganz ruhig. Sie packte die Stange, so fest sie konnte, und hob sie über den Kopf.

Dann schlug sie zu.

Kapitel 22

Das Geräusch, mit dem die Stange auf Lukas' Hinterkopf knallte, ließ sie aufschreien. Für einen kurzen Moment passierte gar nichts. Dann brach Lukas zusammen und landete direkt auf Sigurd.

Die Stange entglitt Kims Händen und ging scheppernd zu Boden.

Kim schwankte. Was nun? Keiner der beiden Männer rührte sich. Waren sie etwa beide...?

Da erklang ein leises Stöhnen. »Gut gemacht!«, ertönte eine Stimme, die Kim noch nie zuvor gehört hatte. Sie klang piepsig und ein wenig heiser. Doch dann räusperte sich jemand. »Gut gemacht«, sagte die Stimme noch einmal und jetzt erkannte Kim Sigurd.

Ihre Knie gaben nach und sie musste sich an die Wand lehnen.

Sigurd rappelte sich auf, kam zu ihr. Stützte sie. Sie zitterte, ein Weinkrampf schüttelte sie. Sigurd zog sie in seine Arme, hielt sie fest. »Es ist alles gut!«, sagte er. Sein weicher, tiefer Tonfall beruhigte sie. »Alles ist gut. Es ist vorbei!«

Er legte den Arm um Kims Schultern und wollte sie aus dem Kellerraum hinaus in den Gang führen. Als er die Tür öffnete und Licht hereinfiel, warf Kim einen Blick zurück. Lukas lag auf der Seite, eine Hand dicht neben seinem Gesicht, die andere über seinen Kopf gestreckt.

»Ist er...«

»Dem geht's gut«, erstickte Sigurd ihre Frage im Keim.

»Der wacht wieder auf, aber das wird eine Weile dauern. Komm jetzt!« Sanft schob er Kim nach draußen. Die Glühbirne auf dem Gang gab ein leises, kaum hörbares Summen von sich. »Stell dich dahin.« Sigurd schob Kim zu einer Wand und wartete, bis sie sich angelehnt hatte und einigermaßen sicher stand. Dann zückte er sein eigenes Handy, tippte drei Ziffern und wartete kurz. »Ja«, meldete er sich schließlich. »Mein Name ist Steinhauer. Ich befinde mich in der Ruine des Ausflugslokals Waldschlösschen und ich glaube, ich habe eben den Mörder von Nina Ferber und Marie Gottwald gefasst. Ja. Nein. Es gab einen Kampf. Mir geht es gut, danke.« Er lauschte einen Moment, dann nickte er. »Gut. Wir warten hier. Bitte schicken Sie auch ein Krankenwagen. Meiner Tochter geht es nicht besonders gut. Der Kerl hatte sie in seiner Gewalt. Ich glaube, sie hat einen Schock.« Wieder lauschte er. Dann sagte er: »Danke.« Und legte auf. Prüfend schaute er Kim an. »Geht es? Hilfe ist unterwegs. Bis dahin sollten wir dafür sorgen, dass Lukas nicht abhauen kann.« Er strich Kim sanft über die Wange. Seine Finger fühlten sich heiß an gegen den kalten Schweiß auf ihrer Haut. *Meine Tochter hat einen Schock,* hatte Sigurd der Notrufzentrale gesagt. Das konnte durchaus sein. Ihr Kopf fühlte sich an, als sei er völlig blutleer. Ihr war schwindelig und sehr schlecht. Tränen schossen ihr in die Augen.

Lukas!

»Die DNA-Analyse«, krächzte sie. »Ist das sicher?«

Mitleidig sah Sigurd sie an. »Ich weiß, dass du Lukas gemocht hast«, sagte er leise. »Aber es ist sicher, ja. Es besteht kein Zweifel daran, dass er…« Er unterbrach sich, winkte ab und meinte dann: »Lassen wir das! Reden wir lieber über andere Dinge. Die Frau in der Notrufzentrale hat mir gesagt, dass ich mich um dich kümmern soll.« Kurz warf er einen Blick in den Kellerraum. Zufrieden wandte er sich wieder Kim zu. Offenbar hatte Lukas sich bisher nicht gerührt.

Habe ich ihn…?

Sie rutschte an der Wand ein Stück nach unten.

»Komm!«, meinte Sigurd. »Setz dich lieber, bevor du noch umfällst.« Und er half ihr, sich auf dem kalten Fußboden niederzulassen.

Sie lehnte den Kopf an die Wand und schloss die Augen, aber dadurch wurde das Schwindelgefühl nur noch schlimmer, also riss sie sie wieder auf.

Sigurd redete jetzt fast ununterbrochen. Er erzählte ihr von Johanna und dem Streit, den sie gehabt hatten, als Kim sich heimlich aus dem Haus geschlichen hatte. »Kannst du dir vorstellen«, lachte er, »sie weigert sich, zurück in die Klinik zu gehen. Sagt, sie will bei dir bleiben und sich um dich kümmern. Sie glaubt wohl nicht, dass ich das genauso gut hinbekomme. Ist das zu fassen?« Eine Weile lamentierte er noch herum, beschwerte sich darüber, dass Johanna ihm nie zutraute, für Kim da zu sein, dass sie viel zu verständnisvoll mit Kim gewesen wäre, ihr zu viele Dinge erlaubt hatte, die er ihr nie hätte durchgehen lassen.

Kim versuchte, ihre Lider vom Zufallen abzuhalten. Bildete sie sich das nur ein oder wurde Sigurds Stimme wirklich immer lauter und schneller? Irgendwie, fand sie, klang er auch gar nicht mehr beruhigend, sondern fast ein bisschen wütend.

Sie sah zu, wie er wieder in den Kellerraum spähte, und während er das tat, redete und redete er.

»Newsweek hat sich gemeldet. Sie wollen auch den Artikel über die Navajo.« Sein Blick huschte über sie hinweg und ein ganz seltsames Glitzern erschien in seinen Augen. Mit der linken Hand spielte er an dem dicken Silberring herum, während er Kim davon vorschwärmte, was es für eine Ehre war, in diesem amerikanischen Nachrichtenmagazin veröffentlicht zu werden. Kim konnte den Blick nicht von dem silbernen Adlerkopf auf dem Ring lassen. Sie musste daran denken, wie Lukas sich an dem schweren Ding verletzt hatte. Das war erst vor ein paar Tagen bei ihnen im Garten gewesen, aber es kam ihr so vor, als wäre es schon Jahre her. Etwas erzitterte in Kim und sie konnte nicht mehr klar denken. *Irgendwas,* dachte sie träge, *stimmt nicht. Aber was?* Das Geräusch von Sigurds Stimme wurde zu einem Rauschen in ihrem Kopf.

Und dann stellte er Kim eine sehr seltsame Frage.

»Wusstest du…« Ein Lachen schüttelte ihn und er musste neu ansetzen. »Wusstest du, dass die Navajo ein Symbol für Reinheit und Jungfräulichkeit haben?«

Kim rieb sich die Augen. Sie war müde. »Nein«, murmelte sie.

»Haben sie.« Sigurd beugte sich über Kim und strich ihr die Haare aus der Stirn. Noch immer fühlte sich seine Haut heiß an, und als Kim jetzt zu ihm aufsah, nahm sie einen sehr eigenartigen Ausdruck in seinen Augen wahr. Plötzlich wirkte er abwesend. Abwesend und – Kim schauderte – irgendwie hungrig.

»Das Symbol für Reinheit und Jungfräulichkeit bei den Navajo-Indianern, Kim. Es ist ein sehr schönes, elegantes Tier.«

Da wusste sie, worauf er hinauswollte. Sie presste die

Hand gegen die Wand in ihrem Rücken. Ihr gesamter Körper war in Alarmbereitschaft, noch bevor Sigurd zu Ende gesprochen hatte.

»Es ist«, sagte er mit einem verträumten Lächeln, »eine Libelle.«

Kims Unterkiefer fiel herunter. »Du?«, gelang es ihr zu sagen.

Sigurd? Er war Ninas Mörder?

Lukas hatte mit der ganzen Sache nicht das Geringste zu tun!

Kim schluckte. Sie konnte den Blick nicht von Sigurds Gesicht lassen. Ganz verzerrt war es jetzt, ein Flackern stand in seinen Augen, das ihn überhaupt nicht mehr menschlich wirken ließ. »Ja, Kim«, sagte er. »Ich war es. Ich habe Nina getötet. Und weißt du auch, warum? Weil sie dabei war, ihre Unschuld wegzuwerfen wie einen alten Lumpen. Ein Spielzeug, das sie nicht mehr haben wollte.« Sein Gesicht verzerrte sich noch mehr, jetzt konnte Kim seine Zähne sehen. »Wie ein billiges Flittchen hat sie sich benommen! Ich habe versucht, sie davon abzubringen, sich diesem Kerl an den Hals zu werfen, aber sie hat sich gegen mich aufgelehnt. Sie hat einfach nicht auf mich hören wollen! Hat noch dämliche Gedichte über diesen Kerl geschrieben.« Er wedelte in Richtung des Kellerraumes, in dem Lukas lag, und Kim begriff, dass Lukas doch eine Rolle in diesem Spiel hatte.

Die Unschuld wegwerfen, dachte Kim. Sigurd hatte gedacht, dass Lukas nichts anderes wollte, als mit Nina zu schlafen. Wenn er gewusst hätte, wie sehr er sich täuschte! Lukas hatte niemals diese Absicht gehabt. Er hatte Nina nicht geliebt, er hatte sie zurückgewiesen.

Kim sah in Sigurds Augen. Er war komplett irre!

Sie versuchte, sich aufzurichten. Sie musste hier weg. Schnell! Bevor Sigurd auch noch sie umbrachte. Sie musste…

»Gib dir keine Mühe!«, flüsterte Sigurd. »Du entkommst mir nicht. Du bist kein bisschen besser als deine Schwester. Was hat dieser Kerl, dieser Lukas nur an sich, dass ihr euch alle ihm an den Hals werft wie… wie…« Er hielt inne. Lauschte.

Kim hielt den Atem an. Sigurd hatte eben noch die Polizei angerufen, bevor sein Verstand die Bodenhaftung verloren hatte. Alles, was sie tun musste, war, so lange durchzuhalten, bis Hilfe kam.

Lukas!, dachte sie voller Verzweiflung. *Wach auf!*

Sie musste Zeit gewinnen. Musste Sigurd in ein Gespräch verwickeln und ihn davon abhalten, seinen Plan zu Ende zu führen.

Sie räusperte sich. »Aber das kann doch gar nicht sein«, gelang es ihr zu sagen. »Du warst in Amerika, als Nina starb!«

Die Wirkung ihrer Worte erschreckte sie bis in Mark. Seine Zähne bleckten sich und plötzlich wirkte er wie tollwütig. Er brachte sein Gesicht dicht an das von Kim. Sie konnte seinen Atem riechen. »Bei der Polizei arbeiten nur lauter Idioten!«, zischte er. »Sie waren einfach zu blöd, um eins und eins zusammenzuzählen! Wenn sie ihre Arbeit vernünftig gemacht hätten, dann wären sie mir schon vor zwei Jahren auf die Schliche gekommen.« Er hielt inne, senkte den Blick. Dann holte er Luft, es klang wie ein Schluchzen. »Sie sind schuld, dass Marie auch sterben musste.«

Das Grauen in Kim wuchs und wuchs, bis sie sicher war, dass es nicht mehr größer werden konnte. Und dann, als wäre ihr Kopf einfach nicht mehr in der Lage, noch mehr Entsetzliches zu verarbeiten, fiel in ihr eine Art Schalter um. Auf einmal war sie vollkommen beherrscht und kontrolliert. Keine Spur von Angst zeigte sich mehr. »Was hat die Polizei übersehen?«, fragte sie mit ruhiger Stimme.

Sigurd bemerkte die Veränderung in ihr. Erstaunt hob er die Augenbraue, aber er sagte nichts dazu. Stattdessen grinste er breit. »Sie hätten nur vernünftig recherchieren müssen, dann hätten sie schon vor zwei Jahren herausgefunden, dass ich Kontakt zu einem russischen Dokumentenfälscher habe!«

Der Kerl von der Russenmafia!, dachte Kim. Sigurd hatte diesen Artikel über ihn geschrieben. Aber was hatte das mit dem Mord an Nina zu tun?

Sigurd war geradezu begierig, ihr die Antwort zu liefern. »Sie sind einfach nicht darauf gekommen, dass ich mir einen zweiten Pass habe machen lassen. Dämliches Pack!«

So ganz verstand Kim immer noch nicht, worauf er hinauswollte. Fragend sah sie ihn an.

Er starrte ihr in die Augen. Dann nickte er nachsichtig. »Nachdem man Ninas Leiche gefunden und DNA-Spuren an ihr rekonstruiert hatte, hat man in ihrem gesamten Umfeld Tests durchgeführt. Jeder musste eine DNA-Probe abgeben, aber keine passte zu der vom Tatort. Natürlich nicht. Weil sie von mir stammte und weil man mich niemals zu einer Probe aufgefordert hat.«

»Warum nicht?« Langsam setzten sich die Teile in Kims Kopf zu einem Bild zusammen, aber sie wollte Sigurd reden lassen. Die Kälte des Fußbodens hatte inzwischen ihre

Jeans durchdrungen, ihr war eiskalt. Ihr Unterkiefer zitterte.

»Weil ich in Amerika war!« Plötzlich schrie Sigurd. »Und niemand hat geahnt, dass ich mir schon vorher einen zweiten Pass hatte machen lassen. Ich bin mit meinem richtigen Pass ausgereist und zwei Wochen später mit ihm auch wieder nach Deutschland eingereist. Ein wunderbares Alibi, nicht wahr? Sie waren sicher, ich konnte Nina nicht getötet haben, also fragten sie mich auch nicht nach einer DNA-Probe.«

Kim schluckte. »Aber du bist zwischendurch mit dem gefälschten Pass zurückgekommen?«

Sigurd nickte. »Heiner Nerius, das war der Name, unter dem ich wieder eingereist bin. Eigentlich war es also er, der deine Schwester umgebracht hat. Nicht ich.« Er kicherte. »Und Nerius hat als Zeichen für ihr Vergehen die Libelle auf ihr Gesicht gelegt. Niemand hat begriffen, was er damit sagen wollte.«

Die Libelle als Symbol für Reinheit und Jungfräulichkeit! Jetzt endlich ergab sie einen Sinn. Sie war Sigurds Anklage gewesen, seine Art, der Welt zu zeigen, warum Nina hatte sterben müssen. Weil sie in seinen Augen verdorben gewesen war.

»Warum Marie?«, flüsterte Kim.

Sigurd sah mitleidig auf sie herab. »Oh. Das war ein Unfall! Ich wollte sie nicht töten. Als du am Samstagabend in deinem Zimmer verschwunden bist und ich dachte, dass du ein braves, sittsames Mädchen bist, da bin ich hinter Marie hergegangen. Wir haben uns eine Weile unterhalten. Sie war sehr aufgeschlossen für meine Sichtweise der Welt, hat sich sogar von mir ein Eis ausgeben lassen. Dummerweise ist mir dann beim Bezahlen das hier aus der Tasche gefallen.« Er griff in seine Hemdtasche und zog ein flaches, quadratisches Holzkästchen hervor. Es sah aus wie eine Schachtel, in der man eine Halskette verschenken konnte. Sigurd öffnete den winzigen goldenen Verschluss und klappte es auf.

Kim erstarrte.

Auf einem Bett aus schwarzem Samt lag, wie ein kostbares Schmuckstück, eine grün schillernde, tote Libelle.

»Das ist natürlich nicht die, die Marie entdeckt hat. Die hat man ja bei ihrer Leiche gefunden. Sie hat sie aufgehoben und angestarrt und Heiner Nerius, dieser Idiot – er konnte seine Klappe nicht halten. Er hat ihr doch glatt erzählt, dass man Ninas Leiche mit einer solchen Libelle auf dem Gesicht gefunden hat. So ein Trottel, stell dir das vor!«

Kim bohrte die Fingernägel in ihre Handflächen. Es gab nur eine Erklärung für Sigurds verrücktes Verhalten. Er war schizophren! Er hatte mehrere Persönlichkeiten in sich, die abwechselnd die Kontrolle über ihn übernahmen. In Bio hatten sie schon einmal über diese Krankheit gesprochen.

»Marie hat begriffen, dass du Nina getötet hast«, hörte Kim sich sagen. Wie konnte ihre Stimme nur so unendlich ruhig klingen? Verlor sie jetzt langsam auch den Verstand? Mit einem Ohr lauschte sie auf ein Geräusch aus dem Kellerraum.

Lukas!

Sigurd nickte langsam, und als er jetzt weitersprach, tat er es mit derselben hohen, piepsigen Stimme, mit der er vorhin »Gut gemacht!« gesagt hatte. Es war Nerius' Stimme. »Du siehst doch sicherlich ein, dass ich sie nicht am Leben lassen konnte, oder? Leider hat sie die Libelle zerdrückt, als sie sich gegen mich wehrte. Sie taugte anschließend nicht mehr für meine Zwecke, also habe ich darauf verzichtet, sie ihr auf das Gesicht zu legen. Wenn dadurch auch das Kunstwerk unvollendet geblieben ist.«

Kunstwerk!

Kim konzentrierte sich auf den Schmerz in ihren Handflächen, den ihre Fingernägel verursachten. Nur nicht durchdrehen! Sie suchte in Sigurds Miene nach jenem Mann, der ihrer Mutter geholfen hatte, sie aufzuziehen. Jener Mann, auf dessen Knien sie als kleines Kind geritten war – er schien fort zu sein. An seine Stelle war ein kaltblütiges, irrsinniges Monster getreten.

»Wie hast du es geschafft, Lukas den Mord anzuhängen?«, fragte sie.

»Viel wichtiger ist doch, warum ich es getan habe, nicht wahr? Als ich begriff, dass du dich demselben Mistkerl an den Hals werfen wolltest wie Nina, wurde mir klar, dass ich meine Pläne ändern musste. Ich wollte dich nicht auch noch verlieren, also habe ich mir überlegt, dass es eine gute Idee ist, stattdessen Lukas loszuwerden. Wenn er für die Morde ins Gefängnis gehen würde, wäre er kein Problem mehr. Also habe ich eines seiner Haare an Maries Leiche hinterlassen.«

»Woher hattest du es?«

Statt darauf zu antworten, hob Sigurd seine Hand und zeigte auf den dicken Silberring mit dem Adler. Und da begriff Kim.

»Samstagabend im Garten!«, stieß sie hervor. »Als du Lukas aufgefangen hast, hast du ihn mit dem Ring verletzt.«

Sigurd lachte leise. »Genau, meine Kleine. Wie klug du bist!« Er sprach jetzt wieder mit seiner vertrauten, tiefen Stimme und Kim gruselte es davor, wie schnell er von einer Rolle in die nächste schlüpfen konnte. »Ein paar seiner Haare sind an dem Ring hängen geblieben. Praktisch, nicht wahr? Ich musste nur noch einmal zu Marie zurück und das Haar in ihre Hand legen.«

Kim schluckte.

»Sieht fast so aus, als sei der Große Geist des Roten Volkes auf meiner Seite, was meinst du?« Wieder lachte er. Er klang inzwischen nicht mehr menschlich.

»Was…« Kim musste neu ansetzen. »Was hast du jetzt vor?« Sie konnte den Blick nicht von der Libelle in der kleinen Schachtel lassen.

»Ich fürchte, es gibt nur einen Weg, den wir beide gemeinsam gehen können«, meinte Sigurd liebevoll. »Steh auf!«

Kim war sich sicher, dass ihre Beine sie nie im Leben tragen würden, doch sie wurde überrascht. Als sie sich an der Wand in die Höhe stemmte, stand sie einigermaßen sicher. Sie presste die Handflächen gegen den rauen Putz. Angstvoll starrte sie Sigurd an.

»Du hast dich wie Nina diesem Lukas an den Hals geworfen«, sagte er. »Ich fürchte, dafür muss ich dich bestrafen.« Er griff in die Tasche seiner Hose und zog ein Taschenmesser heraus. Vor Kims Gesicht hielt er es in die Höhe, dann betätigte er den Schnappmechanismus.

Kim fuhr zurück, als die Klinge aufsprang. Sie stieß sich den Kopf an der Wand, spürte es aber kaum. Wo zum Teufel blieb die Polizei?

»Sie werden gleich kommen und mir helfen!«, keuchte sie. Alle Klarheit, alle Ruhe, die sie eben verspürt hatte, waren einer allumfassenden, schrecklichen Angst gewichen.

»Wer?« Sigurd lachte auf. Das Geräusch hallte von der niedrigen Kellerdecke wider.

»Die Polizei. Du hast sie eben selbst gerufen.«

»Du meinst hiermit?« Er zog sein Handy aus der Tasche und präsentierte es Kim.

Kim nickte.

»Drück die Wahlwiederholung!«, forderte er sie auf.

Kim zögerte. Sie witterte eine Falle, aber Sigurd grinste nur. »Na los! Mach schon!«

Da griff sie mit zitternden Händen nach dem Handy und drückte die Wahlwiederholung.

»Hallo«, hörte sie eine überaus vertraute Stimme. »Hier ist der Anschluss von Sigurd Steinhauer. Ich bin zurzeit nicht zu Hause, aber Sie können mir gern eine Nachricht hinterlassen.«

Der Piepston, der der Ansage folgte, schrillte ohrenbetäubend laut in Kims Ohren. Sie ließ das Handy fallen. Geschickt fing Sigurd es auf, unterbrach die Verbindung und steckte das Gerät wieder ein. »Ich habe meinen eigenen Anrufbeantworter angerufen«, erklärte er Kim überflüssigerweise. »Du glaubst doch nicht im Ernst, ich bin so verrückt und hetze mir selbst die Polizei auf den Hals?«

Verrückt?

Beinahe hätte Kim gelacht. Plötzlich fühlte sie sich so leicht, als wäre sie von ihrem eigenen Körper getrennt. Nein, er war nicht verrückt. Er war vollkommen irre. Überhaupt nicht mehr er selbst!

Kims Blick heftete sich auf die blanke Messerklinge.

Sigurd streckte eine Hand nach ihrem Arm aus, wollte sie packen. Aber da reagierte sie blitzschnell. Sie tauchte unter seiner Hand weg. Dann warf sie sich herum.

Und rannte los.

Kapitel 23

Bleib hier, du Miststück!«, schrie Heiner Nerius' Stimme, aber das trieb Kim nur noch weiter an.

Der Kellergang war nicht besonders lang. Nach wenigen Metern schon stieß er auf eine Treppe, die ins Erdgeschoss führte. Kim jagte die Stufen hinauf. Sigurd war hinter ihr, sie konnte seine Schritte hören, seinen Atem, der ihr wie das Hecheln eines Jagdhundes im Nacken saß. Kein Hund. Ein Wolf. Hysterisches Gelächter drängte sich in ihrem Brustkorb zusammen. Sie erreichte den Saal mit den schwarz-roten Fliesen. Wie von Furien gehetzt, durchquerte sie ihn. Dann setzte sie mit einem Sprung über die schief in den Angeln hängende Terrassentür und war draußen. Inzwischen war es dunkel. Ein blasser Mond hing im Geäst der Bäume und warf einen unwirklich silbrigen Schatten auf die Szenerie. Die Terrasse überquerte Kim mit wenigen langen Schritten, die Stufen an ihrem Ende sprang sie mit einem einzigen Satz hinunter. Im nächsten Moment war sie im Unterholz. Sie stolperte über eine Wurzel. Ranken verfingen sich in ihren Klamotten, ihren Haaren. Sie verlor das Gleichgewicht. Fiel hin. Hart kam sie auf dem unebenen Waldboden auf und schwer atmend blieb sie liegen.

Sigurd war auf der Treppe dicht hinter ihr gewesen. Wo war er jetzt? Das Mondlicht ließ die Umgebung wie ein Schattentheater aussehen. Vorsichtig hob Kim den Kopf. War da eine Bewegung gewesen? Ganz am Rand der Terrasse?

Sie versuchte, ihren jagenden Atem zu beruhigen. Sie

musste genau horchen. So tief wie möglich atmete sie ein, hielt dann den Atem an.

Sigurds Keuchen war nur wenige Schritte von ihr entfernt. Sie erstarrte.

»Wo bist du?«, hörte sie ihn zischen. »Los, komm schon, du kleine Schlampe! Zeig dich!«

Ganz langsam duckte sich Kim noch weiter hinunter. Sie durfte kein Geräusch machen. Panik brachte ihren Unterkiefer zum Zittern und sie steckte die Faust in den Mund, um nicht vor Entsetzen aufzuwimmern. Das da war nicht mehr ihr Sigurd, ihr Ersatzvater. Der Mann, den sie früher liebevoll Paps genannt und der das immer doof gefunden hatte.

»Kim!« So unerwartet schrie Sigurd ihren Namen, dass sie wie unter einem Peitschenhieb zusammenzuckte. Schon glaubte sie, entdeckt worden zu sein, aber dann begriff sie, dass er nur versuchte, sie aus der Reserve zu locken. »Komm zu mir!«, sprach er etwas leiser weiter. »Wir können doch über alles reden.«

Reden? Kim biss sich auf die Fingerknöchel, um nicht hysterisch aufzulachen. *Reden? Du bist noch verrückter, als ich gedacht habe!*

Eine Weile schwieg Sigurd. Dann seufzte er abgrundtief auf. Es klang wie das nachsichtige Seufzen eines Vaters, dessen Kind seine Geduld zu sehr strapaziert hatte. Kim hörte, wie er sein Messer zuklappte und dann wieder aufschnappen ließ.

»Gut«, sagte er grimmig. »Wenn du nicht hören willst, musst du fühlen. Mal sehen, was Lukas gerade so macht!« Mit diesen Worten wandte er sich um und ging zurück zum Haus.

Kim hob den Kopf. Sie hatte Erde an Händen und Knien kleben, aber sie achtete nicht darauf. Alles, was sie denken konnte, war: Lukas!

Was, wenn Sigurd ihm etwas antat?

Er lag bewusstlos in dem Kellerraum, weil Kim ihn niedergeschlagen hatte. Was sollte – was konnte sie tun?

Durch den Wald bis in die Stadt zu laufen, würde viel zu lange dauern. Sie musste sich etwas anderes einfallen lassen. Hilfe rufen? Ihre Hand langte nach dem Handy in ihrer Hosentasche, doch als sie es herauszog, merkte sie trotz der Dunkelheit sofort, dass das Gerät ihr nichts nützen würde. Es war viel zu leicht. Sie hatte den Akku herausgenommen und in Ninas Handy getan.

Ninas Handy! Als Sigurd sie bewusstlos geschlagen hatte, war es in der Küche unter die Anrichte gerutscht.

Kims Gedanken rasten.

Sie kannte die Macken ihres alten Akkus recht gut. Manchmal, wenn sich das Handy ausschaltete, weil er leer war, regenerierte er sich nach einer Weile wieder ein wenig. Vielleicht hatte er auch diesmal noch gerade genügend Saft, um einen Notruf abzusetzen. Es war ihre einzige Chance!

So schnell und so leise, wie sie konnte, rannte Kim zurück zu dem leer stehenden Gebäude. Der Saal hinter der Eingangstür lag verlassen vor ihr. Sie lauschte, aber konnte keine Geräusche vernehmen, die ihr verrieten, was Sigurd gerade tat.

Lukas!, flehte sie zum wiederholten Male. *Wach auf!*

Dann huschte sie geduckt in die Küche, kniete sich vor der Anrichte nieder und tastete den Boden darunter ab. Staubflusen gerieten ihr zwischen die Finger und kleine

Kügelchen, Mäusekot vermutlich. Sie achtete nicht darauf. Sie musste sich strecken, um bis an die hintere Wand zu reichen. Ihre Fingerspitzen tasteten über die schmutzige Fußleiste und dann stießen sie gegen etwas Hartes.

Sie packte den Gegenstand und zog ihn hervor. Es war tatsächlich Ninas Handy. Sie setzte sich auf und schaltete gleichzeitig das Gerät an. Das Display leuchtete auf, warf einen fahlen Schein auf die schmutzigen Küchenfliesen. Ein freudiges Zittern lief durch Kims Körper, da erlosch das Display auch schon wieder.

Der Akku war endgültig leer!

»Verdammt!«, flüsterte Kim.

Schritte wurden hinter ihr laut. Langsam drehte sie sich um, das nutzlose Handy in ihrer Hand.

Ein Schatten erschien in der Küchentür. Kim sackte in sich zusammen.

»Das war wohl nichts«, sagte Sigurd.

»Stimmt!«, meinte da eine Frauenstimme.

Kim glaubte, ihren Ohren nicht zu trauen. Frau Keller! Sie stand ein paar Meter hinter Sigurd. Das grelle Licht einer Taschenlampe blitzte auf. Es blendete Kim, sodass sie nicht erkennen konnte, was die Kommissarin in der Hand hielt, aber es sah nach einer Waffe aus. »Lassen Sie das Messer fallen und nehmen Sie die Hände hoch, Herr Steinhauer!«, befahl sie.

Kim rappelte sich auf die Füße. Während das Messer auf die Fliesen klapperte, sah sie mehrere weitere Schatten, die sich im Saal verteilten. Pistolen glänzten im Mondlicht, das durch die kaputten Fenster ins Innere des Gebäudes fiel.

Die Polizei!

Kim stützte sich auf der Anrichte ab. Ihre Knie zitterten vor Erleichterung.

Frau Keller übergab Sigurd an zwei ihrer Kollegen, dann kam sie zu Kim. »Alles in Ordnung?« Sie leuchtete Kim mit der Taschenlampe ins Gesicht.

Kim blinzelte. »Ja.« Hinter Kim klickten die Handschellen. »Lukas«, ächzte sie.

»Wo ist er?«

Kim erzählte es ihr. Frau Keller winkte einen ihrer Kollegen zu sich heran, aber es war nicht nötig, ihn nach unten zu schicken, denn in diesem Moment tauchte Lukas am oberen Ende der Treppe auf. Mehrere Taschenlampen richteten sich auf ihn. In ihrem Licht sah er bleich und erschöpft aus, fast wie ein Geist. Er hatte eine hässliche Wunde am Hinterkopf und sein T-Shirt war völlig durchnässt von seinem Blut. Stöhnend stützte er sich am Türrahmen ab, um nicht zusammenzuklappen, aber auf seinem Gesicht lag ein erleichtertes Grinsen. »Du hast einen Schlag wie Mike Tyson!«, sagte er mit heiserer Stimme zu Kim.

Sie flog auf ihn zu.

Beinahe hätte sie ihn von den Beinen gerissen, als sie ihn an sich zog. Keuchend legte er den Arm um sie. »Nicht so stürmisch, bitte!«, murmelte er und stützte sich schwer auf sie.

»Sigurd hat Nina und Marie umgebracht«, sagte Kim zu Frau Keller. »Er hat mir alles erzählt. Er hat Lukas' Haar an Maries Leiche platziert, um den Verdacht auf ihn zu lenken. Ich…«

»Schon gut, schon gut.« Lächelnd hob Frau Keller die Hand. »Du kannst uns das alles später erzählen.« In der

Ferne wurden Sirenen laut. »Da kommt der Notarztwagen«, sagte die Kommissarin. »Jetzt kümmert sich erst mal jemand um euch. Alles Weitere wird sich finden.«

Sie wandte sich zu ihren Kollegen um. Zwei davon hatten Sigurd in ihre Mitte genommen. Finster starrte er Kim an und auf einmal war das Irre aus seinen Augen verschwunden. Fast wirkte er wieder wie ihr vertrauter Sigurd, aber eben nur fast. Da war plötzlich etwas in seinem Gesicht, das sie früher nie gesehen hatte. Etwas Wölfisches.

Hatte Nina das auch erkannt, bevor sie starb?

Hatte sie in ihrem Gedicht am Ende gar nicht Lukas sondern Sigurd gemeint?

All das ging Kim durch den Kopf, während sie Sigurds Blick standhielt, bis er sich endlich abwendete. Als er abgeführt wurde, lief ihr ein letzter kalter Schauer über den Rücken.

Zwei Sanitäter in leuchtend orangefarbenen Klamotten und ein Arzt im Anzug kamen in den Saal gestürzt.

Kim sah Frau Keller an. »Woher wussten Sie, dass Sie herkommen müssen?«, fragte sie.

Die Sanitäter begannen, sich als Erstes um Lukas zu kümmern, der sich nun von Kim löste. Sie stützten ihn und führten ihn zu einem der Holzklötze, um ihn untersuchen zu können. Er machte sich aus ihrem Griff los, als er Kims Frage hörte, und hielt sein eigenes Handy in die Höhe.

»Ich habe sie angerufen«, sagte er noch immer heiser. »Du schlägst zwar wie Mike Tyson. Aber ich habe einen ziemlich harten Schädel.«

Kapitel 24

Es klingelte an der Haustür und Kim ging hin, um zu öffnen. Draußen stand Doris Keller. Sie hielt eine halb gerauchte Zigarette in der Hand, die sie nun rasch auf den Gehwegplatten vor dem Haus ausdrückte und dann in ihrer Tasche verschwinden ließ.

Schief grinsend sah sie Kim an. »Das muss ich mir unbedingt abgewöhnen«, sagte sie. Sie sah ausgeschlafen aus und zufrieden. Die zwei gelösten Mordfälle schienen sie glücklich zu machen.

»Kommen Sie rein!« Kim öffnete die Tür ganz und ließ die Kommissarin eintreten. Sie waren verabredet. Frau Keller hatte sich telefonisch angekündigt, um Kim und Johanna zu erzählen, was die Verhöre von Sigurd ergeben hatten und wie es nun mit ihm weitergehen würde.

Kim führte Frau Keller in die Küche, wo Johanna schon am gedeckten Kaffeetisch saß und an einem Butterkeks knabberte. Das lädierte Bein in seinem furchterregenden Metallgestell hatte sie auf einem niedrigen Hocker abgelegt. »Hallo«, grüßte sie die Kommissarin. »Setzen Sie sich doch. Kaffee?«

»Ja, bitte. Einen Latte macchiato, wenn es nicht zu viel Mühe macht.«

Johanna sah Kim an. »Bist du so lieb?« Zwei Tage waren vergangen, seitdem Sigurd verhaftet worden war, und noch immer war in ihrem Blick Dankbarkeit zu lesen, Dankbarkeit dafür, dass Kim am Leben war.

Während Kim sich daran machte, den Kaffee herzustellen, begann die Kommissarin zu berichten.

»Es war tatsächlich so, wie Herr Steinhauer dir erzählt hat, Kim. Er hat zwei gültige Pässe gehabt und ist zwischenzeitlich mit einem davon wieder eingereist. Aus diesem Grund sind wir ihm nie auf die Spur gekommen und haben ihn gar nicht erst verdächtigt. Er hatte ja ein plausibles Alibi.«

Kim stellte das Milchkännchen unter den Aufschäumer. »Es schien so, als würde er sich darüber maßlos ärgern«, sagte sie. »Im Keller hat er davon gefaselt, dass Sie Ihre Arbeit nicht gründlich genug gemacht haben.«

»Er ist schizophren«, gab Frau Keller zurück. Sie wirkte nicht beleidigt wegen des Vorwurfs, schlampig gearbeitet zu haben. »Seine Gedanken sind nicht immer rational. In Wahrheit hat er uns sein Alibi sehr empört vor Augen gehalten, als wir ihn um eine Speichelprobe bitten wollten. Es kann keine Rede davon sein, dass wir fehlerhaft gearbeitet haben.«

Johanna rückte ihr Bein bequemer zurecht. »Niemand macht Ihnen einen Vorwurf.« Sie schauderte. »Wir hatten keine Ahnung von Sigurds Schizophrenie!«

Die Kaffeemaschine füllte das Glas halb mit aufgeschäumter Milch und begann dann, den Kaffee zu mahlen. Frau Keller wartete ab, bis der Lärm verklungen war, der dabei entstand. Dann erst sprach sie weiter: »Die Psychologen vermuten, dass die Schizophrenie durch die Drogenzeremonien bei den Navajo ausgelöst worden ist. Wahrscheinlich war die Veranlagung dazu bei Sigurd schon vorher latent vorhanden, aber erst durch die Drogen brach die Krankheit dann ganz aus. Es ist allerdings sehr ungewöhnlich, dass die Umwelt in solchen Fällen nichts von der Gespaltenheit solcher Menschen mitbekommt.« Die

Maschine war fertig. Kim holte einen Löffel aus der Besteckschublade und brachte den Kaffee an den Tisch.

»Danke!«, sagte Frau Keller. »Selbst die Psychologen waren überrascht, wie gut Sigurd seine anderen Persönlichkeiten verbergen kann.«

»Gibt es denn noch mehrere?«, fragte Johanna. Sie hatte einen weiteren Keks in die Hand genommen, aber sie aß ihn nicht, sondern legte ihn unbeachtet wieder auf dem Teller ab.

»Die Ärzte gehen davon aus, aber bisher haben sie noch keine entdeckt.« Frau Keller blies auf den heißen Schaum ihres Getränks und nahm dann einen Schluck. »Ich glaube, ich leiste mir vom nächsten Gehalt auch so eine Maschine«, seufzte sie.

»Verschiedene Persönlichkeiten in einem Kopf!« Man sah Johanna an, dass sie sich das nur schwer vorstellen konnte. Und auch Kim, die es ja sozusagen live miterlebt hatte, wie Sigurd von einer Rolle in die andere wechselte, fiel es schwer, das zu begreifen.

Kim betrachtete ihre Mutter. Sie wusste, wie sehr Johanna litt. Nicht nur, dass die Sache mit Ninas Tod wieder hochgekommen war, auch, dass der Mann, mit dem sie so viele Jahre zusammengelebt hatte, sich als Mörder entpuppt hatte – und vor allem die Tatsache, dass er ihr fast auch noch die zweite Tochter genommen hatte, das alles machte sie fast verrückt. Kim bewunderte sie dafür, wie gut sie es trotzdem vor ihr verbarg. Äußerlich wirkte Johanna ruhig und stark, und um Kim zu schützen, würde sie auch weiterhin so tun.

»Durch die Verhöre von Herrn Steinhauer wissen wir inzwischen, dass er damals versucht hat, Nina von ihrem *falschen Weg* abzubringen. Mehrfach hat er ihr von den Libellen erzählt und von den Legenden, die die Navajo darüber haben. Das, so vermuten wir, ist der Grund, warum Nina das Gedicht irgendwann von *Liebeskummer* in *Schattenflügel* umbenannt hat. Sigurd muss ziemlich vehement auf sie eingeredet haben.«

»Aber sie war zu verliebt in Lukas«, warf Kim ein. »Sie hat sich davon nicht beirren lassen.« Sie konnte es verstehen, dachte sie bei sich. Lukas war wirklich etwas ganz Besonderes. Sie war traurig bei dem Gedanken daran, wie unglücklich Nina gewesen sein musste, als er sie zurückgewiesen hatte.

Frau Keller nickte. »Und darum musste sie sterben. Er hat dir das ja alles schon selbst erzählt, Kim. Er muss irgendwie herausgefunden haben, dass Nina sich an dem besagten Tag, an dem sie starb, mit Lukas im Waldschlösschen treffen wollte. Er ist ihr gefolgt und kam dort an, kurz nachdem Lukas wieder weg war. Wir haben die Geschehnisse inzwischen recht gut rekonstruieren können. Lukas und Nina haben sich in der Ruine getroffen und geredet. Dabei hat Nina dieses Video mit ihrem Handy gemacht. Danach hat sie sich selbst aufgenommen.« Während sie sprach, hatte Frau Keller ihr eigenes Smartphone aus der Tasche geholt und auf den Tisch gelegt. »Ich habe hier eine Kopie dieser Aufnahme. Ich denke, Sie wollen sie sehen, oder?«

Kim starrte auf das moderne Gerät, das so ganz anders aussah, als ihr eigenes altes Handy. Sie schluckte. Unsicher sah sie Johanna an.

Die rieb sich über das Gesicht. Ihre Finger zitterten. »Zeigen Sie es uns!«, forderte sie Frau Keller auf.

Die Kommissarin drückte ein paarmal auf dem Touchscreen herum und dann erschien, gestochen scharf, der Film, den Kim schon zur Hälfte kannte.

Gemeinsam sahen sie noch einmal, wie Lukas versuchte, Nina klarzumachen, dass er sie nicht liebte. Aus den Augenwinkeln beobachtete Kim ihre Mutter, während der Film lief. Johanna hatte Tränen in den Augen und musste sie mehrfach wegblinzeln. Trotzdem ließ sie den Blick nicht von dem kleinen Bildschirm.

Kim tastete nach ihrer Hand und hielt sie fest.

Gemeinsam schauten sie das Video bis zu der Stelle, an der Lukas fortging.

»Tja«, erklang dann Ninas traurige Stimme und das Bild schwenkte auf ihr Gesicht.

Johanna sog zitternd Luft durch die Zähne, als sie ihre tote Tochter so lebendig vor sich sah.

Frau Keller stoppte die Aufnahme. »Wollen wir eine Pause machen?«, fragte sie fürsorglich.

Doch Johanna wischte sich über die Augen und sagte bestimmt: »Nein! Lassen Sie es weiterlaufen!«

Kim spürte, dass sie selbst kurz davor war zu weinen. Sie presste die Lippen zusammen und konzentrierte sich auf das, was Nina nun sagte.

»Sieht so aus, als wär's das gewesen. Vielleicht hat der Blödmann ja doch recht gehabt. Libellen als Zeichen für weibliche Reinheit. So ein Quatsch!« An dieser Stelle schniefte Nina leise und wischte sich mit dem Ärmel über die Nase. »Ich bin nicht sicher, aber ich glaube, Sigurd hat einen Knall. Zum Glück ist er im Moment in Amerika. Irgendwie ist er mir unheimlich. Libellen!« Im Hintergrund war ein Geräusch zu hören. Es klang, als hielte draußen vor dem Waldschlösschen ein Auto an. Nina schaute zur Seite.

Als sie den Blick wieder auf die Kamera richtete, weinte sie. »Ach, Scheiße!«, sagte sie noch. Dann endete die Aufnahme.

Eine Weile war es sehr still in der Küche. Kim und Johanna hatten sich aneinandergelehnt. Jetzt umarmten sie sich und weinten.

Frau Keller wartete geduldig und trank ihren Latte macchiato. Als beide sich ein wenig beruhigt hatten, sprach sie weiter: »Nachdem sie dieses Video aufgenommen hat, muss sie dich angerufen haben, Kim. Das war der Anruf, den du nicht angenommen hast, am Sonntagnachmittag. Sie hat auf deine Mailbox gesprochen, danach muss sie das Handy in ihrem Geheimversteck hinter dem Hirschgeweih verborgen haben. Sie hat offenbar öfter Dinge dort versteckt und vermutlich wusste sie schon lange vor dem Treffen mit Lukas, dass er sie abweisen würde.«

Kim sah sie an. »Warum?«

»Sie hat das Gedicht ein paar Tage vor ihrem Tod geschrieben und sie schreibt von den Wolfskrallen, die ihr ins Herz geschlagen wurden. Das deutet auf Lukas hin.«

Kim dachte an den wolfsartigen Ausdruck in Sigurds Gesicht, den sie gesehen hatte. Sie war sich inzwischen nicht mehr ganz so sicher, ob Nina in ihrem Gedicht wirklich von Lukas gesprochen hatte, aber das war jetzt auch egal. Sie nickte. »Ja. Kann sein.«

Seufzend lehnte Frau Keller sich zurück. »Wie dem auch sei! Jetzt haben wir Sigurd sicher in Verwahrung. Es wird noch eine Weile dauern, bis wir alle Beweise für den Prozess zusammengetragen haben, aber eins ist sicher: So schnell wird er nicht wieder freikommen.«

Johanna wirkte einen Moment lang sehr verloren. Doch dann lächelte sie. Es war ein grimmiges Lächeln. »Gut.«

Sie schaute auf den unangetasteten Keks auf dem Tisch, nahm ihn erneut und steckte ihn ganz in den Mund. Mit großer Wucht biss sie darauf und Kim stellte sich vor, was sie dabei dachte. Wahrscheinlich legte sie in ihrer Fantasie ihre Hände um Sigurds Hals, so wie er es bei ihrer Tochter getan hatte.

»Mein Gott!«, murmelte Johanna, nachdem sie geschluckt hatte. »Wenn ich mir vorstelle, dass ich ihn damit betraut habe, auf dich aufzupassen!«

»Sie konnten es nicht wissen«, meinte Frau Keller. »Wie gesagt, er hat sehr gut verborgen, was in seinem kranken Kopf vorging.«

»Trotzdem!« Johanna strich sich die Haare aus der Stirn. »Es tut mir leid, Schätzchen«, sagte sie zu Kim.

»Gehen Sie zu einem guten Therapeuten«, riet Frau Keller. Sie trank den letzten Schluck Kaffee aus und stand auf.

»Das werden wir«, sagte Johanna. Sie hatte bereits einen Termin mit Dr. Schinzel vereinbart.

»Wenn wir Sie noch mal brauchen, um eine Aussage zu machen oder zu unterschreiben, dann melden wir uns.« Frau Keller wandte sich der Tür zu.

»Danke!«, sagte Johanna.

»Gern geschehen!«

Kim wollte aufstehen, um die Kommissarin zur Tür zu begleiten, aber die wehrte ab. »Bemüh dich nicht, ich finde allein raus.« Sie streckte die Hand aus.

Kim griff zu und schüttelte sie. Sie versuchte sich an einem Lächeln. Es fühlte sich mühsam an, aber es gelang.

»Geht es?« Kim half ihrer Mutter mit den Krücken, als sie gemeinsam aus dem Fahrstuhl des Krankenhauses stiegen und den langen Gang entlanggingen, der zu Lukas' Zimmer führte.

»Klar.« Johanna lächelte ihre Tochter an. »Du siehst nicht so aus, als seist du glücklich, hier zu sein.«

Kim verzog das Gesicht. War sie immer noch so leicht zu durchschauen? »Ich …«

»Schon kapiert«, unterbrach Johanna sie. »Du hast Angst vor dem, was gleich geschieht. Ist ja auch verständlich!«

Es war das erste Mal, dass sie Lukas im Krankenhaus besuchten, und tatsächlich fürchtete Kim sich vor der Begegnung. Wie würde es nun mit ihnen weitergehen, mit Lukas und ihr? Würde Lukas ihr verzeihen können, dass sie ihn für Ninas Mörder gehalten hatte? Immerhin lag er hier, weil sie ihm eine Eisenstange über den Schädel gezogen hatte. Allein bei dem Gedanken daran, wie er sie gleich ansehen würde, wurde ihr ganz flau im Magen. Was, wenn er sie wegschicken würde?

»Hey!« Johannas Hand legte sich unter Kims Kinn und zwang sie dadurch, ihr in die Augen zu sehen. »Nur Mut! Das wird schon!«

Kim wünschte sich, sie könne den Optimismus ihrer Mutter teilen. Aber das würde vermutlich auf ewig ein unerfüllter Wunsch bleiben, ebenso wie das Bedürfnis, Nina endlich loslassen zu können. Sie träumte noch immer von ihrer Schwester und dem roten Zug, aber wenigstens die Kabelbinder waren jetzt aus ihren Träumen verschwunden. Dr. Schinzel hatte gesagt, es würde mit der Zeit besser werden, und das war alles, worauf Kim im Moment hoffen konnte.

Vor dem Krankenzimmer mit der richtigen Nummer blieb Kim stehen.

Erst zögerte sie, dann klopfte sie an.

»Herein!«, rief Lukas von drinnen.

Als sie eintraten, saß er auf der Kante seines Bettes und zog sich gerade ein T-Shirt über. Ganz kurz fiel Kims Blick auf das Wolfstattoo auf seiner Brust, dann verschwand es unter dem schwarzen Stoff.

Er hob den Kopf und sah Kim an. Ein Strahlen erschien auf seinem Gesicht. »Oh! Hi! Der Arzt hat mir eben gesagt, dass sie mich hier nicht mehr brauchen. Ich darf nach Hause.«

»Toll!« Etwas befangen blieb Kim mitten im Zimmer stehen.

Lukas lächelte. »Hallo, Frau Ferber!« Er nickte Johanna zu.

Die räusperte sich. »Ich glaube, ich gehe mal lieber draußen warten.« Auf ihren Krücken wandte sie sich umständlich um und stakste dann hinaus. Es gab ein leises, schmatzendes Geräusch, als die Tür hinter ihr ins Schloss fiel.

Kim schluckte.

Lukas rollte ein Handtuch zusammen und verstaute es in seiner Sporttasche. Die Platzwunde, die bei dem Schlag mit der Eisenstange entstanden war, hatte man unter einem quadratischen weißen Pflaster verborgen.

»Ich soll dich von Sabrina grüßen«, sagte Kim, nur um irgendwas zu sagen.

Es stimmte gar nicht. Sie hatte Sabrina gegenüber mit keinem Wort erwähnt, dass sie heute hierherkommen würde. Kim wusste noch nicht, ob es ihr gelingen würde, Sabrina ihre Rolle in dieser ganzen Geschichte zu verzeihen. Im Moment versuchte sie nur, einfach Tag für Tag zu überstehen, genau wie Dr. Schinzel es ihr empfohlen hatte. Und an den meisten davon hörte sie mehr auf ihr Herz als auf ihren Kopf.

»Gestern war die Klassenkonferenz für Jonas«, erzählte Kim weiter, während Lukas das blutverschmierte T-Shirt aus dem Schrank nahm, mit dem man ihn eingeliefert hatte. Er hob es in die Höhe und starrte einen Moment darauf.

»Und?«, fragte er.

»Sie haben ihn von der Schule geschmissen«, erklärte Kim. »Wegen der Prügelei mit dir hauptsächlich, aber auch wegen einiger anderer Sachen.«

Lukas stieß einen Seufzer aus und warf das T-Shirt kurzerhand in den Müll. Dann ging er zu seinem Schrank zurück und streckte die Hand nach der alten Jeansjacke aus. Auch sie hatte eine Menge Blut abbekommen. Nachdenklich schaute er darauf.

»Johanna hat gesagt, sie bekommt das wieder sauber.«

Er sah auf. Dann nickte er. »Gut.«

Kim schluckte. »Der Libellenflügel«, murmelte sie.

Lukas hob eine Augenbraue, dann erst schien er zu begreifen, was sie meinte. »Oh!« Er legte die Jacke auf das Bett. »Den hatte ich ganz vergessen.« Vorsichtig tastete er in der Tasche herum und beförderte den Flügel zwischen Zeige- und Mittelfinger hervor.

Allein bei seinem Anblick zitterten Kims Knie.

Lukas trat vor sie hin. Er roch nach Duschgel. Seine Haare waren noch ein wenig nass. »Nimm ihn«, sagte er leise und hielt den Flügel zwischen ihnen in die Höhe. »Und dann wirf ihn weg!«

Kim zögerte.

Lukas stand ganz still und wartete.

Endlich gab Kim sich einen Ruck. Sie griff nach dem

Flügel, pflückte ihn aus Lukas' Fingern. Das filigrane Gebilde fühlte sich so harmlos an. Ein zerbrechliches Ding, das ihr nichts mehr anhaben konnte. Sie starrte darauf.

Dann ging sie zu dem Mülleimer, in dem auch schon Lukas' T-Shirt verschwunden war. Es klapperte, als sie auf den Mechanismus trat, der den Deckel öffnete. Sie atmete einmal tief ein und warf den Flügel hinein. Anschließend ließ sie die Fußtaste wieder los.

Mit einem satten Schmatzen fiel der Deckel zu. Das Geräusch hatte etwas Endgültiges. Langsam ließ Kim die Luft durch die Nase entweichen. Sie stand mit dem Rücken zu Lukas.

»Lukas, ich...«, begann sie, aber sie wurde unterbrochen, weil er ihr von hinten beide Hände auf die Schultern legte und sie zu sich umdrehte. Ganz nah war er ihr jetzt und sie konnte seine dichten Wimpern sehen.

»Scht!«, machte er sehr leise.

Dann beugte er sich vor und gab ihr einen zarten Kuss. Ein oder zwei Sekunden berührten sich ihre Lippen. Kim stand wie vom Donner gerührt da und wusste nicht, was sie tun sollte.

Lukas interpretierte ihre Reaktion völlig falsch.

Erschrocken löste er sich von ihr und trat einen Schritt zurück. Forschend blickte er ihr in die Augen und sie sah Angst in seinem Blick.

Sie konnte nicht anders, sie wich ihm aus.

Da wandte Lukas sich ab. Er nahm seine Jacke auf, starrte sie an, dann warf er sie auf das Bett zurück und drehte sich mit einem Ruck wieder zu Kim um. Jetzt war sie es, die auf ihn zuging, bis sie seinen Atem über ihre Stirn streichen spüren konnte.

»Als Sigurd glaubte, dass er mich an dich verliert, wollte er dir den Mord an Nina anhängen«, hörte sie sich sagen.

»Nina war nicht meine Freund…«

Kim legte ihm die Finger auf die Lippen. »Ich weiß. Aber Sigurd wusste das nicht. Als er verstanden hatte, dass ich in dich… verliebt war, wusste er wohl nicht, was er machen sollte. Er wollte mich nicht töten. Eigentlich wollte er das bei Nina auch nicht. Es war wohl fast ein bisschen wie ein Unfall. Er hoffte, dass er diesmal einfach dich loswerden konnte, wenn die Polizei glauben würde, dass du der Mörder bist.«

Lukas griff nach Kims Hand und löste sie von seinen Lippen. Seine Berührung kribbelte auf ihrer Haut. Er sah ihr in die Augen und jetzt war die Angst darin verschwunden. »Du hast dich in mich verliebt?«

Kim lächelte, sagte jedoch nichts.

Da flog ein Schatten über Lukas' Gesicht. »Wirst du damit klarkommen, dass ich – genau genommen – der Grund für Ninas Tod war. Und fast auch für deinen?«

Kim rührte sich nicht. Lukas Finger wanderten an ihrem Unterarm nach oben. Es kribbelte in ihrem Nacken. *Er würde sie nicht wegschicken!,* jubilierte etwas in ihr. Er hatte ihr den Schlag mit der Eisenstange und all ihre Zweifel verziehen. Dennoch konnte sie ihm auf seine Frage keine Antwort geben, weil sie sie selbst noch nicht kannte.

»Die Wahrheit ist«, murmelte sie, »dass ich es noch nicht genau weiß.« Sie hob den Blick und sah Lukas in die Augen.

Seine dichten Wimpern beschatteten seinen Blick.

»Mein Kopf sagt eher Nein«, fügte sie hinzu und wich ihm erneut aus.

Da ließ Lukas ihren Arm los, legte die Fingerspitzen unter ihr Kinn und zwang sie so, ihn anzusehen. »Und dein Herz?«, fragte er sanft.

Kims Knie wurden weich.

Er lächelte. Sie konnte seinen schief stehenden Eckzahn sehen.

Sie spürte, wie sich ein Lächeln den Weg in ihr Gesicht bahnte. Es begann in den Mundwinkeln und wanderte dann hinauf in ihre Augen.

Sie antwortete nicht auf Lukas' Frage.

Stattdessen ließ sie sich in seine Arme ziehen.

Das Böse hat seine guten Seiten – Die Arena Thriller

Kathrin Lange

Septembermädchen

Ein düsteres Industrieviertel am Abend. Leonie stößt mit einem Fremden zusammen. Blut rinnt über sein Gesicht. Er sieht sie an und küsst sie. Von diesem Augenblick an ist Leo von dem verschlossenen Elijah fasziniert. Doch dann findet sie heraus, dass auf dem Trainingsgelände des nahegelegenen Capoeira-Clubs, in dem Elijah trainiert, vor genau einem Jahr ein Mädchen tödlich verunglückte. Plötzlich beginnt ein merkwürdiger Straßenbettler, Leo zu verfolgen. »Im September sterben Mädchen«, raunt er ihr zu, »und du wirst die nächste sein.«

Arena

Auch als E-Book erhältlich

264 Seiten • Klappenbroschur
ISBN 978-3-401-06843-5
www.arena-verlag.de